中华文化公开课

文学史九讲

李世化 ◎ 著

当代世界出版社
THE CONTEMPORARY WORLD PRESS

图书在版编目（CIP）数据

文学史九讲 / 李世化著 . -- 北京：当代世界出版社，2019.5
（中华文化公开课）
ISBN 978-7-5090-1369-4

Ⅰ . ①文… Ⅱ . ①李… Ⅲ . ①中国文学－文学史 Ⅳ . ① I209

中国版本图书馆 CIP 数据核字 (2018) 第 125644 号

文学史九讲

作　　者：	李世化
出版发行：	当代世界出版社
地　　址：	北京市复兴路 4 号（100860）
网　　址：	http://www.worldpress.org.cn
编务电话：	（010）83907528
发行电话：	（010）83908410
	（010）83908377
	（010）83908423（邮购）
	（010）83908410（传真）
经　　销：	新华书店
印　　刷：	河北华商印刷有限公司
开　　本：	710mm×1000mm　1/16
印　　张：	16
字　　数：	300 千字
版　　次：	2019 年 5 月第 1 版
印　　次：	2019 年 5 月第 1 次
书　　号：	ISBN 978-7-5090-1369-4
定　　价：	39.80 元

如发现印装质量问题，请与承印厂联系调换。
版权所有，翻印必究；未经许可，不得转载！

前言
PREFACE

  文学是一门以语言文字为工具形象化地反映客观现实的艺术，包括戏剧、诗歌、小说、散文等，是文化的重要表现形式。中国文学是中华民族智慧和创造力的结晶，它在中华文化宝库中具有强大的生命力和延续性。从远古神话到先秦散文，从唐诗宋词到元曲杂剧，从明清小说到现当代文学，中国文学犹如一朵奇葩，大放异彩，"江山代有才人出"，伟大的文学家数不胜数，传世之作泽被后人。

  屈原唱道："路漫漫其修远兮，吾将上下而求索。"这是何等的境界！一代雄才范仲淹说："先天下之忧而忧，后天下之乐而乐。"以天下为己任，将民生的忧乐时刻挂在心头。现代文学巨匠鲁迅满怀豪情地写道："我以我血荐轩辕。"铿锵的语言，足可与日月同辉。

  文学的发展凝聚了人类思想和文化的精华，积聚了作家对人生、社会和时代的思考，具有永恒的艺术魅力和深刻的思想内涵。学好文学不仅能净化心灵，升华人格，而且能净化语言。"操千曲而后晓声，观千剑而后识器""口不绝吟于六艺之文，手不停披于百家之编"，然后方能口吐珠玑之言，手写华美之章。

  当今社会，不少人为了生活步履匆匆、身心交瘁，很少有闲情逸致坐下来品读文学。"明月不知君已去，夜深还照读书窗"，都市的灯光早已把明月挤得暗淡昏黄。殊不知，泱泱中华，五千年文明源远流长，文学更是这文明长河中一颗灿烂的明珠。华夏五千年的历史积淀而奠定了中国文化的根基，是文学的土壤，赋予了中国文人以浓厚的文化底蕴和丰富的文化内涵。文学的力量是一种深入每个人内心的力量，一种会让我们敞开心扉的力量。我们应该感谢文学，让我们在这个浮华的尘世里，掸去世俗的尘埃，褪去繁华的聒躁，寻觅到了一处静谧的桃花源。

　　社会进步，时代更迭，竞争趋烈，压力变大，使得人们阅读的目的已经渐渐从占有大量知识，转变为尽快获取重点知识为主。为了达到高效阅读的目的，就需要高度浓缩的读物。这本集子，从某种意义上说，是中国文学创作发展的一个缩影，是五千年来作家作品的荟萃，从中可以窥见中国文学的发展轨迹，了解作家文学观念和创作风格的走向和变化。

　　本书精挑细选了五千年来文学发展成就的典范，并配以精美的插图，为读者打造出了一个极具文化魅力的阅读空间，可以让读者在提高阅读效率的同时，获得更多的审美享受、想象空间和文化熏陶。

目录 CONTENTS

第一讲　先秦文学

- ⊙ 神话传说《山海经》／ 2
- ⊙ 诗苑奇葩《诗经》／ 4
- ⊙ 孔子与《论语》／ 6
- ⊙ 庄子与《庄子》／ 8
- ⊙ 韩非子与《韩非子》／ 10
- ⊙ 屈原与《离骚》／ 12
- ⊙ 诗歌总集《楚辞》／ 14
- ⊙ 缤纷春秋看《左传》／ 16
- ⊙ 国别史论《国语》／ 18
- ⊙ 战国风采《战国策》／ 20

第二讲　两汉文学

- ⊙ 早逝的才子贾谊／ 24
- ⊙ 枚乘与《七发》／ 26
- ⊙ 汉赋大师司马相如／ 28
- ⊙ 博古通今之《淮南子》／ 30

⊙ 司马迁与《史记》/ 32
⊙ 蜀中大儒扬雄/ 34
⊙ 班固与《汉书》/ 36
⊙ 旷世奇才张衡/ 38
⊙ 历史散文《吴越春秋》/ 40
⊙ "诗母"《古诗十九首》/ 42

第三讲　魏晋南北朝文学

⊙ 建安文学看"三曹"/ 46
⊙ 风骨犹存"建安七子"/ 48
⊙ 三国才女蔡文姬/ 50
⊙ 乱世达人"竹林七贤"/ 52
⊙ 陈寿和《三国志》/ 54
⊙ "太康之英"陆机/ 56
⊙ 志怪小说《搜神记》/ 58
⊙ 归去来兮陶渊明/ 60
⊙ 刘宋文坛颜延之/ 62
⊙ 游山玩水谢灵运/ 64
⊙ 七言才子鲍照/ 66
⊙ 北朝民歌"木兰传奇"/ 68
⊙ 长篇叙事诗《孔雀东南飞》/ 70
⊙ 笔记小说《世说新语》/ 72
⊙ 文学批评《文心雕龙》/ 74
⊙ 山水文学《水经注》/ 76
⊙ 经典文集《文选》/ 78
⊙ 唯美乐章《玉台新咏》/ 80
⊙ 传世美文《兰亭集序》/ 82

第四讲　隋唐五代文学

⊙初唐四杰／86
⊙诗骨陈子昂／88
⊙清新诗人孟浩然／90
⊙七绝圣手王昌龄／92
⊙边塞诗人组合"高岑"／94
⊙诗仙李白／96
⊙诗佛王维／98
⊙诗圣杜甫／100
⊙百代文宗韩愈／102
⊙唐代四大女诗人／104
⊙诗魔白居易／106
⊙诗豪刘禹锡／108
⊙诗文优美柳宗元／110
⊙诗人元稹／112
⊙深情唯有李商隐／114
⊙花间词派鼻祖温庭筠／116
⊙古文巨擘皮日休／118
⊙"一代之奇"唐传奇／120

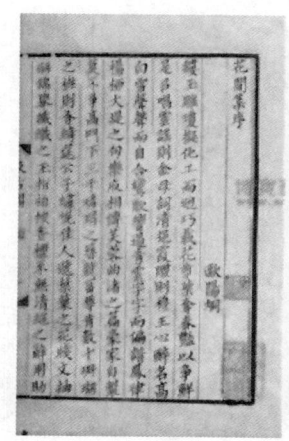
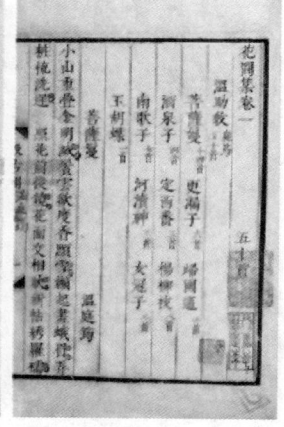

第五讲　宋代文学

- 北宋巨手柳永／124
- 婉约词人"晏家父子"／126
- 文坛领袖欧阳修／128
- 文坛父子兵"三苏"／130
- 司马光与《资治通鉴》／132
- 北宋散文家曾巩／134
- 北宋人杰王安石／136
- 诗香雅韵《乐府诗集》／138
- "婉约宗主"李清照／140
- 爱国诗人陆游／142
- "一代词圣"辛弃疾／144

第六讲　辽金元文学

- 契丹才女压须眉／148
- "文坛盟主"元好问／150
- "曲圣"关汉卿／152
- 元曲大家白朴／154
- "曲状元"马致远／156
- 著名剧作家郑光祖／158
- 王实甫与《西厢记》／160
- 高明与《琵琶记》／162

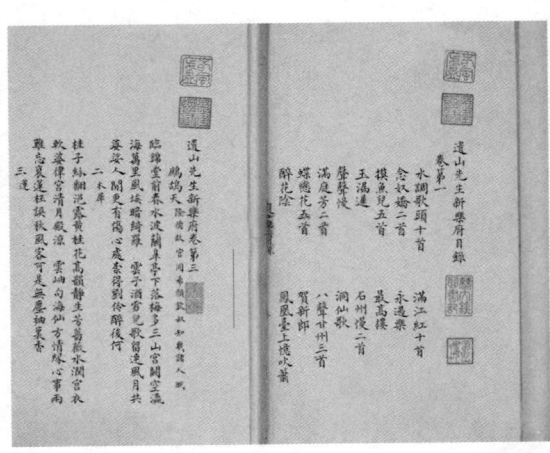

第七讲　明代文学

- ⊙ 四大名著之《水浒传》／166
- ⊙ 四大名著之《三国演义》／168
- ⊙ 四大名著之《西游记》／170
- ⊙ 汤显祖和《牡丹亭》／172
- ⊙ 世情小说《金瓶梅》／174
- ⊙ 冯梦龙和他的"三言"／176
- ⊙ 凌濛初和他的"二拍"／178
- ⊙ 明代戏剧"三大传奇"／180

第八讲　清代文学

- ⊙ 蒲松龄与《聊斋志异》／184
- ⊙ 传奇戏曲《长生殿》／186
- ⊙ 传奇历史剧《桃花扇》／188
- ⊙ 吴敬梓与《儒林外史》／190
- ⊙ 四大名著之《红楼梦》／192
- ⊙ 天轮彩图《镜花缘》／194
- ⊙ 智慧光芒《古文观止》／196
- ⊙ 晚清四大谴责小说／198

第九讲　近现代文学

- ⊙一代大师鲁迅／202
- ⊙新诗奠基人郭沫若／204
- ⊙现实主义写作先驱叶圣陶／206
- ⊙幽默大师林语堂／208
- ⊙文学巨匠茅盾／210
- ⊙新月派代表徐志摩／212
- ⊙多产作家张恨水／214
- ⊙散文大师朱自清／216
- ⊙人民艺术家老舍／218
- ⊙爱的"使者"冰心／220
- ⊙沈从文与《边城》／222
- ⊙现代女作家丁玲／224
- ⊙人民作家巴金／226
- ⊙诗坛泰斗艾青／228
- ⊙天才作家钱钟书／230
- ⊙文学"洛神"萧红／232
- ⊙杨沫和《青春之歌》／234
- ⊙说不尽的张爱玲／236
- ⊙武侠小说"泰斗"金庸／238
- ⊙武侠小说巨匠古龙／240
- ⊙台湾女作家琼瑶／242
- ⊙永远的三毛／244

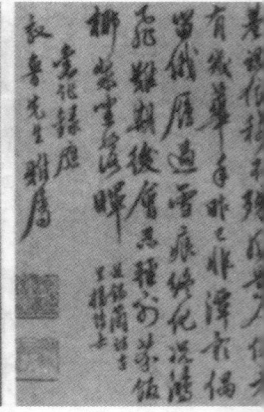

第一讲
先秦文学

神话传说《山海经》

> 《山海经》是我国古代保存神话资料最多的著作，约成书于战国初年到汉代初年之间，应是由不同时代的巫觋（男巫）、方士（方术士，后演变为道士）根据当时流传的材料编选而成的，实际上是一部具有民间原始宗教性质的书。

《山海经》全书共分为山经五卷、海外经四卷、海内经五卷、大荒经四卷，内容极其驳杂，除了神话传说、宗教祭仪以外，还包括我国古代地理、历史、民族、生物、矿产、医药等方面的内容，是所有的古代文献中，最具有神话价值的作品。

神话乃文学之母，神话与文学的关系，就像《山海经》神话中所见的盘古与日月江海的关系。话说盘古死后，头化为四岳，眼睛化为日月，脂膏化为江海，毛发化为草木。盘古虽死，而日月江海、人间万物……都有盘古的影子。神话在转换为其他文学形式以后，往往失去了它本身的神话意义，却作为文学中艺术性的冲击力量而活跃起来。

陶渊明的《读山海经诗》句句源自《山海经》；浪漫主义诗人李白具有游仙思想的名篇《梦游天姥吟留别》《蜀道难》等皆源于《山海经》神话；李贺诗词对《山海经》神话亦多有运用；李商隐更是大量运用了《山海经》神话象征、隐喻的个中翘楚；北宋著名诗人苏东坡《潮州韩文公庙碑》中的祀歌"骑龙白云乡、织锦裳的天孙、讴吟下招的巫阳"，都是直接源于《海内西经》的。

此外，干宝的《搜神记》、唐传奇如《柳毅传》几乎都脱胎

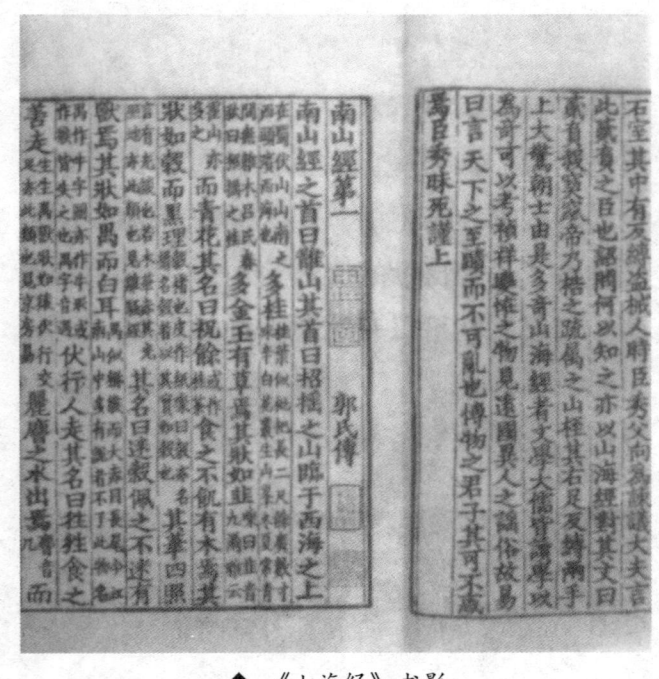

◆《山海经》书影

于《山海经》；元杂剧《窦娥冤》、明小说《封神演义》、清蒲松龄《聊斋志异》，莫不与《山海经》神话的变化一脉相承；明吴承恩《西游记》中的孙悟空、猪八戒等人、神、兽杂糅的形象，是《山海经》神话变化的运用；近代戏剧《牛郎织女》《白蛇传》《嫦娥奔月》等莫不取材脱胎于《山海经》神话。

古诗词、小说、戏曲等泛取《山海经》神话题材者比比皆是，举不胜举，现代诗文也不乏以《山海经》神话入诗者，比如，杨牧、余光中、郭沫若、覃子豪、吴瀛涛等人的诗中，神话往往成为其讽喻性的解说主题。

总之，《山海经》神话塑造了不少文学母题。神话与文学几乎是一体的两面，是象征的、想象的、朴野的，是叙事描绘的、情感的、富于生命力的文学形式。《山海经》的古神话，比之于西洋神话，稍嫌零碎、简陋，然而虽不是琳琅瑰奇的篇章，但仔细探究，竟是一块一块的璞玉美石，可誉为"中国文学的宝矿"。

《山海经》的神话中，不仅可以看到巫师的活动，也可以看到古代民族的信仰、崇拜等。在《山海经》中，存在着大量的神奇动物的记载，这些动物主要是鸟、兽、龙、蛇之类，它们往往具有神奇的力量，也很有可能就是古人的图腾崇拜。

《山海经》可以说是我国古代神话的一座宝库，对我国神话的传播和研究有着极其重要的意义。而且，《山海经》也保留了大

◆ 盘古像

量远古时期的史料，为后人留下了探寻历史的根据。

延伸阅读

《山海经》的作者

古时学者大都认为《山海经》是夏禹、伯益所作，今天看来此说纯属无稽之谈。无论是从其包罗万象的内容上看，还是从各篇成书时间早晚不一上看，《山海经》都绝非出于一时一人之手，而应是集体编述而成。由于受古时地域、交通条件的限制，即使一个部落也不可能了解到各种纷纭的情况，所以只能通过巫师口耳相传累积，在大一统的后世将其加以整理成书。而早期巫师的职责，决定了他们文化知识的结构，大凡天文、地理、历史、宗教、生物、医药、帝王世系及重大技术发明等，无不知晓，故《山海经》的内容十分驳杂。

诗苑奇葩《诗经》

> 《诗经》是中国现实主义文学的光辉起点，它开创了中国诗歌的优秀传统，对后世文学产生了不可磨灭的影响。《诗经》的影响还跨越国界走向了全世界。

《诗经》是我国第一部诗歌总集，共收入自西周初年至春秋中叶500多年的诗歌305篇。《诗经》共有风、雅、颂三个部分。其中"风"包括"十五国风"，有诗160篇；"雅"分"大雅""小雅"，有诗105篇；"颂"分"周颂""鲁颂""商颂"，有诗40篇。

早在春秋时期，《诗经》就已广泛流传。关于《诗经》编纂成集的过程，有种种说法。

有一种说法认为，《诗经》曾经过孔子的删订，但这种说法并不可信。《诗经》经多人长时期的收集整理，大约在公元前6世纪中叶最后编定成书，这是在孔子出生之前。在《论语》中，孔子曾多次说过"诗三百"的话，可见他所看到的《诗》和现存《诗经》的篇目大体相同。

据秦汉时期一些典籍的记载，《诗经》作品主要有两个来源。一是周朝廷设有专门采集民间歌谣的官员，称"行人"，他们四出采访、收集民歌，以供朝廷考察民情风俗、政治得失。采诗的工作由于得到各诸侯国的协助，所达到的地域相当广阔，所以各地民歌得以集中起来。二是周朝还有"献诗"的制度，公卿士大夫在某种场合要向天子献诗。《诗经》中的不少"雅"诗，就是这样汇集到一起来的。

《诗经》中的诗当初都是配乐的歌词，保留着古代诗歌、音乐、舞蹈三者结合的形式。《墨子·公孟》篇说："诵《诗》三百、歌《诗》三百、弦《诗》三百、舞

◆《诗经》书影

◆ 八月剥枣豳风图（《诗经·豳风七月》云："八月剥枣，十月获稻。"）

《诗》三百。"《仪礼》《周礼》《礼记》和《国语》里，也分别提到《诗》可以用钥、管、箫等乐器演奏。鲁国乐工也曾为季札演出过"风""雅""颂"各部分的诗。这些都说明《诗经》在古代与音乐、舞蹈有着密切的关系，只是经过春秋战国的社会大变动，乐谱和舞姿失传，只剩下歌词，就成为现在所见到的一部诗集。

《国风》以恋爱婚姻为题材的民歌数量最多，也最富情采。劳动诗歌也是《国风》中重要的一类，如《周南·芣苢》，是妇女采集车前子时所唱的歌，诗篇以简单的语言，简单的韵律，唱出了劳动的欢乐情绪和热烈气氛。

在《雅》诗里，有一部分是贵族祭祀用的乐歌。如《小雅》中的《楚茨》《信南山》《甫田》《大田》等，都是祈求丰年的乐章，中间描绘了当时农业生产的情况。至于《大雅》中的《生民》《公刘》《绵》《皇矣》《大明》诸篇，则颂扬自周族的始祖后稷建国，到武王灭商的历史功绩，中间有一些神话传说，曲折地反映了从原始社会到奴隶社会的生活情景。

《周颂》全是西周初年周王朝祭祀宗庙的舞曲歌辞，用典重的词章歌颂祖先的功德并祈求降福子孙。《鲁颂》是鲁国贵族用于宗庙的乐章。《商颂》是宋国贵族用于祭祀祖先商王的颂歌。

《诗经》的影响还越出国界走向了全世界。日本、朝鲜、越南等国很早就传入汉文版《诗经》。从18世纪开始，又出现了法文、德文、英文、俄文等《诗经》的译本，为世界各国的人们所喜爱。

延伸阅读

苏东坡巧用《诗经》解难题

宋神宗年间，辽国派出使臣来到京城汴梁（今河南开封），翰林学士苏东坡奉旨前往驿馆接待。辽使知道苏东坡是个饱学名士，宾主叙谈之暇，便出一上联，请苏学士对下联。联云："三光日月星。"此联从形式到内容，结构独特，要当场对出来，是非常困难的。辽使自认为得逞，暗自窃喜。他想这次一定会使苏东坡处于困境，陷于窘地。苏东坡不假思索，顺口答出下联："四诗风雅颂"。"四诗"指《诗经》的四体，即《诗经》的四个部分：国风、大雅、小雅、颂。通常人们把大雅、小雅合称为"雅"。苏东坡巧用《诗经》，解决了难题。辽使听了接对，不禁叹愕，连连点头表示称赞。

孔子与《论语》

孔子所处的春秋时代，西周社会以血缘氏族为基础的政治制度土崩瓦解，而基于文化认同的"诸夏"民族共同体正在形成。孔子在这样的历史背景下，成为了时代精神的代表人物与集大成者，开创了战国诸子百家的先河。他所著的《论语》一书，是儒家经典著作之一。

孔子（约公元前551年至前479年），名丘，字仲尼，鲁国陬邑（今山东曲阜东南）人，春秋末期思想家、教育家、文学家，儒家学派的创始人。

孔子幼年时极为聪明好学，20岁的时候，学识就已经非常渊博，被当时的人称赞为"博学好礼"。孔子想走仕途，对天下大事非常关注，对治理国家的诸种问题，经常进行思考，也常发表一些见解。但由于生性秉直，孔子在政治上并没有过大的作为。后来他携弟子周游列国，最终返回鲁国，专心执教。孔子打破了教育垄断，开创了私学的先河。孔子弟子多达3000余人，其中贤人有72人，还有很多弟子都成为了各国的高官栋梁。孔子的弟子中最出色的有颜回、子路、子贡、宰予等。

孔子对后世影响深远，虽说他"述而不作"，但他在世时就被誉为"天纵之圣""天之木铎""千古圣人"，是当时社会上最博学的人，后世尊称他为"至圣""万世师表"，认为他曾修《诗》《书》，定《礼》《乐》，序《周易》，作《春秋》。

《论语》是儒家学派的经典著作之一，由孔子的弟子及其再传弟子编撰而成。它以语录体和对话文体为主，记录了孔子及其弟子言行，集中体现了孔子的政治主张、伦理

◆ 孔子像

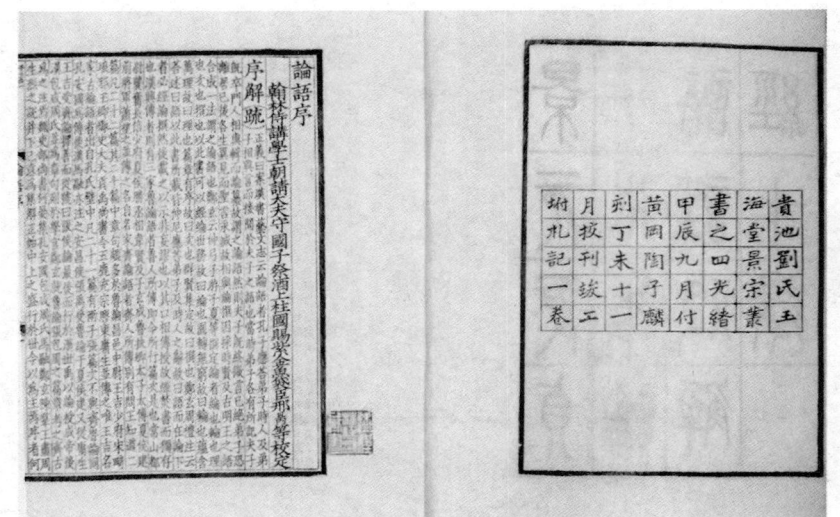

◆ 《论语》书影

的温雅贤良，子贡的聪颖善辩，曾皙的潇洒脱俗，等等，都称得上个性鲜明，能给人留下深刻的印象。

孔子的思想及学说对后世产生了极其深远的影响，美国诗人、哲学家爱默生认为"孔子是全世界各民族的光荣"。1988年，75位诺贝尔奖的获得者在巴黎发表联合宣言，呼吁"21世纪人类要生存，就必须汲取两千年前孔子的智慧"。斯洛伐克共和国黑山博士说："为了创造一个没有任何无端冲突的德馨社会，人类伟大导师孔子所设立的道德原则和进行的不懈努力直至今日仍无人超越。"

思想、道德观念及教育原则等，与《大学》《中庸》《孟子》并称"四书"。通行本《论语》共20篇。

《论语》不仅首创语录体，它更是一部优秀的语录体散文集，它以言简意赅、含蓄隽永的语言，记述了孔子的言论，其中有许多言论至今仍被世人视为至理。《论语》中所记孔子循循善诱的教诲之言，或简单应答，点到即止；或启发论辩，侃侃而谈，且富于变化，娓娓动人。

《论语》作为孔子及其弟子的言行集，内容十分广泛，多半涉及人类社会生活问题，对中华民族的心理素质及道德行为起到过重大影响。

孔子是《论语》描述的中心，书中不仅有关于他的仪态举止的静态描写，而且有关于他的个性气质的传神刻画。此外，围绕孔子这一中心，《论语》还成功地刻画了一些孔门弟子的形象，如子路的率直鲁莽，颜渊

知识小百科

曲阜"三孔"

孔庙、孔府、孔林举世闻名。孔庙是祭祀孔子的地方，初建于公元前478年，当年规模很小，仅就孔子故居为庙，"岁时奉祀"。西汉后，随着历代帝王对孔子的不断加封，孔庙规模也随之扩大。孔府是个庞大的院落，其实并非孔子之家，而是其子孙后人的居所。孔林是孔子和他的家族的墓地，占地200公顷。

庄子与《庄子》

> 庄子是惊世骇俗的哲学大家，也是才华横溢的文学大师，他所著的《庄子》在公元3世纪至5世纪的魏晋时期产生了重大影响，它和《周易》《老子》一起并称"三玄"，在中国文学史上占有重要的地位。《庄子》在唐代正式成为道家的经典之一。

庄子（约公元前369年至前286年），名周，宋国蒙（今安徽蒙城）人，战国时期思想家、哲学家。庄子所著的《庄子》在哲学、文学上都具有较高的研究价值，名篇《逍遥游》《齐物论》《养生主》等尤为后世传诵。

据《史记》和《庄子》记载，庄子在他的家乡蒙(今河南、安徽交界处)这个地方，当过管漆园的小官，干了不多久，便辞官回家，生活贫困到无米下锅，有时不得不编些草鞋拿去卖，赚点小钱过日子。

他平时衣履不整，有一次魏王召见他，他就穿着补了又补的衣服去见魏王。尽管他也有些朋友，如做过魏宰相的好友惠施，曾邀他做官，他就是不予合作。不仅如此，庄子还把为统治者效力而获得赏赐比作"吮痈舐痔"，不愿与这种人为伍。宋国有个叫曹商的人，出使秦国，秦王赏给他百辆车子，他在庄子面前炫耀，庄子轻蔑地说："秦王有病召医，破痈溃痤者得车一乘；舐痔者得车五乘，所治愈下，得车愈多。"

一天，庄子正在涡水垂钓，楚王委派的两位大夫前来聘请他道："吾王久闻先生贤名，欲以国事相累。深

◆ 庄子像

望先生欣然出山,上以为君王分忧,下以为黎民谋福。"庄子持竿不顾,淡然说道:"我听说楚国有只神龟,被杀死时已三千岁了。楚王珍藏之以竹箱,覆之以锦缎,供奉在庙堂之上。请问二大夫,此龟是宁愿死后留骨而贵,还是宁愿生时在泥水中潜行曳尾呢?"二大夫道:"自然是愿活着在泥水中摇尾而行啦。"庄子说:"二位大夫请回去吧!我也愿在泥水中曳尾而行哩!"喜欢过逍遥的隐士生活,对现实不满,不与统治阶级合作,追求绝对自由的生活构成了庄子性格与思想的主要内容。

庄子生活在社会矛盾极其复杂的战国时代,在《庄子》一书中,他用生动形象而幽默诡异的寓言故事来阐述自己的思想,这种寓言的方式使庄子的思想和想象具有着水一般的整体性。它以汪洋恣肆的文字,雄浑飞越的意向,奇特丰富的想象,滋润旷达的情致,给人以超凡脱俗与崇高美妙的感受。

《庄子》的文章结构很奇特,看起来并不严密,却常常突兀而来,行所欲行,止所欲止,汪洋恣肆,变化无端,有时似乎不相关,任意跳荡起落,但思想却能一线贯穿。句式也富于变化,或顺或倒,或长或短,再加上词汇丰富,描写细致,又常常不规则地押韵,显得极富表现力,极有独创性。

无论在哲学思想方面,还是文学语言方面,庄子都给予了我国历代的思想家和文学家以深刻、巨大的影响,在我国思想史、文学史上都有极重要的地位。《庄子》一书的出现,标志着在战国时代,我国的哲学思想

◆ 《庄子》书影

和文学语言,已经发展到非常高的水平,是我国古代典籍中的瑰宝。

延伸阅读

庄子与"鹏程万里"

成语"鹏程万里"出自《庄子·逍遥游》,源自一个美丽的寓言故事:传说北海有一条几千里长的大鱼,名叫鲲。后来鲲变成了一只大鹏鸟,身躯也有几千里长。大鹏鸟振翅起飞时,它的翅膀就像遮天蔽日的云层。有一次大鹏鸟飞往南海去,用翅膀击水而行,一下就是三千里。它向高空起飞,在海上卷起一股风暴,借着风暴的力量,一下飞出九万里。它飞上去后,要过半年以后,才飞回来休息。飞在高空中,它背靠青天,没有什么能够遮掩它。一只小鸟看见大鹏鸟飞得这么高、这么远,就很不理解地嘲笑它:"我们一耸身飞起来,最高也不过飞过树林子,就可飞回地面。你为什么要飞到九万里以外的天边呢?"

韩非子与《韩非子》

> 《韩非子》一书是法家经典著作，记载了大量脍炙人口的寓言故事，那些寓言故事蕴含着深隽的哲理，凭着思想性和艺术性的完美结合，给人以智慧的启迪，具有较高的文学价值。

韩非子（约公元前281年至前233年），战国末期韩国（今河南省新郑）人，是我国古代著名的哲学家、思想家、政论家和散文家，法家思想的集大成者，后世称他为"韩非子"。

身为贵族的韩非子从小立志要做一番大事业。于是，他在弱冠之年便告别父母，独自一人游历天下，最终投师于当时著名的思想家、政治家、法家代表人物荀子。荀况在齐国讲学时，门徒不可胜数，其中有两位著名人物，一位是后任秦国丞相的李斯，一位就是韩非子。韩非子为人正直，天资聪慧又勤学不怠，因而他的老师放言"帝王之术非韩非不能大，法家之思非韩非不能广"。

韩非子生于战国七雄纷争之世，在战国七雄中，韩国是最弱小的国家，他目睹韩国日趋衰弱，曾多次向韩王上书进谏，寄希望于韩王励精图治，变法图强，但韩王置若罔闻，始终都未采纳。这使他孤独悲观，大失所望。他从"观往者得失之变"之中探索变弱为强的道路，写了《孤愤》《五蠹》《内外储》《说林》《说难》等十余万言的著作，全面、系统地阐述了他的法治思想，抒发了忧愤孤直而不容于时的愤懑。

这些著作流传到秦国，秦王读了他的文章后，大加赞赏，发出"嗟乎！寡人得见此人与之游，死不恨矣"的感叹，可谓推崇备至，仰慕已极。但秦王却不知这两篇文章是谁所写，于是便问李斯，李斯告诉他是韩非

◆ 韩非子像

子的著作。

秦王为了见到韩非子，便急切下令攻打韩国。韩王本来不任用韩非子，在形势急迫的情况下，便派韩非子出使秦国。

秦王见到韩非子，非常高兴，然而韩非子却未被信任和重用。韩非子曾上书劝秦王政先伐赵缓伐韩，由此遭到李斯和姚贾的谗害，他们诋毁地说："韩非者，韩之诸公子也。今王欲并诸侯，非终为韩不为秦，此人之情也。今王不用，久留而归之，此自遗患也，不如以过法诛之。"

秦王信以为然，就把韩非子交给法官审讯。李斯派人给韩非子送去毒药，让他自杀。韩非子想向秦王自陈心迹，却又不能进见。秦王后来感到懊悔，派人赦免他，但韩非子已经死了。

《韩非子》一书文体丰富多样，突出特

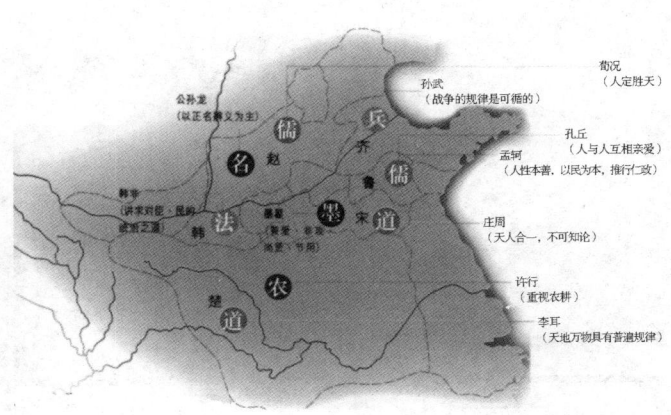

◆ 春秋战国时期著名学者及其学说示意图

点是犀利峻峭。法家人物大都以严刻寡恩，敢于直言著称，韩非子尤为如此。他总是以冷峻严酷的目光去剖析现实，大胆暴露各种人物的思想行为，敢于毫不掩饰地发表真实见解，有一种激切凌厉之气。

韩非子擅长创作寓言故事，并通过这些故事来述说自己的政治观点。《韩非子》一书当中，共汇集寓言故事300多则，如自相矛盾、守株待兔、滥竽充数、老马识途、曾子杀猪等，它们已经成为中国文学中的瑰宝而代代相传。

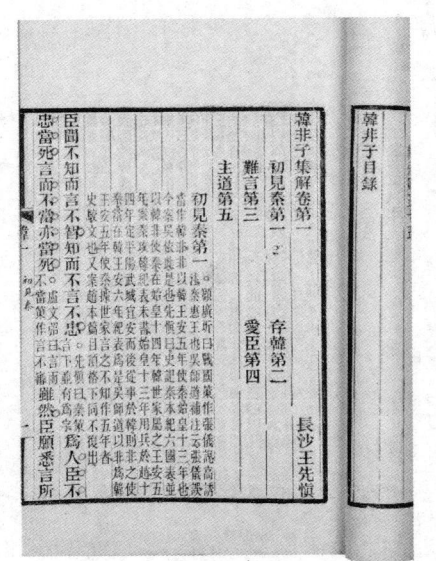

◆ 《韩非子》书影

知识小百科

韩非子与李斯

韩非子和李斯是同学，关于韩非子与李斯的恩怨，数千年来一直是人们喜欢纠结的公案。主要有两种言辞，一种是说李斯嫉妒韩非子的才学，怕他在秦始皇面前得宠，而抢走自己的位置，不能继续飞黄腾达，荣华富贵。另有一说是当日所谓"陷害"韩非子的并不是只有李斯，史上留下名字的还有一个姚贾。当然也有人认为这是关系秦内部政治集团与阶级利益牵扯的原因，而绝非李斯与韩非子私人恩怨所致。

屈原与《离骚》

> 屈原的出现,不仅标志着中国诗歌进入了一个由集体歌唱到个人独创的新时代,而且他所开创的新诗体——楚辞,突破了《诗经》的表现形式,极大地丰富了诗歌的表现力,为中国古代的诗歌创作开辟了一片新天地。

屈原(约公元前339年至前278年),名平,字原,战国末期楚国人,楚武王熊通之子屈瑕的后代。

屈原是中国文学史上第一位伟大的爱国诗人,是浪漫主义诗人的杰出代表。他创立了"楚辞"体,也开创了"香草美人"的传统。后世所见屈原作品,皆出自西汉刘向辑集的《楚辞》,这部书主要是屈原的作品,《离骚》《九章》《九歌》《天问》是屈原最主要的代表作,《离骚》是中国最长的抒情诗。

屈原一生经历了楚威王、楚怀王、顷襄王三个时期,而主要活动于楚怀王时期。

怀王十五年(前314年),秦王为了拆散楚国和齐国的联盟,决定派丞相张仪到楚国去一趟。张仪由秦至楚,以重金收买靳尚、子兰、郑袖等人充当内奸,同时以"献商于之地六百里"诱骗怀王,致使齐楚断交。屈原是坚决主张齐楚联合共同对付秦国的,他听说张仪来到楚国,知道他准是来破坏齐楚联盟的。他担心楚王上当,就闯进王宫,见了楚怀王,他大声说:"张仪的话,大王千万不能相信。楚国要是跟齐国绝交,秦国就会趁虚而入,欺负楚国的。"可是,楚怀王不听。屈原长叹一声,只好离开了。

秦王没有兑现承诺,最终使怀王受骗。受骗的怀王恼羞成怒,两度向秦出兵,均遭惨败。于是屈原奉命出使齐国重修齐楚旧

◆ 屈原像

◆ 《离骚》书影

好。此间张仪又一次由秦至楚，进行瓦解齐楚联盟的活动，使齐楚联盟未能成功。怀王二十四年（前305年），秦楚黄棘之盟，楚国彻底投入了秦的怀抱，屈原亦被逐出郢都，到了汉北。

怀王三十年（前299年），屈原回到郢都。同年，秦约怀王武关相会，怀王遂被秦扣留，最终客死秦国，顷襄王即位后继续实施投降政策，屈原再次被逐出郢都，流放江南，辗转流离于沅、湘二水之间。顷襄王二十一年(前278年)，秦将白起攻破郢都，屈原悲愤难捱，遂自沉汨罗江，身殉了自己的政治理想。

屈原死后，留下了一些优秀的诗歌，其中最著名的是《离骚》。

《离骚》的形式来源于楚国人民的口头创作，诗人又将之加以改造，构成长篇，使之包含了丰富的内容。它的语言精炼，吸收了楚国的不少方言，造句颇有特色。诗人用了许多比喻，无情地揭露了统治集团的丑恶，抨击了他们的奸邪、纵欲、贪婪、淫荡

和强暴。同时，他也塑造了坚持正义、追求真理、不避艰难、不怕迫害、热爱乡土和人民的人物形象。

《离骚》是一部具有现实意义的浪漫主义抒情诗，诗中无论是主人公形象的塑造，还是一些事物特征的描绘，诗人都大量采用了夸张的浪漫主义表现手法。神话传说的充分运用，展开了多彩的幻想的翅膀，更加强了《离骚》的浪漫主义气韵。比、兴手法的运用，在《离骚》中是非常多见的，如他以香草比喻诗人品质的高洁，以男女关系比喻君臣关系，以驾车马比喻治理国家，等等。

延伸阅读

屈原与端午节

据说，屈原于五月初五自投汨罗江，死后为蛟龙所困，世人哀之，每于此日投五色丝粽子于水中，以驱蛟龙。又传，屈原投汨罗江后，当地百姓闻讯马上划船捞救，一直行至洞庭湖，终不见屈原的尸体。那时，恰逢雨天，湖面上的小舟一起汇集在岸边的亭子旁。当人们得知是打捞贤臣屈大夫时，再次冒雨出动，争相划进茫茫的洞庭湖。为了寄托哀思，人们荡舟江河之上，此后才逐渐发展成为龙舟竞赛。看来，端午节吃粽子、赛龙舟与纪念屈原相关，有唐代文秀《端午》诗为证："节分端午自谁言，万古传闻为屈原。堪笑楚江空渺渺，不能洗得直臣冤。"

第一讲 先秦文学

诗歌总集《楚辞》

《楚辞》是我国第一部浪漫主义诗歌总集,是楚文化土壤上开出的奇葩,代表了楚文化的辉煌成就。它的出现,打破了《诗经》以后两三个世纪的沉寂而在诗坛上大放异彩。后人也因此将《诗经》与《楚辞》并称为"风骚"。

楚辞又称"楚词",其本义是指楚地的言辞,后来逐渐固定为两种含义:一种是诗歌的体裁,一种是诗歌总集的名称。从诗歌体裁来说,它是战国后期以屈原为代表的诗人,在楚国民歌基础上开创的一种新诗体。从总集名称来说,它是西汉刘向在前人基础上辑录的一部"楚辞"体的诗歌总集,收入战国楚人屈原、宋玉的作品以及汉代贾谊、淮南小山、庄忌、东方朔、王褒诸人的仿骚作品。由于屈原的《离骚》是《楚辞》的代表作,所以楚辞又称为"骚"或"骚体"。

楚辞是在楚国民歌的基础上经过加工、提炼而发展起来的,有着浓郁的地方特色。由于地理、语言环境的差异,楚国一带自古就有它独特的地方音乐,古称"南风""南音";也有它独特的土风歌谣,如《说苑》中记载的《楚人歌》《越人歌》《沧浪歌》。更重要的是,楚国有悠久的历史,楚地巫风盛行,楚人以歌舞娱神,使神话大量保存,诗歌音乐迅速发展,使楚地民歌中充满了原始的宗教气氛。所有这些影响都使得楚辞具有楚国特有的音调音韵,同时具有深厚的浪漫主义色彩和浓厚的巫文化色彩。可以说,楚辞的产生是和楚国地方民歌以及楚地文化传统的熏陶分不开的。现在,从《楚辞》等书中还可以看到众多楚地乐曲的名目,如《涉江》《采菱》《劳商》《九辩》《九歌》《薤露》《阳春》《白雪》等。

同时,楚辞也是楚文化和北方中原文化

◆ 刘向像

《楚辞》在中国诗歌史上占有重要地位，特别是《楚辞》中屈原的作品，以其深邃的思想、浓郁的情感、丰富的想象、瑰丽的文辞，体现了内容与形式的完美统一。它的比、兴寄托手法，不仅运用在遣词造句上，且能开拓到篇章构思方面，为后人提供了创作的楷模。而它对其后的赋体、骈文、五七言诗的形成，又都产生了深远的影响。

后人也因此将《诗经》与《楚辞》并称为风、骚。风指十五国风，代表《诗经》，充满着现实主义精神；骚指《离骚》，代表《楚辞》，充满着浪漫主义气息。风、骚成为了中国古典诗歌现实主义和浪漫主义的两大流派。

◆ 《楚辞》书影

相结合的产物。春秋战国以后，一向被称为荆蛮的楚国日益强大。它在问鼎中原、争霸诸侯的过程中与北方各国频繁接触，促进了南北文化的广泛交流，楚国也受到了北方中原文化的深刻影响。正是这种南北文化的汇合，孕育了屈原这样伟大的诗人和《楚辞》这样异彩纷呈的伟大诗篇。

楚辞的特征，宋代黄伯思在《校定楚辞序》中概括说："盖屈宋诸骚，皆书楚语，作楚声，记楚地，名楚物，顾可谓之'楚辞'。"这一说法是正确的。除此而外，《楚辞》中屈原、宋玉的作品所涉及的历史传说、神话故事、风俗习尚以及所使用的艺术手段、浓郁的抒情风格，无不带有鲜明楚文化色彩。这是楚辞的基本特征，它们是与中原文化交相辉映的楚文化的重要组成部分。

延伸阅读

楚辞名句

1. 长太息以掩涕兮，哀民生之多艰。——屈原《离骚》
2. 路漫漫其修远兮，吾将上下而求索。——屈原《离骚》
3. 亦余心之所善兮，虽九死其犹未悔。——屈原《离骚》
4. 鸟飞返故乡兮，狐死必首丘。——屈原《九章》
5. 举世皆浊我独清，众人皆醉我独醒。——屈原《渔父》
6. 吾不能变心而从俗兮，固将愁苦而终穷。——屈原《涉江》
7. 悲哉秋之为气也！萧瑟兮草木摇落而变衰。——宋玉《九辩》
8. 其曲弥高，其和弥寡。——宋玉《宋玉对楚王问》

缤纷春秋看《左传》

《左传》的文学成就及影响,是先秦同时期的其他历史著作所无法比拟的。其题材、叙事方法、写人艺术和纯熟精美的语言,都为后世史传文学、小说、诗歌、戏剧的创作提供了艺术借鉴,影响甚为深远。

《左传》是《春秋左氏传》的简称,原名《左氏春秋》,汉人也有称《春秋古文》《左氏传》。《左传》的绝大部分内容是在《春秋》经文基础上,进一步补叙其历史事件原委,全书的体例、思想体系也大体与《春秋》一脉相承。

传说《左传》的作者是和孔子同时代的左丘明。左丘明（公元前556年至前451年）,姓丘名明。左丘明博览天文、地理、文学、历史等大量古籍,学识渊博。曾任鲁国左史官,在任时尽职尽责,德才兼备,为时人所崇拜。他不仅是一个杰出的历史家,同时也是一个天才的文学家。

《左传》是我国现存第一部记事详细的编年体断代史,其记事起于鲁隐公元年（前722年）,止于鲁哀公二十七年（前468年）。它系统而具体地记载了春秋列国的政治、军事、外交、文化、风俗等内容,较真实地反映了这一时期的社会现实。在选择史料、叙述史实和"君子曰"中表露了作者的进步思想倾向,诸如赞美和歌颂明君贤臣及其辉煌业绩；揭露和批判统治阶级的内部矛盾、残暴荒淫行为、列国间的频繁战争；宣扬民本思想、怀疑天道鬼神的传统观念等,但也有一些宣扬帝王将相创造历史的唯心史观、维护宗法制度、等级制度的思想,这是其历史局限。

◆ 左丘明像

《左传》是一部文学价值很高的历史散文著作。其文学成就，首先体现在善于叙事上。其叙述复杂历史事件，真实生动，委婉周详，头绪清楚，注意伏线、照应，重点突出。其叙事方法，也多种多样，有正叙、顺叙、倒叙、补叙、插叙、陪叙、明叙、带叙等20余种，奇正变化，神妙难测。

《左传》叙事最突出的是写战争。作者不重战争场面的具体描写，而总是围绕某一主题，侧重描写战争的背景、战前准备、双方兵力部署、力量的对比、将帅士兵的活动、战略战术的运用、胜负的原因等与人谋有关的情节，从而使文章矛盾错综复杂，情节跌宕起伏，张弛有致，环环相扣，结构谨严，层次清楚，而又中心突出。如著名的"崤之战""城濮之战""邲之战""长勺之战"等大抵如此。另外，在战事叙写中，作者还善于穿插细节，以烘托气氛，增添波澜，交代重大契机。如"邲之战"写晋军战败逃亡济河争舟的细节即是一例。

《左传》的语言简练而丰润，含蓄而畅达，曲折尽情而极富表现力，无论叙述语言还是人物语言大都能如此。尤其人物语言中的外交辞令，许多都堪称脍炙人口的名篇，如屈完对齐侯、展喜犒秦师、烛之武退秦师、王孙满论鼎、吕相绝秦等，或委曲婉转、陈述利害，或辞令激切、语挟风霜，均用辞雅正，曲尽人情，各得其妙。

《左传》还记录了春秋时代人们的生

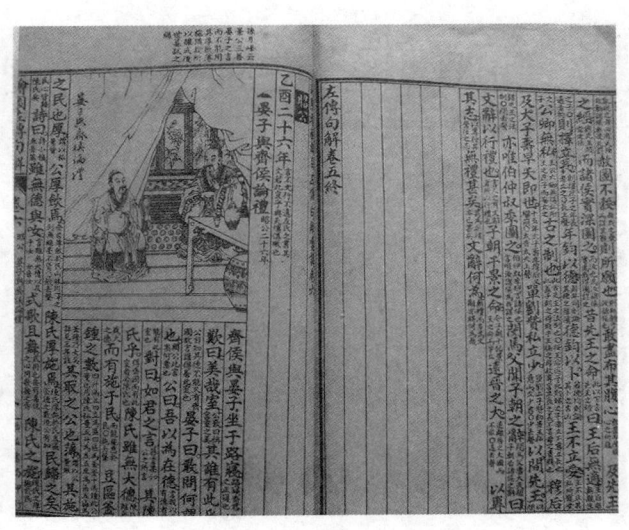

◆《左传》书影

活方式和风俗习惯等方面的内容。从盛大的祭典、燕享，到等级森严的宗法和礼制。从婚丧嫁娶等各种风俗，到名目繁多的奉祀、禁忌。并且，节气时令、天灾水害、星象历法、地理沿革各方面，《左传》也都有所著录。内容丰富多彩、包罗万象，足以称之为春秋时代的"百科全书"。

延伸阅读

《左传》作者探讨

《左传》中叙述孔子之言时多称孔子之字"仲尼"，而孔子学生在《论语》中都是尊称其师为"子"，从未称字，所以"仲尼"之称应为孔子之好友所称孔子。好友是什么人？可能就是丘明。《左传》深得《春秋》之微言大义，有鲜明的政治与道德倾向，其观念较接近于儒家，强调等级秩序与宗法伦理，重视长幼尊卑之别，同时也表现出"民本"思想。由此看来，其人必亲与夫子论史，而深明夫子之理。

国别史论《国语》

《国语》是中国最早的一部国别史著作,是古代国别体史料汇编。它以记述西周末年至春秋时期各国贵族言论为主,因其内容可与《左传》相参证,所以有《春秋外传》之称。

《国语》是一本史料汇编,《国语》以国分类,各自成章,记载了上自西周穆王征犬戎,下至韩、赵、魏三家灭智伯,约500年的历史,以记言为主,兼以记事,通过上层统治阶级士大夫的言论、辩论来反映历史事件,探讨兴衰治乱之根源,史论结合,在史学思想上是一个进步。而且,《国语》的记叙涉及边远地区,也记载了诸如经济、制度、风俗等方面的内容,可补《左传》之不足。

《国语》的作者也是有争议的,司马迁最早提到《国语》的作者是左丘明,其后班固、刘知几等都认为是左丘明所著,还把《国语》称为《春秋外传》或《左氏外传》。但是在晋朝以后,许多学者都怀疑《国语》不是左丘明所著。直到现在,学术界仍然争论不休,一般都否认左丘明是《国语》的作者,但是缺少确凿的证据。普遍看法是,《国语》是战国初期一些熟悉各国历史的人,根据当时周朝王室和各诸侯国的史料,经过整理加工汇编而成的。

在神与人的关系上,《国语》已是人神并重,由对天命的崇拜,转向对人事的重视,重视人民在江山社稷中的作用。虚构的章节往往是全书的点睛之笔,如"骊姬夜半而泣进谗言",非第三者能知,显然是作者援情度理的虚构,但却成功刻画出一个口蜜腹剑、阴险狠毒的人物形象,也是《国语》最具特色,最值得为之喝彩的地方。

◆《国语》书影

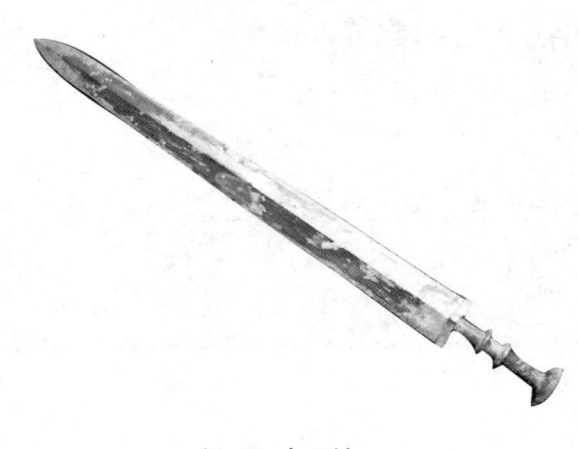

◆ 越王勾践剑

《国语》以记言为主，所记多为朝聘、飨宴、讽谏、辩诘、应对之辞。记言文字在形象思维和逻辑思维方面都很缜密，又有通俗化、口语化的特点，生动活泼而富于形象性。

《国语》虽然记言多于记事，但并没有单纯的议论文或语录，而是有一系列大小故事穿插其中，因此表现出了叙事技巧和情节构思上的特点，有时也能刻画出鲜明生动的人物形象。

由于国别史的特点，《国语》有时在记叙某一国的事件时，集中了一定的篇幅写某个人的言行，如《晋语四》专写晋文公，《晋语七》专记悼公事，《吴语》主要写夫差，《越语上》主要写勾践等等。这种集中篇幅写一人的方式，有向纪传体过渡的趋势。但尚未把一个人的事迹有机结合为一篇完整的传记，而仅仅是材料的汇集，是一组各自独立的小故事组合，而不是独立的人物传记。

就文学价值来说，《国语》虽不及《左传》，但比起《尚书》《春秋》等历史散文还是有所发展和提高的，具体表现为：作者比较善于选择历史人物的一些精彩言论，来反映和说明某些社会问题，如《周语》"召公谏弭谤"一节，通过召公之口，阐明了"防民之口，甚于防川"的著名论题。在叙事方面，亦时有缜密、生动之笔，如《晋语》记优施唆使骊姬谗害申生，《吴语》和《越语》记载吴、越两国斗争始末，多为《左传》所不载，文章波澜起伏，为历代传诵之名篇。

知识小百科

《国语》章节介绍

《国语》是我国最早的一部国别史著作，主要分为《周语》《鲁语》《齐语》《晋语》《郑语》《楚语》《吴语》《越语》几个章节：

《周语》对东、西周的历史都有记录，侧重论政记言。

《鲁语》记春秋时期鲁国之事，但不是完整的鲁国历史，很少记录重大历史事件，主要是针对一些小故事发议论。

《齐语》记齐桓公称霸之事，主要记管仲和桓公的论政之语。

《晋语》篇幅最长，共有九卷，对晋国历史记录较为全面、具体，叙事成分较多，特别侧重于记述晋文公的事迹。

《郑语》主要记述史伯论天下兴衰的言论。

《楚语》主要记述楚灵王、昭王时期的事迹，也较少记重要历史事件。

《吴语》独记夫差伐越和吴之灭亡。

《越语》仅记勾践灭吴之事。

战国风采《战国策》

> 《战国策》一书反映了战国时代的社会风貌和当时士人的精神风采,不仅是一部历史著作,也是一部非常好的历史散文,标志着中国古代散文发展的一个新时期。

《战国策》是一部国别体史书,为刘向所编。全书按东周、西周、秦国、齐国、楚国、赵国、魏国、韩国、燕国、宋国、卫国、中山国依次分国编写,分为12策,共33卷497篇,约12万字。

刘向(约公元前77年至前6年),本名更生,字子政,西汉沛县(今属江苏)人,楚元王刘交四世孙,经学家、目录学家、文学家。主要活动在元帝、成帝时代,他曾屡次上书弹劾宦官,两次下狱。汉成帝时,更名为"向",任光禄大夫,受命收阅整理经传诸子诗赋为书籍。一日,刘向校录群书时,在皇家藏书中发现了6种记录纵横家的写本,但是内容混乱,文字残缺,于是刘向按照国别编订了《战国策》。因此,《战国策》显然不是一时一人所作,刘向只是《战国策》的校订者和编订者。因其书所记录的多是战国时纵横家为其所辅之国提出的政治主张和外交策略,因此刘向把这本书命名为《战国策》,沿用至今。北宋时,《战国策》散佚颇多,经曾巩校补,是为今本《战国策》。

《战国策》是我国古代记载战国时期政治斗争的一部最完整的著作,实际上它是当时纵横家游说之辞的汇编,而当时七国的风云变幻、合纵连横、战争绵延、政权更迭,都与谋士献策、智士论辩有关,因而具有重要的史料价值。

《战国策》的文学成就也非常突出,在中国文学史上,它标志着中国古代散文发展

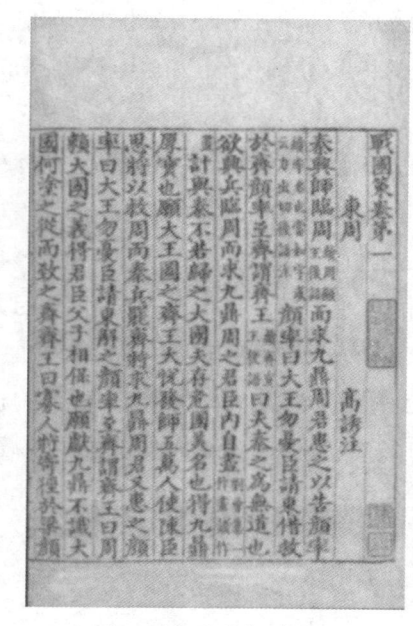

◆ 《战国策》书影

的一个新时期，尤其在人物形象的刻画、语言文字的运用、寓言故事等方面具有非常鲜明的艺术特色。

在人物刻画方面，例如苏秦的故事，生动地刻画了一个长于论辩、追逐名利的策士，逼真地描绘了一群势利庸俗的小人。苏秦游说秦国失败后像乞丐一样回到家中，而"妻不下织，嫂不为炊，父母不与言"。后来，他发奋图强，六国封相，路过家门时，"父母闻之，清宫除道，张乐设饮，郊迎三十里。妻侧目而视……嫂蛇行匍匐"。前后两个场面的鲜明对照，充分揭露一切以功名利禄为依归的炎凉世态，暴露了封建伦理道德的虚伪性。在语言文字的运用方面，雄辩的论说，尖刻的讽刺，耐人寻味的幽默，构成了其独特的语言风格，书中的许多寓言故事如"画蛇添足""狐假虎威"等流传至今，成为人们常用的成语。此外，《战国策》还善于通过讽喻的小故事说明某种道理，生动幽默、耐人寻味。

◆ 荆轲刺秦王画像砖。《战国策·燕策》记载了这个故事

《战国策》对后代文学有着深远的影响，汉初的散文家贾谊、晁错和司马迁，都曾受到过它的影响，如《史记》的某些史料就直接取于《战国策》；宋代苏洵、苏轼、苏辙的散文，也都明显受益于《战国策》。另外，汉赋"铺张扬厉"的风格，则直接承自《战国策》。

战国时代的社会风貌，当时士人的精神风采，在《战国策》中体现得淋漓尽致。《战国策》作为一部反映战国历史的书籍，也比较客观地记录了当时的一些重大历史事件，是战国历史的生动写照。

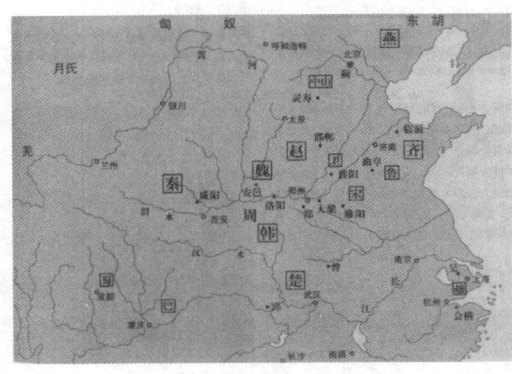

◆ 战国时期形势图

延伸阅读

《战国策》流传至今的成语集锦

1. 反璞归真：比喻恢复原来的自然状态。——《战国策·齐策四》

2. 高枕无忧：比喻思想麻痹，丧失警惕。——《战国策·魏策一》

3. 门庭若市：门前和院子里人很多，像市场一样。——《战国策·齐策一》

4. 惊弓之鸟：比喻受到过惊吓的人碰到一点动静就非常害怕。——《战国策·楚策四》

5. 不翼而飞：比喻物品忽然丢失，也比喻事情传播得很迅速。——《战国策·秦策三》

第二讲

两汉文学

早逝的才子贾谊

> 贾谊虽然生活在2000多年前的汉朝，但是若论才情，即使和诺贝尔文学奖获得者相比，也未必逊色。他不但文章写得漂亮，而且关心政治，政策水平相当高。他的一生虽然短暂，却为中华文化宝库留下了一份珍贵的遗产。

贾谊（公元前200年至前168年），人称"贾生、贾子、贾长沙"，洛阳人，西汉初年著名的文学家、政论家。其著作主要有散文和辞赋两类。散文如《过秦论》《论积贮疏》《陈政事疏》等都很有名；辞赋以《吊屈原赋》《鵩鸟赋》最著名。

贾谊从小就刻苦学习，博览群书，先秦诸子百家的书籍无所不读。少年时，就跟着荀况的弟子、秦朝的博士张苍学习《春秋左氏传》，后来还作过《左传》的注释，但已失传。他对道家的学说也有研究，青少年时期，就写过《道德论》《道术》等论著。他又酷爱文学，尤其喜爱战国末期的伟大诗人屈原的著作。汉高后五年（前183年），贾谊才18岁，就因为能诵《诗经》《尚书》和撰著文章而闻名于河南郡。

当时的河南郡守吴公（原来秦朝丞相李斯的同乡）了解到贾谊是一个学问渊博的优秀人才，对他非常器重，把他召到自己的门下，十分宠爱。吴公是李斯的学生，也是很有学问的，贾谊在他门下学习，受到了很大的教益。

吴公治理河南郡，成绩卓著，社会十分安定。汉高后八年（前180年），高后吕雉死，右丞相陈平、太尉周勃杀诸吕，迎立高帝刘邦庶子代王刘恒为帝，即汉文帝。第二年，即汉文帝刘恒元年（前179年），吴公被征召到中央政府，任廷尉（最高司法长官）。吴公没有忘记他的得意门生，就向汉文帝推荐说：贾谊颇通诸子百家之书，是个年轻有

◆ 贾谊像

为的人才。汉文帝就把贾谊召到中央政府，任命为博士。从此，贾谊步入了政治活动的舞台。当时贾谊才21岁，在所有的博士中，他是最年轻的。

博士是一种备皇帝咨询的官员。每当汉文帝提出问题让博士们议论时，许多老先生一时讲不出什么来。但是贾谊与众不同，因为他学识渊博，又敢想敢说，因此对文帝提出咨询的问题对答如流，滔滔不绝，说得有理有据。这样锋芒毕露，难免遭群臣嫉妒。后来，汉文帝听信谗言，开始有意疏远贾谊，并将他派去当长沙王的太傅。在政治上受挫的贾谊辞别了京城，来到了地处偏远的长沙。他听说长沙地势低，湿度大，自认为此去长沙将享寿不长，而且又因为是被贬谪，心情非常不好，常常拿自己与屈原作比。在这种情况下，他便写下了千古流传的《吊屈原赋》。

汉文帝七年(前173年)，文帝思念远在长沙的贾谊，于是将他召进皇宫，当梁怀王的太傅。汉文帝十一年(前169年)，梁怀王刘揖入朝，骑马摔死了。贾谊感到自己身为太傅，没有尽到责任，深深自责，经常哭泣，心情十分忧郁。在极度自责和郁郁寡欢的生活中，一年后贾谊英年早逝，时年33岁。

《过秦论》是贾谊最有名的作品，分上、中、下三篇。这是一组见解深刻而又极富艺术感染力的文章。行文中采用了排比式的句子和铺陈式的描写方法，极尽夸张和渲染，造成一种语言上的生动气势，恰似秦人以排山倒海之势来统一六国一样不可阻挡。

◆ 长沙贾谊故居的贾谊井

文章总论了秦的兴起、灭亡及其原因，鲜明地提出了本文的中心论点："仁义不施而攻守之势异也。"其目的是提供给汉文帝作为改革政治的借鉴。《陈政事疏》和《论积贮疏》是贾谊的批评时政之作，提出用"众诸侯而少其力"的办法，巩固中央集权制；要"驱民而归之农"，巩固政权。其文说理透辟，逻辑严密，气势汹涌，词句铿锵有力，对后代散文影响很大。

延伸阅读

古代官职"博士"

"博士"这个官名源于战国时代的秦国。《汉书·百官公卿表上》载："博士，秦官，掌通古今。"秦朝及汉朝初期，博士的职责主要是掌管图书，"通古今，以备顾问"。汉朝的博士是太常属官。汉武帝时设五经博士。博士多置弟子，初为50人。武帝之后，博士专掌经学传授，已与文帝、景帝时的博士制度不同。唐朝，设国子、四门等博士。明、清两代亦有"国子博士"。

第二讲 两汉文学

枚乘与《七发》

> 西汉文豪枚乘所作的《七发》，辞藻繁富，多用比喻和叠字，以叙事写物为主，是一篇完整的新体赋，标志着汉赋体制的正式确立。自此以后以七段成篇的赋成为一种专门文体，号称"七体"，各朝作家时有摹拟，在赋体文学乃至整个文学史上都占有一定地位。

枚乘（出生年不详，卒于公元前140年），西汉辞赋家，字叔，淮安（今江苏淮安市楚州区）人。

枚乘从小酷爱文学，以善写汉赋而知名。先在广陵吴王刘濞宫中当文学侍从，得知吴王欲谋反，上书劝阻，不从，便离去。投奔梁孝王刘武，颇受尊重。景帝知其名，任命他为弘农郡都尉。他只爱文学，不愿为官，"以病去官"。复至梁国，与梁孝王的门客庄忌、邹阳等交游，作赋论

◆ 枚乘故里

文。梁孝王死后，宾客星散，枚乘便回淮安。武帝即位后，钦慕他的文名，立即请他赴京城长安，因年老体衰，死于道中。

枚乘著有汉赋9篇，文2篇。《七发》是其代表作，全赋假说楚太子有病，吴客往见，说音乐、饮食、车马、田猎等七事以启发之。上承楚辞铺陈夸饰的传统，下开一代文体汉赋的先河，在文学上极有影响，仿作者很多，如张衡的《七辨》、曹植的《七启》等，被后人称之为"七体"。

《七发》是一篇讽喻性作品，作者对自己的见地充满了自信，对其所要表现的对象善于作淋漓尽致的描写，以致使文章具有充溢的气势和舒展的意象。作品讽喻的意图在主客对话间表现得清楚明白。赋中以互相问答的形式构成八段文字。首段为序，借吴客之口，分析了楚太子患病的缘由——贪逸享乐、荒淫奢侈的宫廷生活所造成，指出这种病非药灸所能治，唯有"以要言妙道说而去之"。第二至八段，即写吴客以七种办法启发太子，为他去病。前六种是为他描述音乐之美、饮食之丰、马车之盛、宫苑之宏深、田猎之壮阔、观涛之娱目舒心，结果都不管用。最后吴客向太子推荐文学方术之士，"论天下之精微，理万物之是非"。作品的主旨在于揭示贵族腐朽生活的戕害人身，提出了应重用文学方术之士的主张。

《七发》在赋的发展过程中地位非常重要，在写作方法上，枚乘采用在一个虚构的故事框架下的问答体，内容也以铺陈描写事物为主，不同与楚辞中通过自然景物和社会事件、描写作者自身感受抒发情感的风格。

汉代后来的大赋都继承了《七发》的风格，多采用这种问答体，对事物进行不遗余力的铺陈描写。

枚乘的《七发》是赋中之精品，属于承接楚屈原赋与汉贾谊、司马相如赋的中间者。在枚乘之前的楚赋，主要是诗歌体，而他则开创了散文体的赋的先河。枚乘为梁园文学的杰出作家，其《七发》在中国古代文学史上有深远影响。《七发》的出现，标志着汉代散体大赋的正式形成。

《七发》一文以观潮的描写最为精彩，宋玉《高唐赋》也有对于山洪暴发场面生动逼真的描写，二者的描写对象相似，而且都铺陈得非常充分。然而，枚乘成功地突破了宋玉所采用的客观的描写手法，而把潮水写成一支声势显赫的军阵。他从形貌、动态、气势、声威各方面加以比较，多角度展现潮水与军阵之间近乎神似的相通之处。枚乘对潮水的描写发挥出丰富的想象力，人的主观精神贯注于自然，使自然的再现闪耀着生命的光辉，因而有一种激动人心的力量。

延伸阅读

枚乘之子枚皋

枚乘有庶子枚皋，字少孺，也是当时有名的汉赋作家，据《汉书》记载，他作有汉赋120篇。枚皋深受父亲熏陶，自幼爱好文学，并且善于辞赋。17岁那年，他上书梁共王，梁共王非常赏识他的才学，便召他为郎。枚皋才思敏捷，下笔立就，深得汉武帝的宠爱。今淮安河下有枚亭、枚公河、枚里街，皆为纪念枚氏父子。

汉赋大师司马相如

汉代最重要的文学样式是赋,而司马相如是公认的汉赋代表作家和赋论大师,也是一位文学大师和美学大家。扬雄(西汉学者、辞赋家、语言学家)非常欣赏他的赋作,赞叹说:"长卿赋不似从人间来,其神化所至邪!"

司马相如(约公元前179年至前117年),原名司马长卿,小名犬子,因为仰慕战国时代的名相蔺相如才改名,四川蓬州(今南充蓬安)人,西汉文学家,汉赋的代表作家和奠基人。司马相如一生著作颇丰,据《史记》记载有29篇,但流传至今的为数不多。他的作品现存有《天子游猎赋》《哀二世赋》《长门赋》《大人赋》等。

司马相如少时好读书、击剑,被汉景帝封为"武骑常侍",但这并非其初衷,故借病辞官,投奔临邛县令王吉。临邛县有一富豪卓王孙,其女卓文君,容貌秀丽,素爱音乐又善于击鼓弹琴,而且很有文才,但不幸成望门新寡。

司马相如早就听说卓王孙有一位才貌双全的女儿,他趁一次做客卓家的机会,借琴表达自己对卓文君的爱慕之情,他弹琴唱道:"凤兮凤兮归故乡,游遨四海求其凰,有一艳女在此堂,室迩人遐毒我肠,何由交接为鸳鸯。"这种在今天看来也是直率、大胆、热烈的措辞,自然使得在帘后倾听的卓文君怦然心动,并且在与司马相如会面之后一见倾心,双双约定私奔。当夜,卓文君收拾细软走出家门,与早已等在门外的司马相如会合,从而完成了两人

◆《古文观止》卷之六《司马相如谏猎》

◆ 文君卖酒塑像

生命中最辉煌的事件。

卓文君也是一个奇女子，与司马相如回成都之后，面对家徒四壁的境地（这对爱情是一个极大的考验），大大方方地在临邛老家开酒肆，自己当垆卖酒，终于使得要面子的父亲承认了他们的爱情。司马相如与卓文君的爱情故事也历经2000多年的传诵，成为了不朽的爱情篇章。

司马相如的文学成就主要表现在辞赋上。他通过自己的辞赋创作实践和有关辞赋创作的论述，对辞赋创作的审美创作与表现过程进行了不少探索，看似只言片语，但与其具体赋作中所表露出的美学思想相结合，仍可看出他对赋的不少见解。他已经比较完整地提出了自己的辞赋创作主张。从现代美学的领域，对其辞赋美学思想进行阐释，无疑是有益的和必要的。鲁迅在《汉文学史纲要》中将司马相如和司马迁放在一起作专节介绍，并指出："武帝时文人，赋莫若司马相如，文莫若司马迁。"

司马相如还是汉代很有成就的散文名家，在语言的运用和形式的发展等方面，司马相如对汉代散文作出了重要的贡献。其散文流传至今的有《谕巴蜀檄》《难蜀父老》《谏猎疏》《封禅文》等。

2000多年来，司马相如在文学史上一直享有崇高的声望。两汉作家，绝大多数对他十分佩服，其中最有代表性的是伟大的历史学家司马迁。在整个《史记》中，专为文学家立的传只有两篇：一篇是《屈原贾生列传》，另一篇就是《司马相如列传》，仅此即可看出司马相如在太史公心目中的重要地位。

延伸阅读

司马相如作品创"第一"

《天子游猎赋》作为司马相如最重要的代表作，是文学史上第一篇全面体现汉赋特色的大赋。在内容上，它以宫殿、园囿、田猎为题材，以维护国家统一、反对帝王奢侈为主旨，既歌颂了统一大帝国无可比拟的声威，又对最高统治者有所讽谏，开创了汉代大赋的一个基本主题。《哀二世赋》是整个赋史上第一篇直斥秦朝暴政的作品，具有鲜明的思想倾向和强烈的现实意义。《长门赋》是赋史上第一篇描写被锁闭深宫中的妇女的作品，通过表现她们的孤独和哀愁，暴露了封建宫廷的阴森黑暗，对后代的宫怨诗产生了相当大的影响。这几篇作品，为司马相如在中国文学史上赢得了几个"第一"。

博古通今之《淮南子》

> 《淮南子》在继承老子"无为"思想的同时，又对之作出了修正、补充和改造，把"无为"理解为尊重客观规律与发挥主观能动性的统一。被誉为"道家思潮的理论结晶"、"牢笼天地、博极古今"的巨著。

西汉初年的淮南王刘安（公元前179年至前121年），集政治家、思想家、文学家的称号于一身。汉高祖刘邦之孙厉王刘长之子，汉武帝刘彻的叔父。

淮南小国在刘安的统治下出现了相对繁荣的局面。刘安是当时皇室贵族中学术修养较为深厚的人，他广纳贤才多达数千人，其中突出的有苏非、李尚、田由、雷被、伍被、晋昌、毛周、左吴8人，号称"八公"。刘安组织这批贤才们著书立说，共同撰写了《淮南子》。

建元元年（前140年）刘彻登基，时年仅16岁。他一登基即重用主张加强王权的儒士出任将相。准备采纳文景时期大为失意的贾谊、晁错一派的政治主张，即对内削弱诸侯、加强中央，对外则抗御匈奴。

《淮南子》中有"主术训"一篇，专讲帝王之术，其所针对的，就是初登基的汉武帝刘彻。刘彻志在尊王攘夷，削诸藩，破匈奴，实施"大有为"之政。刘安则主张因循旧范，无为而治。由此引申为政策，也就是要坚持汉初旧制，从而保护刘氏诸王集团裂土称王的既得利益。而建元初年主导政治大势的，并不是已做了皇帝的年轻人汉武帝，而是素好黄老之道的太皇太后窦氏以及诸窦、诸刘列王贵戚。窦氏于建元二年（前139年）临朝干政罢免刘彻所任命的儒学将相，否定刘彻加强王权削弱诸侯的政策方向。这实际是一场未动干戈的宫廷政变。

在这场政治争论中，甚至汉武帝的舅

◆ 淮南王刘安塑像

◆ 《淮南子》书影

舅、王太后之弟武安侯田蚡暗中也站到了刘安一边，还与刘安私下计议安排关于刘彻的后事问题。建元六年（前135年）太皇太后病危，死前天上出现彗星。刘安认为这种天象预兆着"兵当大起"，天下将要大乱，于是"治军械，积金钱"，准备武装起事。随即太皇太后窦氏驾崩，刘彻主持了大政。

元光元年（前134年）间，汉武帝召见名儒董仲舒。董氏向他提出著名的"天人三策"，汉武帝决心由此而推行全面改革，新政的首要方针是改革国家意识形态，即"罢黜百家，首尊儒术"。

直到田蚡死后，元狩元年（前122年）刘安积蓄已久的反谋终于被揭露，刘彻说：如果田氏仍在，当灭族矣！刘安亦被追究而自杀身亡。淮南国被废除，汉武帝在这里设立了九江郡，取得了最终的胜利。

《淮南子》内容博杂，文字艰深，包括内篇21卷，外篇33卷，内篇论道，外篇杂说。然而这部涉及范围十分广泛的文化巨著，留传下来的只有《内书》21篇，也就是现在我们看到的《淮南子》。

《淮南子》一书，融法、儒精髓于一炉，内容涉及政治、哲学、历史、经济、天文、地理、军事、民俗、神话等，堪称鸿篇巨制。其中有关农学、医学等的知识极为丰富，如他首次完整地确立了农历二十四节气，就是一个了不起的贡献，至今仍有其现实意义。该书以道家思想为指导，吸收诸子百家学说，融会贯通而成，是战国至汉初黄老之学理论体系的代表作。《淮南子》语言如行云流水，文章富于变化，旁涉奇物异类、鬼神灵怪，保存了很多神话传说，如开天辟地、共工怒触不周山、女娲补天、后羿射日、嫦娥奔月等，颇有趣味。

我国许多传统神话故事，因《淮南子》得以流传，《淮南子》也因此成了研究中国古代神话的宝典。我们从中看到了古老中华文明的智慧和力量，也看到了中华民族历经上下五千年依然魅力不减的勃勃生机。

延伸阅读

《淮南子》与《吕氏春秋》的渊源

《淮南子》与《吕氏春秋》两部书都是由上层贵族亲自主持，招揽众多学者集体写成的。成书的程序都是先拟定计划，次分头撰写，最后综合编纂。书的结构统一，篇目规整，理事相连，言辞精审。两书都是总结先秦各家学说，博采众家之长，形成一个综合性的、能贯通天地人的庞大理论体系，为统一的封建大帝国提供全面的思想理论根据。不同的是，《淮南子》成书之时，处于黄老盛行的文化氛围之中，因此对道家学说特别看重。从原著看，《淮南子》没有提到《吕氏春秋》，这可能与汉初反秦气氛有关。但事实上，正是《吕氏春秋》给予了《淮南子》以最大和最直接的影响。

司马迁与《史记》

> 司马迁所作《史记》，彪炳千古，鲁迅先生誉之为"史家之绝唱，无韵之离骚"。可是他的一生并不顺利，中年由于李陵之祸而遭受宫刑，但他伟大的抱负支撑起了他艰苦卓绝的编写工作，给中国历史学、文学留下一部光辉不朽的著作。

司马迁（约公元前145年至前87年），字子长，西汉伟大的史学家、思想家、文学家，夏阳（今陕西韩城）人，著有《史记》《报任安书》《悲士不遇赋》等。

司马迁的父亲司马谈，汉武帝时期任太史令，是一位具有多方面修养的学者，司马迁受他的影响较深。

司马迁从20岁开始，就广泛到各地游历，为写《史记》做准备，进行实地考察。他亲自采访，获得了许多第一手材料，保证了《史记》的真实性和科学性。元封三年（前108年），继父职任太史令，负责掌管国家图书典籍、天文历算和文书档案，得观国家藏书，为治史提供了众多的资料。

编写一部史书是司马谈的愿望，他死前嘱咐儿子司马迁说："今天子接千岁之统，封泰山，而余不从行，是命也夫！余死，汝必为太史，无忘吾所欲论著矣……"司马迁则回答道："小子不敏，请悉论先人所次旧闻。"可知司马迁乃秉承父亲的遗志完成史著。而《史记》以"封禅书"为其八书之一，即见其秉先父之意。后来由于为李陵辩解，获罪下狱，受腐刑。出狱后，任中书令，发愤著书，人称其书为《太史公书》，后称《史记》。

司马迁家族世为史官，虽富有才学，却没有政治地位。司马迁替李陵辩解而遭

◆ 司马迁像

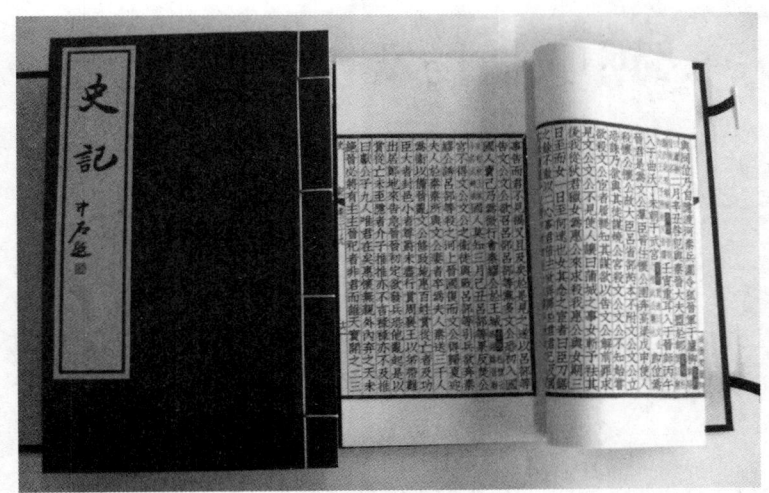

◆ 《史记》书影

家学习写作的圭臬。它直接影响了我国古代小说的形式和表现手法，也成为后代戏曲、小说取材的渊薮。

受宫刑之辱，让他感到世态的炎凉、友道的味苦、世俗的趋利忘义。这件事使他体味最深的是王法的苛薄、君王的无情、狱吏的残暴。李陵之祸对司马迁个人来说是一场悲剧，而对《史记》的创作却是一个动力和新的起点。

《史记》是对我国有史以来的历史文化进行的一次系统整理和总结，它体大思深，俯仰古今，无所不包，可称为一部组织严密、内容宏富的百科全书式的通史。它既是优秀的历史著作，也是生动的文学作品。它在人物塑造、情节和场面的安排以及语言的运用方面都取得了令人瞩目的成就。同时，风格雄浑奇伟，行文有感情，有气势，体现了西汉鼎盛时期的文风。《史记》不但是中国史传文学的集大成者，而且它的文章对于魏晋小说、唐宋古文，甚至宋元戏曲，都有很大影响，成为中国文学重要的源头活水。它为后代的传记文学树立了光辉典范，成为后代散文

知识小百科

《史记》传世名句

项庄舞剑，意在沛公。——《史记·项羽本纪》

人为刀俎，我为鱼肉。——《史记·项羽本纪》

众口铄金，积毁销骨。——《史记·张仪列传》

桃李不言，下自成蹊。——《史记·李将军列传》

失之毫厘，谬以千里。——《史记·太史公自序》

运筹帷幄之中，决胜千里之外。——《史记·高祖本纪》

忠言逆耳利于行，良药苦口利于病。——《史记·留侯世家》

人固有一死，或重于泰山，或轻于鸿毛。——《史记·报任少卿书》

不鸣则已，一鸣惊人；不飞则已，一飞冲天。——《史记·滑稽列传》

智者千虑，必有一失；愚者千虑，必有一得。——《史记·淮阴侯列传》

蜀中大儒扬雄

> 扬雄是汉赋"四大家"之一,又是西汉末年的一代大儒,身兼文学家、思想家两种身份。扬雄早期以辞赋闻名,晚年对辞赋的看法却有所转变。他评论辞赋创作是欲讽反劝,认为作赋乃是"童子雕虫篆刻""壮夫不为"。

扬雄(公元前53年至公元18年),一作"杨雄",字子云,西汉蜀郡成都(今四川成都郫县)人,学者、辞赋家。

扬雄少时好学,"博览无所不见,为人简易佚荡,口吃不能剧谈,默而好深湛之思,清静无为,少耆欲,不汲汲于富贵,不戚戚于贫贱,不修廉隅以徼名当世"。后来经过同乡杨庄的推荐,受到成帝的召见,并拜为黄门侍郎,也就此进入了官僚"预科班"。

然而,在这个"预科班"里,他却几乎成了个毕不了业的"留级生",除了做过十年中散大夫外,20年间未徙官!而皇帝召他的主要目的,也只不过是看中了他的文采,要他应命制作,就像俳优弄臣一样,讨个欢心罢了。好在他自己也没有做官的意思,只希望领一份稳定的工资,以解决温饱问题。

于是,皇帝下令永不夺俸,让他终身享受政府津贴,还特许在国家档案馆(石室金柜)看书。正是有了这些条件,他才能够创作出可与司马相如比肩的汉赋,同时模拟《易经》作出《太玄》,模拟《论语》作出《法言》等,以及编写出了语言学著作《方言》(研究西汉语言的重要资料),成为既是文学家、思想家又是语言学家的一代大儒。

扬雄为人清高,不事俗品:"自有大度,非圣哲之书不好也;非其意,虽富贵不事也。"是一个好学、深思,同时又有高尚修养的儒者。而这些,都得益于他的老师严君平。严君平博学德高,隐于市井,"专精《大易》,沉于《老》《庄》",是

◆ 扬雄墓

一位民间的道学高人。

除了老师之外,扬雄还有一门远亲林闾翁孺,通明训诂,尤晓异代方言,扬雄师从他学文字语言之学,为后来成为一名有成就的文字学家奠定了基础。

扬雄和司马相如是同乡,并深深仰慕他,连作赋的文风也是从他那里摹仿来的,他说:"蜀有司马相如,作赋甚弘丽温雅,雄心壮之,每作赋,常拟之以为式。"司马相如是潇洒的,官做得不爽就回家,因为他老婆的娘家有钱,物质基础比较雄厚,精神追求自然就会成为生活的主要方面。而扬雄就没这么好的运气了,一个生活在贫困线上的人,没有一份稳定而且丰厚的收入显然是潇洒不起来的。

扬雄早期以辞赋闻名,晚年对辞赋的看法却有所转变。他评论辞赋创作是欲讽反劝,认为作赋乃是"童子雕虫篆刻""壮夫不为"。另外还提出"诗人之赋丽以则,辞人之赋丽以淫"的看法,把楚辞和汉赋的优劣得失区别开来。扬雄关于赋的评论,对赋的发展和后世对赋的评价有一定影响。

《甘泉》《羽猎》诸赋,是扬雄模仿司马相如《子虚》《上林》而写的,其内容为铺写天子祭祀之隆、苑囿之大、田猎之盛,结尾兼寓讽谏之意。其用辞构思,亦华丽壮阔,与司马相如赋相类,所以后世有"扬马"之称。扬雄赋写得比较有特点的是他自述情怀的几篇作品,如《解嘲》《逐贫赋》和《酒箴》等。《解嘲》写他不愿趋炎附势去做官,而自甘淡泊来写他的《太玄》。

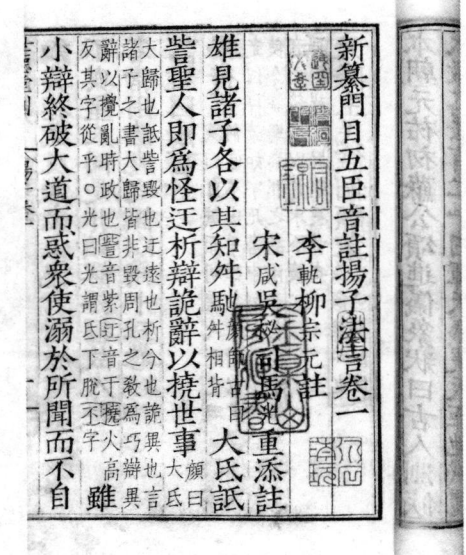

◆ 明代刻本《新纂门目五臣音注扬子法言》

扬雄在散文方面也有一定的成就。如《谏不受单于朝书》便是一篇优秀的政论文,笔力劲练,语言朴茂,气势流畅,说理透辟。他的《法言》刻意模仿《论语》,在文学技巧上继承了先秦诸子的一些优点,语约义丰,对唐代古文家发生过积极影响,如韩愈"所敬者,司马迁、扬雄"。此外,他是"连珠体"的创立人,自他之后,继作者甚多。

延伸阅读

严君平其人

《汉书》里有一则故事,说杜陵李强与扬雄友善,雄曾屡次向李称道严君平美德。后来李强出为益州牧,以为可以收用君平,临行,扬雄告诫说:"君备足礼数与之相见,此人可以得见,但不可使其屈身事人。"李不以为然。及至成都,致礼相见,面对君平的飘然清高,李强终不敢提让君平出来辅助自己的事。

班固与《汉书》

东汉班固所撰的《汉书》又称《前汉书》，是我国第一部纪传体断代史，主要记述汉高祖元年（前206年）至王莽地皇四年（23年）共二百三十年的史事，是继《史记》之后我国古代又一部重要史书。

班固（约32—92年），东汉史学家、文学家。他从小就很聪明，文采出众。9岁能诵读诗赋，13岁时得到当时学者王充的赏识，建武二十三年（47年）前后入洛阳太学，博览群书，穷究九流百家之言。

明帝时，班固曾任兰台令史。章帝时，班固职位很低，先任郎官。自班固迁为郎官后，更加得到皇帝的重视，多次被章帝召入宫廷侍读。章帝出巡，班固常随侍左右，奉献他创作的赋颂。朝廷大事，班固也常奉命发表意见，与公卿大臣辩论。他先后参加对西域和匈奴政策的论议，成为章帝的侍从和顾问。

章帝建初三年(78年)，班固升为玄武司马。和帝永元元年(89年)，大将军窦宪远征匈奴，班固被任命为中护军随行，参与谋议，主持笔墨之事。窦宪大败北单于，登上燕然山(今内蒙古自治区境内的杭爱山)，由班固撰写了著名的燕然山铭文，刻石记功而还。

班固与窦宪本来就有世交之谊，他进入窦宪幕府后，两人关系日渐近密。永平四年(92年)，窦宪回朝后，在政治斗争中失败，被迫自杀，班固也被免官。因为班固的门人得罪过洛阳令种兢，班固也被其罗织罪名，逮捕下狱，于同年死在狱中，终年61岁。

汉武帝时，司马迁著《史记》，止于汉武帝太初时期，太初以后的史实便阙而不录。因此，当时有不少人为其编写续篇。据《史通·正义》记载，写过《史记》续篇的人就有刘向、刘歆、冯商、扬雄等十多人，

◆ 班固像

书名仍称《史记》。

班固的父亲班彪（3—54年）认为这些续篇多鄙俗失真，对这些续篇感到很不满意，遂"采其旧事，旁贯异闻"为《史记》作《后传》（列传）六十五篇。班彪死后，年仅22岁的班固，动手整理父亲的遗稿，决心继承父业，完成这部接续巨作。同时班固因"以彪所续前史未详，乃潜精研究，欲就其业"。后由于窦宪事件的牵连，班固死于狱中，未完成部分为其妹班昭和同乡马续完成。《汉书·叙传》中，班固曾述其撰书的主旨："虽尧舜之盛，必有典谟之篇，然后扬名于后世，冠德于百王。"故班固编撰《汉书》有歌颂汉朝的功德之意。

《汉书》的体例与《史记》相比，已经发生了变化。《史记》是一部通史，《汉书》则是一部断代史。《汉书》把《史记》的"本纪"省称"纪"，"列传"省称"传"，"书"改曰"志"，取消了"世家"，汉代勋臣世家一律编入传。这些变化，被后来的一些史书沿袭下来。从思想内容来看，《汉书》不如《史记》。班固曾批评司马迁"论是非颇谬于圣人"，这集中反映了两人的思想分歧。所谓"圣人"，就是孔子。司马迁不完全以孔子思想作为判断是非的标准，正是值得肯定的。而班固的见识却不及司马迁。

西汉一朝有价值的文章，《汉书》几乎搜罗殆尽。它既袭用《史记》的资料，又新增了不少史料，在收录人物的同时，多引述其政治、经济策论，如《贾谊

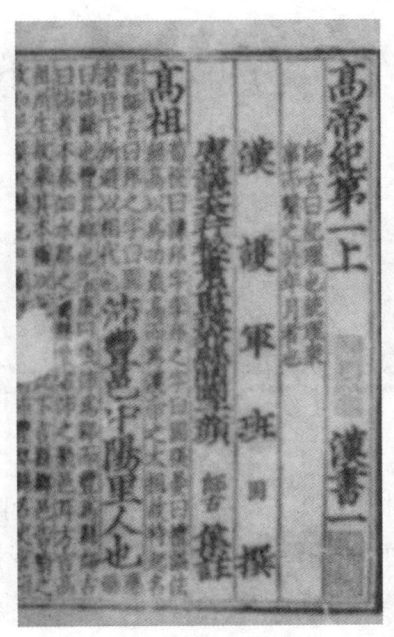

◆ 《汉书》书影

传》收入《治安策》，《晁错传》收入《言兵事书》等。同时，也为史事拾遗补缺，如《萧何传》增补了"项羽负约，封沛公于巴蜀为汉王"的史事。此外，《汉书》记载大量边疆各少数民族的历史。《汉书》继承《史记》为少数民族专门立传的优良传统，运用新史料将《史记·大宛传》扩充为《西域传》，叙述了西域几十个地区和邻国的基本情况。这些记载，均是研究亚洲有关各国历史的珍贵资料。

延伸阅读

《后汉书》

《后汉书》是一部记载东汉历史的纪传体史书。全书包括十纪，八十列传及八志，记载了从王莽起至汉献帝止共195年的史实。其中，纪和列传的作者是南朝刘宋时的范晔，志的作者是晋朝的司马彪。

旷世奇才张衡

> 东汉科学家张衡为我国天文学、机械技术、地震学的发展做出了不可磨灭的贡献。同时,在数学、地理、绘画和文学等方面,他也表现出了非凡的才能和广博的学识。

张衡(78—139年),字平子,南阳西鄂(河南南阳县南)人,是我国古代著名的文学家,也是卓越的数学家、天文学家、地理学家。著有《二京赋》《南都赋》《温泉赋》《归田赋》《思玄赋》《四愁诗》等名篇。

张衡早年即善于为文。十六七岁,他便离家拜师访友。从他家向西北而行,过武关,经蓝田、南山,到达长安。他拜访了三辅、京兆、右扶风和左冯翊。此后,东去新丰,参观骊山温泉,作《温泉赋》,这是他的少作之一。

由新丰再向东,过函谷关,张衡就到了京师洛阳。这时候的洛阳,早一辈的思想家、文学家和学者已经不多见了。王充已年过七十,大将军窦宪幕府里几位著名的文人,随着窦宪的垮台,也都去世了。班固、崔骃都于和帝永元四年(92年)逝世。傅毅还死在他们的前头。只有贾逵还健在。和帝永元六年(94年),崔骃的儿子崔瑗来到京师,跟贾逵学会文、历数、京房《易传》、六日七分等学问,为太学里诸儒生所钦佩。张衡大概在这时候认识了崔瑗,并和他成为了最要好的朋友。

张衡兴趣广泛,自学了《五经》,贯通了六艺的道理,而且还好研究算学、天文、地理和机械制造等。但在青年时期,他的志趣大半还在文学——诗歌、辞赋、散文。在洛阳,张衡渐渐地有了名气,朋友也多起来了,他结交了马融、王符、窦章等人。

当时洛阳和长安都是很繁华的城市,城

◆ 张衡像

里的王公贵族都过着骄奢淫逸的生活。张衡对这些很看不惯,他写了两篇文学作品《西京赋》和《东京赋》(西京就是长安,东京就是洛阳),讽刺这种现象。据说他为了写这两篇作品,经过深思熟虑,反复修改,前后一共花了十年工夫,在结构谋篇方面完全模仿班固的《两都赋》。

《西京赋》假托凭虚公子对长安繁盛富丽的称颂,叙长安地势之利,建都之必然,然后逐次描绘宫室的辉煌、官署宿卫的严整、后宫的侈糜,离宫苑囿,华美壮丽。纵猎上林苑,水戏昆明池,无不纵情杀戮以为快事。其间又穿插商贾、游侠、角抵百戏、嫔妃邀宠等方面的描写,展现出一幅繁荣富贵、穷奢极欲的京都景象。作品中所铺叙的品物之盛,人们对待物质享乐的态度,都在极度夸张的描写中见出其荒谬的一面。《东京赋》表现安处先生对西京奢糜生活的否定。它对洛阳城市构筑、宫殿建设的描绘,对朝会、郊祀、祭庙、亲农、大射、田猎、大傩等上层统治者的盛典礼会的陈述,都可以看到东汉君主崇尚懿德,修饬礼教,奢未及侈,俭而不陋的礼治成就。

《南都赋》在张衡的赋中并非代表之作,但由于这是以其家乡南阳为咏写对象的作品,里面不仅包含了他的乡土感情,同时也反映了作为光武帝龙兴之地的南阳在东汉时代的特殊地位,所以还是具有很高的文学与历史价值。

张衡是中国历史上一个伟大的文学家,在辞赋、诗歌和散文等方面都有优秀的业绩,表现出了独创性。辞赋是汉代文学的主要形式之一,张衡所作各体,大赋、骚体赋、咏物小赋、抒情小赋,都表现出了不同程度的继承和发展,对后世颇有影响。诗作不多,对五言诗的成长亦有贡献。散文则以上书言事的政论为主,而上书驳斥图谶的虚妄,则比"疾虚妄"的王充还彻底。

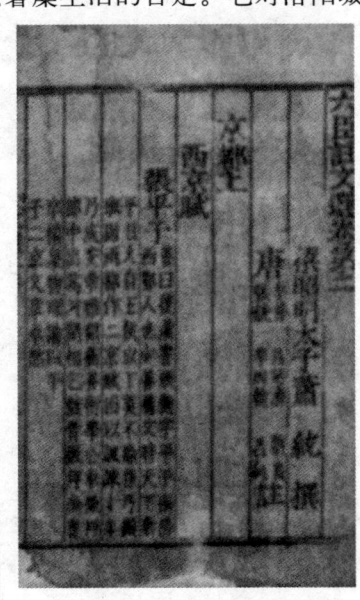

◆ 《西京赋》书影

知识小百科

复原的地动仪

张衡的另一个有杰出贡献的科学领域是地震学。他的代表作就是震烁古今的地动仪的发明。但是,我们现在所见到的地动仪,并不是张衡发明的,而是后人复原的。张衡发明的地动仪早就毁于战火了。在20世纪50年代,王振铎先生根据《后汉书》的记载复原了张衡的这项伟大发明,并且被认为是科学的,甚至被广泛纳入小学生的课本。不过,王振铎复原的地动仪多次在公开场合大出洋相,它要么不能动,要么就是跺脚也会被当成地震。但不管怎么说,王振铎先生在地动仪外型上的复原,还是卓有建树的。

历史散文《吴越春秋》

> 从《史记》到《吴越春秋》：在叙事散文方面，司马迁的《史记》创立了纪传体史书的新式样。《汉书》继承《史记》的体例，并且使之更加完善。《吴越春秋》则进一步强化了史传作品的文学性，是历史小说的先河。

赵晔，生卒年不详，东汉学者，字长君，山阴（今绍兴）人，著有《诗细》《历神渊》和《吴越春秋》。

《吴越春秋》叙述春秋末年吴越争霸的史实，属杂史一类的散文。它的前五卷，记叙吴国历史，主要内容是记叙伍子胥去楚奔吴和破楚报仇的史实。后五卷，记叙越国历史，主要写越王勾践卧薪尝胆、发愤图强以灭吴雪耻的故事，这个故事几乎众人皆知：

勾践元年（前496年）吴王阖闾兴师伐越，越王勾践战败，阖闾伤足而死，夫差继位。勾践三年（前494年），越伐吴，夫差败越于夫椒，越王勾践困守于会稽山。越国大夫文种向吴太宰求和，吴王夫差不听伍子胥之谏就同意了。

勾践在范蠡的参谋下，于公元前492年到吴国给夫差当奴仆，被关在石城，俯首称臣，三年后，夫差动了恻隐之心，准备放勾践回越国，大臣伍子胥坚决反对，说放勾践回去，就等于放虎归山，吴王夫差不听，将勾践放回。

回国后勾践委托范蠡建城作都，每晚睡在柴垛上，在房门口挂一个苦胆，每天都要舔一舔，卧薪尝胆，不听音乐，不近女色，念念不忘复仇。他对外继续讨好吴王，不断送礼，给吴王送去西施等美女和大量的木

◆ 越王勾践石刻像

材,以麻痹吴王夫差。对内休养生息,富国强兵,鼓励增加人口,以增强国力,并和群臣一起谋划攻吴之计。

公元前484年,吴王向北进攻齐国,越王勾践听说了非常高兴,就拿贵重的珍宝贿赂太宰,鼓励吴攻齐。伍子胥知道后说,这是越国要毁掉吴国啊,就进谏吴王放弃攻齐,而攻打越国。

公元前473年,越王又攻打吴国,将吴王包围,吴王写信用箭射给文种、范蠡:"吾闻:狡兔以死,良犬就烹;敌国如灭,谋臣必亡。今吴病矣,大夫何虑乎?"

越王灭吴后,范蠡看出越王可以共患难,不能同享乐,就劝文种离开。范蠡同西施乘一条小船离去,后游齐国,改称陶朱公,经商致富。文种不听范蠡的劝告,后来被越王杀害。

《吴越春秋》的内容不拘泥于历史,在故事铺叙和人物描写上,有不少夸张和虚构的地方,其中融入了民间传说,例如它所记伍子胥奔吴,途中遇渔父,以及伍子胥死后显灵等,都和后世的传奇小说相类似。

在人物性格的表现上,如伍子胥的忠直强谏,范蠡的深谋远虑,勾践的忍辱为国,都写得很好。其中以伍子胥这个人物写得最为成功,他是贯穿吴国兴亡的中心人物。前半部分写他奔吴,以客卿身份为吴王阖闾出谋献策,推荐贤士,终于攻破了楚国,报了杀父杀兄之仇,并使吴王称霸于诸侯,显示了他卓越的军事政治才能。后半部分写夫差继立,刚愎自用,伍子胥强谏不从,终于饮恨自杀,吴国也随之灭亡。这时,伍子胥是以托孤老臣身份出现的,出言激切,无所顾忌。

《吴越春秋》选材于史籍《国语》《左传》《史记》,却又不完全照抄,写出了不少生动曲折的故事,并且注意前因后果,首尾照应。这种写法实际上就是后世历史演义小说的手法,只不过还以历史面目出现而已。

◆ 范蠡像

延伸阅读

《吴越春秋》和《越绝书》

东汉的另一部历史散文《越绝书》的许多内容和《吴越春秋》相同,二者可以相互印证。同时,它们在写作上也有一些共同特点:记录基本史实之外,还虚构了一些荒诞离奇的故事,也采用了不少神话和民间传说,与后世的传奇小说相近。二者的不同之处在于:《吴越春秋》前后连贯成篇,《越绝书》还有地理、占气等专篇,从文学视角来看,《吴越春秋》较《越绝书》更具文学性。

"诗母"《古诗十九首》

> 《古诗十九首》惊心动魄，一字千金，在五言诗的发展上占有重要地位，在中国诗史上也有相当重要的意义，被后人称为"诗母""五言之冠冕""千古五言之祖"。它的题材内容和表现手法为后人师法，几至形成模式。

《古诗十九首》，组诗名，最早见于《文选》，为南朝梁萧统从传世无名氏《诗品·古诗》中选录十九首编录而成，编者把这些作者已经无法考证的五言诗汇集起来，冠以此名，列在"杂诗"类之首，后世遂作为组诗看待。

东汉末年，社会动荡，政治混乱。下层文士漂泊蹉跎，游宦无门。《古诗十九首》就产生于这样的时代，表述着同类的境遇和感受，基本是游子思妇之辞。具体而言，夫妇朋友间的离愁别绪、士人的彷徨失意和人生的无常之感，是《古诗十九首》基本的情感内容。

人生最基本、最普遍的几种情感和思绪，是"人同有之情"。因而，这些诗歌能够永久地感动人，千古常新。同时，它以艺术的方式，表现了各种社会境遇、精神生活与人格气质，并由此透视出汉末社会生活的一个侧面。在揭露现实社会黑暗，抨击末世风俗的同时，也隐含了诗人对失去的道德原则的追恋。这种无可奈何的处境和心态，加深了诗人的信仰危机。事功不朽的希望破灭，诗人乃转而从一个新的层面上去开掘生命的价值。

《古诗十九首》习惯上以句首为标题，依次为：《行行重行行》《青青河畔草》《青青

◆ 古诗十九首卷。明陈道复书法

◆ 《迢迢牵牛星》之牛郎织女图

陵上柏》《今日良宴会》《西北有高楼》《涉江采芙蓉》《明月皎夜光》《冉冉孤生竹》《庭中有奇树》《迢迢牵牛星》《回车驾言迈》《东城高且长》《驱车上东门》《去者日以疏》《生年不满百》《凛凛岁云暮》《孟冬寒气至》《客从远方来》《明月何皎皎》。

《古诗十九首》往往用事物来烘托，融情入景，寓景于情，二者密切结合，水乳交融、天衣无缝。它长于抒情，却不径直言之，而是委曲婉转，反复低徊。许多诗篇都能巧妙地起兴发端，很少一开始就抒情明理。用以起兴发端的有典型事件，也有具体物象。它的作者绝大多数是漂泊在外的游子，他们身在他乡，心怀故土，情系家园，每个人都有无法消释的思乡情结。他们书写游子之歌，他们作下思妇之词，抒发游子的羁旅情怀和思妇闺愁就成了《古诗十九首》的基本内容。

《古诗十九首》取得了突出的成就，古人给予它很高的评价。刘勰《文心雕龙·明诗》谈到包括《古诗十九首》在内的"古诗"时称："观其结体散文，直而不野，婉转附物，怊怅切情，实五言之冠冕也。"古代作家喜爱《古诗十九首》，并自觉地学习、借鉴它的艺术风格和创作手法，甚至加以模拟，曹植、陆机、陶渊明、鲍照等人都有这方面的作品传世。

《古诗十九首》是乐府古诗文人化的显著标志。汉末文人对个体生存价值的关注，使他们与自己生活的社会环境、自然环境，建立起更为广泛而深刻的情感联系。过去与外在事功相关联的，诸如帝王、诸侯的宗庙祭祀、文治武功、畋猎游乐乃至都城宫室等，曾一度霸踞文学的题材领域。到了汉末就让位于与诗人的现实生活、精神生活息息相关的友谊爱情、物候节气等，文学的题材、风格、技巧，也因此而发生了巨大的变化。

延伸阅读

《迢迢牵牛星》

"迢迢牵牛星，皎皎河汉女。纤纤擢素手，札札弄机杼。终日不成章，泣涕零如雨。河汉清且浅，相去复几许？盈盈一水间，脉脉不得语。"全诗以牛郎、织女的传说，形象地表现了相爱的人可望不可及的情状。机声札札，不成纹理，写尽了思妇借助单调往复的劳作排遣愁苦的用心及其百无聊赖的精神状态。

第三讲

魏晋南北朝文学

建安文学看"三曹"

> 曹操、曹丕、曹植在政治上的地位和文学上的成就,对当时的文坛很有影响,所以后人合称他们为"三曹",又因为时处建安年代,又有"建安三曹"之说。他们雅爱词章,以帝王之尊、公子之豪提倡文学,促成了五言古体诗歌的蔚为大观。

曹氏父子三人都是建安文坛的风云人物,其中曹植所取得的艺术成就最高。曹氏父子虽出自一家,但由于人生境遇的不同,他们三人的思想感情也大不相同,曹操一生雄才伟略,建功立业;曹丕一生富贵闲适,安守父业;曹植一生壮志难酬,郁郁寡欢。这让他们的文学创作形成了迥然不同的艺术风格。

"三曹"都生活在汉末战乱连年的时代,又参与逐鹿中原鏖战,是重要军事政治集团曹魏集团的主角,"三曹"诗文既反映他们伤于乱世、人生无常的悲凉,又有重整河山、再造文明的伟大志向。由此形成了"三曹"文学的一些主要特征,这也是建安文学的时代特征。

曹操年轻时爱舞枪弄棒,后来当上了洛阳北部尉,负责京城治安。曹操功必赏过必罚,把京城治安管理得井井有条,显示了卓越的政治才华。

曹操是杰出的政治家、军事家、文学家,他著有《蒿里行》《短歌行》《观沧海》等。他对天下极具野心,故怀有统一之雄图,《短歌行》有谓"周公吐哺,天下归心"可资明证。其进取之心亦可见一斑,如《龟虽寿》言之"老骥伏

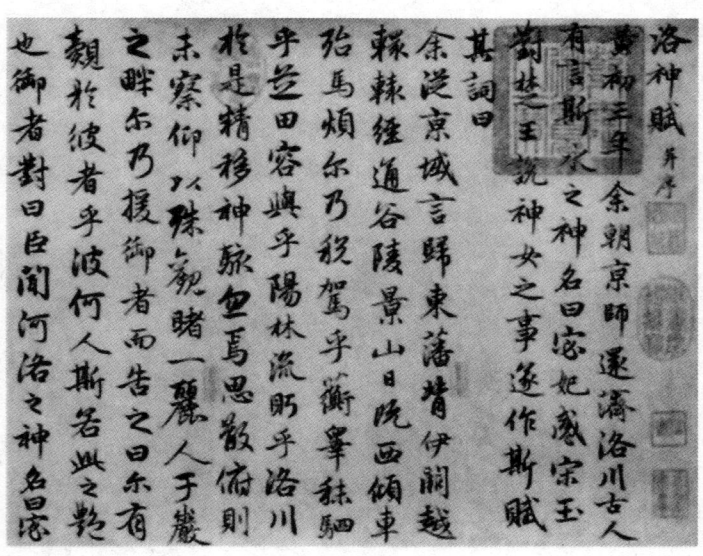

◆ 曹植《洛神赋帖》局部

枥，志在千里"，言己虽至晚年仍不弃雄心壮志。

曹植自幼颖慧，10岁余便诵读诗、文、辞赋数十万言，出言为论，落笔成文，深得曹操的宠爱。曹植是第一个大力创作五言诗的作家，他把文人五言诗的发展推到了一个前所未有的高峰，标志着文人五言诗的完全成熟。此外，他的散文和辞赋也表现出了很高的思想性和艺术性，流传下来的诗赋文章共有100多篇，如描绘人民痛苦生活的《泰山梁甫行》，描写爱情的《美女篇》《洛神赋》等。《洛神赋》是曹植最具影响力的作品，是他路过洛水时想起洛水之神宓妃的传说，有感而作。全篇笔触细腻，文辞艳丽，惟妙惟肖地刻画了神女美好、灵动而又虚无缥缈的形象，淋漓尽致地抒发了人神相遇而不能交接的无尽愁怨和可望而不可及的怅惘。

曹丕是曹操的次子，其诗歌委婉悱恻，多以爱情、伤怀为题材。两首《燕歌行》是现存最早的七言诗。其所著《典论·论文》，是中国文学批评史上的重要著作。

建安二十五年（220年），曹操病逝，曹丕在继承权的争夺中战胜了弟弟曹植，被立为王世子。曹操逝世后，曹丕逼迫汉献帝禅位，代汉称帝，终结了汉朝四百多年统治，改国号"大魏"，为魏朝的开国皇帝，也是三国时代中第一个称皇帝的君主。

曹操、曹丕、曹植是汉末建安文学的代表人物，同时也是创立者。曹操的诗悲凉慷慨，气韵沉雄；曹丕的诗纤巧细密，清新明丽；曹植的诗则骨气充盈，淋漓悲壮，对后代诗人产生了极为深远的影响。在曹操父子的推动下形成了以三曹（曹操、曹丕、曹植）为代表的建安文学，史称"建安风骨"，在文学史上留下了光辉的一笔。

◆ 曹操像

> **延伸阅读**
>
> ### 《七步诗》
>
> "煮豆燃豆萁，豆在釜中泣。本是同根生，相煎何太急？"
>
> 曹植是曹操的小儿子，从小就才华出众，很受父亲的喜欢和疼爱。曹操死后，哥哥曹丕当上了魏国的皇帝。因为曹植和曹熊（第四儿子）在曹操亡故时没来看望，曹丕便一再追问他们俩缘由。曹熊因为害怕，自杀了。而曹植则被囚禁。曹丕四兄弟的母亲卞氏开口求情，曹丕便给了曹植一个机会，让他在七步之内作成一首诗，曹植就作了这首七步诗。曹丕明白了曹植这首诗的道理，如果自己杀了曹植便会被天下人耻笑，于是放了曹植。

风骨犹存"建安七子"

> "建安七子"与"三曹"一起,构成了建安作家的主力军。他们对于诗、赋、散文的发展起了极为重要的作用,繁荣了建安文学,给后人留下了"建安风骨"这一宝贵的精神财富。

建安七子,是建安年间(196—220年)七位文学家的合称,包括孔融、陈琳、王粲、徐干、阮瑀、应玚、刘桢。

"七子"之称,始于曹丕所著《典论·论文》:"今之文人,鲁国孔融文举,广陵陈琳孔璋,山阳王粲仲宣,北海徐干伟长,陈留阮瑀元瑜,汝南应玚德琏,东平刘桢公干。斯七子者,于学无所遗,于辞无所假,咸以自骋骥騄于千里,仰齐足而并驰。"这七人大体上代表了建安时期除曹氏父子而外的优秀作者,所以"七子"之说,得到了后世的普遍承认。他们战时大多随军,归来习文作诗,探讨文学,歌功颂德,抒发情怀,写征战之苦,述社会之乱,相互批评、磋商,共同提高写作水平,发展并繁荣了建安文学,给后人留下了"建安风骨"这一宝贵的精神财富。建安文学在中国文学发展史上占有相当重要的地位。因建安七子曾同居魏都邺(今安阳北)中,又号"邺中七子"。

"七子"中,孔融年辈较高,他在文学上的主要成就是散文,在政治上反对曹操。他的文章虽然沿袭东汉文人的老路,骈俪成分极重,却能以气运词,反映了建安时期文学的新变化。孔融之外,其余六人则都是曹氏父子的僚属和邺下文人集团的重要作家。王粲是"七子"中成就最高的作家,《文心雕龙·才略》称他为"七子之冠冕"。王粲能诗善赋,诗以《七哀诗》最为有名,这首诗和曹操的乐府一样体现了以旧题写时事的

◆ 孔融像

◆ 建安七子塑像局部

精神。

"七子"的生活，基本上可分为前、后两个时期。前期他们在汉末的社会大战乱中，尽管社会地位和生活经历都有所不同，但大都不能逃脱颠沛困顿的命运。后期他们都先后依附于曹操，孔融任过少府、王粲任过侍中这样的高级官职，其余也都是曹氏父子的近臣。不过，孔融后来与曹操发生冲突，被杀。由于七人归附曹操时间先后不同，所以各人的前后期不存在一个统一的界限。孔融在建安元年(196年)，徐干、阮籍在建安初，陈琳在建安五年（200年），王粲在建安十三年（208年），刘桢、应玚在建安十三年后。

与他们的生活道路相对应，"七子"的创作大体上也可以分为前后两个阶段。前期作品多反映社会动乱的现实，抒发忧国忧民的情怀。主要作品有王粲的《七哀诗》《登楼赋》，陈琳的《饮马长城窟行》、阮籍的《驾出北郭门行》、刘桢的《赠从弟》等，都具有现实意义和一定的思想深度；但有些作品情调过于低沉感伤，如王粲的《七哀诗》、刘桢《失题》中的"天地无期竟"等。后期作品则大多反映他们对曹氏政权的拥护和自己建立功业的抱负，内容多为游宴、赠答等。

"七子"的创作各有个性，各有独特的风貌。孔融长于奏议散文，作品体气高妙。王粲诗、赋、散文，号称"兼善"，其作品抒情性强。刘桢擅长诗歌，所作气势高峻，格调苍凉。陈琳、阮籍，以章、表、书、记闻名当时，在诗歌方面也都有一定成就，其风格的差异在于陈琳比较刚劲有力，阮籍比较自然畅达。徐干诗、赋皆能，文笔细腻、体气舒缓。应玚亦能诗、赋，其作品和谐而多文采。"七子"的创作风格也具有一些共同的特点，这也就是建安文学的时代风格。

知识小百科

"建安文学"与"建安风骨"

建安文学，通常指从汉末到魏初这个时期的文学，但并非仅限于这25年。建安时期，是我国文学史上光辉灿烂的时期，"俊才云蒸，作家辈出"，各种文体得到发展，是中国文学史上的黄金时代。

"风骨"是中国文学批评史上的一个重要概念，自南朝至唐，它一直是文学品评的主要标准，建安时代以五言诗为主的文学以风骨遒劲而著称，被后来人尊为典范，这就是文学史上经常提到的"建安风骨"。

三国才女蔡文姬

与"七子"相颉颃并以才华著称的女作家蔡琰,自幼有很好的文化教养,史载她"博学有才辩,又妙于音律"。她创作的五言《悲愤诗》长达五百四十字,是建安文坛上的一篇杰作。

蔡文姬(约178—239年),原名蔡琰,字昭姬,晋时避司马昭讳,改字文姬,陈留国人,她是东汉末年大文学家蔡邕的女儿,三国时期著名女诗人、琴家。

文姬博学多才,自小音乐天赋过人。父亲蔡邕是曹操的挚友。她6岁时听父亲在大厅中弹琴,隔着墙壁就听出了父亲把第一根弦弹断的声音。其父惊讶之余,又故意将第四根弦弄断,居然又被她指出。长大后她更是琴艺超人。

文姬16岁时嫁于卫仲道,卫家当时是河东世族,卫仲道更是出色的大学子,夫妇两人恩爱非常,可惜好景不长,不到一年,卫仲道便因咯血而死。蔡文姬不曾生下一儿半女,卫家的人又嫌她克死了丈夫,才高气傲的蔡文姬不顾父亲的反对,毅然回到娘家。后父亲死于狱中,文姬被匈奴掠去,这年她才23岁,被左贤王纳为王妃,居南匈奴12年,并育有二子,此间她还学会了吹奏"胡笳"及一些异族的语言。

曹操感念好友蔡邕之交情,得知文姬流落南匈奴,立即派周近做使者,携带黄金千两,白璧一双,把她赎了回来。这年她35岁,在曹操的安排下,嫁给田校尉董祀,就在这年爆发了著名的"赤壁之战。"

蔡文姬嫁给董祀,起初的夫妻生活并不十分和谐。蔡文姬饱经离乱忧伤,时常神

◆ 明代《胡笳十八拍》画卷

思恍惚；而董祀正值鼎盛年华，生得一表人才，通书史，谙音律，自视甚高，对于蔡文姬自然有些不足之感，然而迫于丞相的压力，只好接纳了她。在婚后第二年，董祀犯罪当死，她顾不得嫌隙，蓬首跣足地来到曹操的丞相府求情。曹操念及昔日与蔡邕的交情，又想到蔡文姬悲惨的身世，倘若处死董祀，文姬势难自存，于是宽宥了董祀。

从此以后，董祀感念妻子之恩德，对蔡文姬重新评估，夫妻双双看透了世事，溯洛水而上，居于风景秀丽、林木繁茂的山麓。若干年以后，曹操狩猎经过这里，还曾经前去探视。

文姬一生三嫁，命运坎坷。由于她的文化教养和不幸遭遇，使她写下了杰出的诗篇，现在流传下来题为蔡琰的作品共有三篇：五言《悲愤诗》、骚体《悲愤诗》和《胡笳十八拍》，都是自传性的作品。她在胡地日夜思念故土，回汉后参考胡人声调、结合自己的悲惨经历，创作了哀怨惆怅、令人断肠的琴曲《胡笳十八拍》；嫁董祀后，感伤乱离，作《悲愤诗》，是中国诗史上第一首自传体的五言长篇叙事诗（当然也有人认为是伪作）。

五言《悲愤诗》是建安文坛上的一篇杰作。它长达五百四十字，像这样的长篇叙事诗，是此前文人诗歌中所没有的。这首诗生动地描写了诗人在汉末军阀混战中的悲惨遭遇，反映了汉末动乱中广大人民特别是女性的共同命运，同时也控诉了军阀混战的罪恶。

《悲愤诗》从精神到艺术手法都接受

◆ 蔡文姬塑像

了汉乐府传统影响，在艺术上的显著特色是现实主义。它善于通过细节的描写，具体生动地表现各种场面，使人有如亲临其境。它在我国现实主义诗歌发展史上有重要的地位，唐代伟大的现实主义诗人杜甫的《北征》等诗显然接受了它的影响。

她的《胡笳十八拍》是一首长篇的浪漫主义抒情杰作。它与《悲愤诗》虽然是同写一件事，但风格迥异，不是客观地细致地描写诗人的种种遭遇，而是饱含血泪地对不幸的命运发出呼天抢地的控诉，感情汹涌澎湃。

延伸阅读

文姬轶事

相传，当蔡文姬为董祀求情时，曹操看到蔡文姬在严冬季节，蓬首跣足，心中大为不忍，命人取过头巾鞋袜为她换上，让她在董祀未归来之前，留在自己家中。在一次闲谈中，曹操表示出很羡慕蔡文姬家中原来的藏书。蔡文姬告诉他原来家中所藏的四千卷书，几经战乱，已全部遗失时，曹操流露出深深的失望。当听到蔡文姬还能背出四百篇时，又大喜过望，于是蔡文姬凭记忆默写出四百篇文章，文无遗误，可见蔡文姬才情之高。

乱世达人"竹林七贤"

> "竹林七贤"是魏晋时期的7位名人,他们的作品基本上继承了建安文学的精神,但由于当时的血腥统治,作家不能直抒胸臆,所以不得不采用比兴、象征、神话等手法,隐晦曲折地表达自己的思想感情。

"竹林七贤"是嵇康、阮籍、山涛、向秀、刘伶、阮咸、王戎的合称。他们常集于山阳(今河南修武)竹林之下,肆意酣畅,故世称"竹林七贤"。他们成名的年代较"建安七子"晚一些。竹林七贤的政治思想和生活态度不同于建安七子,他们大都崇尚老庄之学,不拘礼法,任性放达。

当时社会处于动荡时期,司马氏和曹氏争夺政权的斗争异常激烈,民不聊生。文士们不仅无法施展才华,而且时时担忧性命安全,因此崇尚老庄哲学,从虚无缥缈的神仙境界中寻找精神寄托,用清谈、饮酒、佯狂等形式来排遣苦闷的心情。"竹林七贤"正是这个时期文人的代表。

七人是当时玄学的代表人物,虽然他们的思想倾向略有不同。嵇康、阮籍、刘伶、阮咸始终主张老庄之学,"越名教而任自然",山涛、王戎则好老庄而杂以儒术,向秀则主张名教与自然合一。他们在生活上不拘礼法,清静无为,聚众在竹林喝酒、纵歌。

嵇康是"竹林七贤"中最有名气的人,他从小喜欢音乐,并对音乐有特殊的感受能力,有极高的天赋,他弹奏的《广陵散》在当时非常著名。

对那些传世久远、名目堂皇的教条礼法,嵇康不以为然,更深恶痛绝那些乌烟瘴气、尔虞我诈的官场仕途。他宁愿在洛阳城外做一个默默无闻而自由自在的打铁匠,也

◆ 高逸图(唐 孙位)

不愿与之同流合污。他如痴如醉地追求着他心中崇高的人生境界：摆脱约束，释放人性，回归自然，享受悠闲。熊旺的炉火和刚劲的锤击，正是这种境界绝妙的阐释。所以，当他的朋友山涛向朝廷推荐他做官时，他毅然决然地与山涛绝交，并写了文化史上著名的《与山巨源绝交书》，以明心志。

不幸的是，嵇康那卓越的才华和逍遥的处世风格，最终为他招来了祸端。他提出的"非汤武而薄周孔""越名教而任自然"的人生主张，深深刺痛了统治阶级的要害：嵇康如此藐视圣人经典、痛恨官场仕途，长久下去，岂不危害我太平江山的统治，此人非杀无以正民风、清王道，这里不是现成有个吕安的案子吗？将他牵连进去，既可杀之，又不会施人以柄，岂不妙哉。于是，在一些仇视嵇康的小人的诽谤和唆使下，公元262年，司马昭下令将嵇康处以死刑。

"竹林七贤"在文章创作上，以嵇康、阮籍为代表。如嵇康的《与山巨源绝交书》，他以老庄崇尚自然为论点，公开表明了不与司马氏合作的政治态度，文章颇负盛名；又如阮籍的《咏怀》诗八十二首，透过比兴、寄托等手法，隐晦地揭露

◆ 木版年画《竹林七贤图》

最高统治集团的恶行，讽刺虚伪的礼法之士。透过七贤的文章创作，可略窥到他们各自的志向意趣。

知识小百科

王戎不取道旁李

"竹林七贤"之一王戎，自幼就非常聪明。

传说，王戎7岁那年，有一次和几个小伙伴一块儿外出游玩，发现路边有几株李树，树上结满了李子，而且看上去一个都熟透了。小伙伴们一见，就情不自禁地流出了口水。于是，一个个高兴地竞相攀折树枝，摘取李子。惟有王戎站在一旁，一动也不动。

同伴们觉得非常奇怪，就叫喊着问王戎："喂，王戎，你为什么不摘啊？又红又大的李子，多好呀！"

王戎笑着回答："那树上的李子肯定都是苦的，摘下来也不能吃。你看，这李树长在道路两旁，上面结了那么多李子，却没有人摘，要不是苦的，会这样吗？"

待小伙伴们把李子摘下来一尝，果真非常之苦，纷纷弃之。

陈寿和《三国志》

《三国志》不仅是一部史学巨著，更是一部文学巨著。陈寿在尊重史实的基础上，以简练、优美的语言为我们绘制了一幅幅三国人物肖像图，人物塑造得非常生动。

陈寿（233—297年），字承祚，西晋巴西安汉（今四川南充）人。

陈寿的父亲是马谡的参军，失街亭以后，和马谡一样受到处罚，马谡被诸葛亮投进大狱，死在狱中，陈寿的父亲受到髡刑的处罚（即剃去头发，是种污辱性的处罚），然后逐出军营。陈寿的父亲回到家乡，几年之后结婚生子，得了陈寿。陈寿的父亲在儿子身上寄予了很高的期望，对陈寿要求非常严格。

陈寿聪慧好学，从小就对历史著作表现出了特别的兴趣。他先通读了最为古老的《尚书》和《春秋》，更精细地研习了西汉司马迁的《史记》和东汉班固的《汉书》，熟悉了写作史书的方法。同时，他所写的文章富艳动人，深得长辈们的赞许。

陈寿小时候在家中读书，时时受到父亲的关注和督促，大约在18岁时他进入了蜀国都城成都的太学学习，进一步刻苦攻读史学。在那里他还遇到了影响他一生的老师谯周，陈寿在他的《三国志》中专门为这位同乡的老师写了一篇传记。

后来，陈寿的父亲病故，陈寿匆忙赶回家中，守孝三年。而在其后来编撰而成的《三国志》中，对于因卷入失街亭一战而受牵连的老父却只字未提，对于惩罚父亲的诸葛亮却大加颂扬，足见陈寿对待历史的客观公正态度。也因此，陈寿的父亲在历史上连名字都没有留下。后人常有提及，只能称其

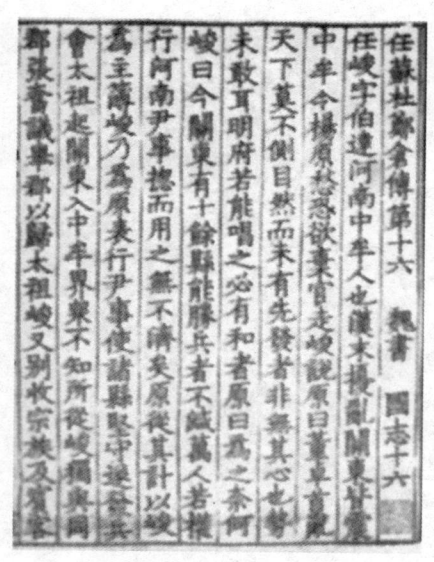

◆《三国志》书影

为陈寿父。

蜀汉灭亡那一年，陈寿31岁，渐入中年。他留在了故乡南充，闲居家中，埋头读书数年，造诣日深。外面世界所发生的一切他也都看在眼中，《三国志》的构思也许从那几年就开始了。

公元268年，36岁的陈寿离开故乡南充赶赴晋都城洛阳，担任西晋著作郎，专门负责编撰史书，从此人生步入了一个新的阶段。天下一统的政治环境使得陈寿编撰《三国志》的设想成为可能。从小就在蜀国成长起来的陈寿早已积累了大量蜀国的资料，后又补充魏、吴两国资料，一部长达65卷的宏篇史学巨著终能编撰而成。

在《三国志》完成那一刻就引起了轰动。晋惠帝在看过《三国志》后当即下诏，命令全国百姓每家每户都要抄写《三国志》，这也使得《三国志》中的故事很快就在民间普及，到唐朝时，社会上出现了一种新兴的行业——说书，这又进一步推动了三国故事在民间的普及。

《三国志》中的人物及故事以说书的形式在民间流传了1000多年，至今，我们在南充的老茶馆中仍可听到许多关于三国故事的评书。流传中，人们对《三国志》中记载的历史故事按照自己的价值观念进行取舍演义，后来罗贯中的《三国演义》便是根据说书人的记载完成的。

陈寿因《三国志》而备受赞誉，却也因为秉笔直书而得罪了很多当世的权贵，晚年屡次被贬，在仕途中始终郁郁而不得

◆ 古画《三顾茅庐》

志。公元297年，65岁的陈寿没能赶回老家南充便病死在都城洛阳。然而他一定不会想到，他在历史的长河中摘取下来的这段历史在1700年后不仅被中国人奉为经典，更进而影响着这个世界，《三国志》中所体现出来的智慧与谋略，至今被世界各国的人们广泛应用在政治、军事、商业等各个领域，并被改编成小说、戏剧、电影甚至漫画与电子游戏更为广泛地传播着。有人说，《三国志》是展现中华民族集体智慧最壮美的篇章。

延伸阅读

陈寿及其妻

传说当年陈寿聘某氏为妻，尚未成婚，陈寿却得了个癞疾（麻风病）。陈父要媒人把这门婚事取消，未婚妻却坚持不肯，还是嫁到陈家来。陈寿因为自己身患会传染的重病，不要妻子接近自己，他妻子却不避秽恶，恭谨地服侍丈夫。过了三年，陈寿怕拖累妻子，便悄悄去买砒霜，打算服毒自尽。他妻子知道后，偷偷把砒霜吃下去一半，要与丈夫同归于尽。哪知道陈寿吃下砒霜，癞疾居然好了，而他的妻子吃下砒霜，大吐一场后也没死。两人历此折磨后，感情更好，恩恩爱爱，白头到老。

"太康之英"陆机

> 陆机是西晋太康、元康间声誉最著的文学家,被后人誉为"太康之英",他的《文赋》是中国文学理论发展史上第一篇系统的创作论,对后世的文学创作和理论发展,产生了重要影响。

陆机(261—303年),字士衡,吴郡华亭人(今上海松江),西晋文学家、书法家,与其弟陆云合称"二陆"。曾被成都王司马颖任命为平原内史、祭酒、著作郎等职,故世称"陆平原"。他流传下来的诗,共104首,大多为乐府诗和拟古诗。代表作有《君子行》《长安有狭邪行》《赴洛道中作》等。

陆机出身名门,祖父陆逊为三国名将,曾任东吴丞相,父亲陆抗曾任东吴大司马,领兵与魏国羊祜对抗。父亲死的时候陆机14岁,与其弟分领父兵,为牙门将。吴国灭亡后,陆机与陆云隐退故里,十年闭门勤学。

晋武帝太康十年(公元289年),陆机和陆云来到京城洛阳拜访时任太常的著名学者张华。

张华颇为看重他们二人,说:"伐吴之役,利获二俊。"使得二陆名气大振。时有"二陆入洛,三张减价"之说("三张"指张载、张协和张亢)。不料后来在一场司马皇室的内乱中,河北大都督陆机因兵败被杀,他的弟弟陆云也被诬陷处死。

陆机流传下来的诗,近半数是乐府诗和拟古诗。这类作品中有不少是敷衍旧题、摹拟前人之作,达到了"思无越畔,语无溢幅"的程度;其失在于缺乏个人情感的抒写,所以被后人讥为"束身奉古,亦步亦趋"(陈祚明《采菽堂古诗选》)。

在艺术风格上,陆机诗的主要特点是

◆ 陆机像

讲求形式的华美整饬，以其深厚的学力、繁缛的辞藻、纯熟的技巧，表现一种雍容华贵之美。这种艺术追求，极大地影响了西晋诗坛的艺术倾向，形成了"采缛于正始，力柔于建安"（《〈文心雕龙〉明诗》）的局面。

陆机诗虽然以词藻典雅见长，但是像"轻条象云构，密叶成翠幄。激楚伫兰林，回芳薄秀木"（《招隐诗》）这类诗句，着意避俗，刻炼太过，见出斧凿之痕，反伤自然之美。这是陆诗的主要缺点，即使是他的名篇《赴洛道中作》也不免于此病。

陆机的赋今存27篇，或感时节之代谢，或悲故旧之丧亡，或抒思乡之情愫，大多篇幅短小，文笔清灵。如《叹逝赋》中写道："川阅水以成川，水滔滔而日度。世阅人而为世，人冉冉而行暮。人何世而弗新，世何人之能故。"把亲故凋零的哀伤写得回环往复，曲折情深。陆机的赋中有不少咏物之作，如《瓜赋》，300字左右，咏物寄怀，体现了作者的道德观；《漏刻赋》写景而兼以想象，夹叙夹议，将抽象的时间描写得十分生动。

陆机的赋中最有名的是《文赋》。这是文学史上最早采用"赋"的体裁而写成的文学理论著作。其中既总结了以前作家的经验，也融合了陆机本人创作的甘苦。陆机的文，思想内容比诗、赋更为充实，时有峭健之笔。其中著名的有《辨亡论》，论东吴兴亡之由，归于能否得人，议论滔滔，笔势流畅，可称为西晋论文中最为博大的篇什；《吊魏武帝文》，是看到曹操遗令有感

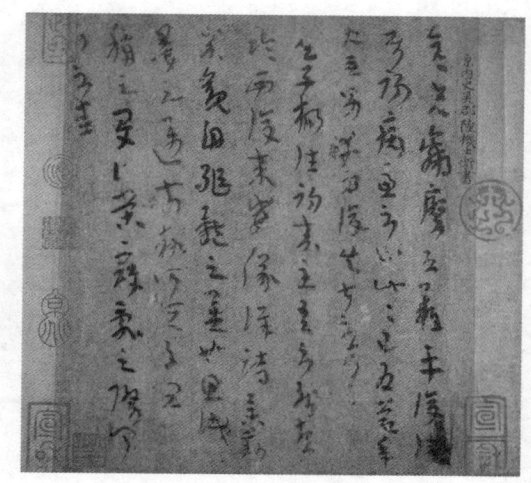

◆ 陆机《平复帖》局部

而作，文中肯定了曹操的事功，又对这位叱咤风云的豪杰在死亡面前不能摆脱对家庭琐务的牵挂之情而暗含讥刺，文笔时而峭拔豪放，时而委婉细腻。

延伸阅读

陆机之死

魏晋时期死于非命的文人甚多，共同的原因自然是这一阶段政局不稳、兵火四起、人命危浅，文人一旦卷了进去，往往首当其冲，而具体来看，则各有各的死因。幸福的文人都是一样的，不幸的文人则各有各的不幸。

西晋最富才华的文学家陆机死于八王之乱，他无意中得罪了牵秀、孟玖等小人，遭到了他们恶毒的谗毁，头脑糊涂的成都王司马颖本来很器重陆机，这时竟然匆匆下令杀死了他，造成令人扼腕长叹的一大冤案。

志怪小说《搜神记》

> 短篇小说集《搜神记》是我国魏晋志怪小说中成就最高的代表作,在中国小说史上有着极其深远的影响,干宝也因创作《搜神记》被称作"中国小说的鼻祖"。

干宝(283—351年),字令升,祖籍河南新蔡。

干宝的祖父叫干统,为吴奋武将军,父干莹为丹阳丞。干宝学识渊博,著述宏丰,横跨经、史、子、集四部,堪称魏晋间之通人,是我国古代著名的史学家和文学家,更是小说家的一代宗师。他的短篇小说集《搜神记》在中国小说史上有着极其深远的影响,被称作"中国小说的鼻祖"。

干宝一生著作颇丰,其《晋纪》20卷,直而能婉,时称良史,为后世史学家所推崇。传说干宝因有感于父婢死而再生及其兄气绝复苏,乃编集神怪灵异故事《搜神记》。他在序中自称:"虽考志于载籍,收遗佚于当时,盖非一耳一目所亲闻睹也,又安敢谓无失实者哉!"

《搜神记》所叙多为神灵怪异之事,也有不少民间传说和神话故事,主角有鬼,也有妖怪和神仙,杂糅佛道。大多篇幅短小,情节简单,设想奇幻,极富浪漫主义色彩。而且,它内容丰富,语言雅致清峻、曲尽幽情,确是"直而能婉"的典范。其艺术成就在两晋志怪中独占鳌头,对后世影响极大。

《搜神记》内容十分丰富,有神仙术士的变幻,有精灵物怪的神异,有妖祥卜梦的感应,有佛道信仰的因果报应,还有人神、人鬼

◆ 干将莫邪塑像

交通恋爱，等等。其中保留了相当一部分西汉传下来的历史神话传说和魏晋时期的民间故事，优美动人，深受人们喜爱。神话，如卷十四的"盘瓠神话"，是关于古时蛮族始祖起源的猜测；"蚕马神话"是有关蚕丝生产的神话。历史传说，如卷十一"干将莫邪"讲述的复仇故事；卷十六"紫玉传说"，讲吴王小女的生死爱情。民间故事，如卷十一"东海孝妇"，讲孝妇周青蒙冤的故事；韩凭夫妇的传说则歌颂了忠贞不渝的爱情；卷一仙女下嫁董永的故事也是如此。

《搜神记》对后世影响深远，如唐代传奇故事，蒲松龄的《聊斋志异》，神话戏《天仙配》及后世的许多小说、戏曲，都和它有着密切的联系。

它是一部继《山海经》《西游记》《封神演义》之后的"东方新神话主义"奇幻之作，为我国魏晋志怪小说中成就最高的代表作，保存了许多古代民间的传说，如《干将莫邪》《相思树》《董永卖身》《李寄斩蛇》等，给后世文学艺术以深远影响。

《搜神记》继承了中国古代幻想作品的优秀特质，博采众长，将神话、魔幻、武侠、言情、地理、人文、上古历史糅于一体，以史诗般的笔触再现中华民族文明起源的洪荒时代，重构了瑰丽雄奇的中华神话。其思想之浩瀚、行文之奇诡、言辞之有趣、情节之跌宕，已使其从纯粹的娱乐式赏析中跳脱出来，令人不得不叹服中华文化的博大精深，而作品本身也成为中国奇幻文学史上浓墨重彩的一笔。

◆ 干将莫邪试剑石

延伸阅读

干氏家族

干氏家族自三国后期，做官者颇多，到晋朝已有名人不断出现，其后在历朝均有名人，政功显著。千余年间，干氏家族所繁衍的子孙已分居于北京、天津、南京、陕西、山东等地。尤以浙江海盐的沈荡、通元、澉浦、六里，海宁的盐官，宁波的余姚，嘉善的干窑等地为主。故自东晋以来，已有1700多年族史，显为望族。海盐作为干氏家族世代繁衍的集中居住地，至今后裔已有52代。近年来，海盐县对干宝的生平及史学价值的研究十分重视，尤其是在干宝后裔的大力支持下，由干氏四十八世裔孙干乃军执笔续修的《干氏宗谱》已经完稿。

归去来兮陶渊明

> 陶渊明的诗感情真挚，朴素自然，时而流露出逃避现实、乐天知命的老庄思想，因此，陶渊明有"田园诗人"之称，也是田园诗派的鼻祖。他的诗从内容上可分为饮酒诗、咏怀诗和田园诗三大类。

陶渊明（约365—427年），东晋末期南朝宋初期诗人、文学家、辞赋家、散文家，字元亮，号五柳先生，谥号靖节先生，入刘宋后改名潜，浔阳柴桑今人。

陶渊明的曾祖是东晋名臣陶侃，祖父陶茂亦官至太守。不过由于陶侃出身寒微，种族不明，在东晋始终未进入士族行列，所以其子孙到了渊明父辈这一代，就湮没无闻，隔绝于仕途了。渊明父亲早死，母亲是大名士孟嘉的女儿，因此在他早年，一方面生计贫苦，居无仆妾，藜菽不给；一方面则受到了很好的文化教育。史称"其有高趣，博学善著文，颖脱不群，任真自得"。

因为门户寒微，陶渊明直到29岁，始出仕州祭酒之职，然而耿介的性格令他不堪吏职，少日自解归。在家闲居了六七年之后，到晋安帝隆安三年（399年）左右，陶渊明再度出仕，到荆州刺史桓玄府中任属吏，两年后，母孟氏卒，他再次辞职回家。

元兴三年（404年），刘裕为镇军将军，陶渊明又到镇军府出任参军，不久后转到江州刺史建威将军刘敬宣府中。次年3月，安帝反正，府主解职，陶渊明亦决心归隐。苦于乏资，遂在这年8月接受彭泽县令之职。但官场中的折腰逢迎依旧令他难堪，于是在这年11月毅然弃官归家，终身不再求仕。

在归田之初，陶渊明的生活还算安定，然而自义熙四年（408年）之后，他的家园

◆ 陶渊明像

◆ 《归去来兮图》局部

开始频频遭到火灾、战祸的破坏，到义熙七年（411年）左右，遂移居寻阳负郭的南村。在此期间，陶渊明目睹了政治舞台上刘裕的北伐和篡政活动，个人生活方面也经历了因水、火、风、虫灾及亲人丧亡带来的种种艰难，但躬耕之志终不变。义熙九年（413年）朝廷征他为著作郎，亦坚辞不就。

进入晚年，陶渊明的生活更加贫困，有时甚至到断炊乞食的地步，中年后就染上的疟疾亦日益加剧。朝廷中，刘裕最终篡位成功，并用残忍手段弑杀了退位的晋帝。这一切使陶渊明更加感受到世事如幻和世途黑暗，对现实愈加不肯妥协，刘宋江州刺史檀道济曾以米、肉的馈赠，他坚辞不受。到元嘉四年（427年）冬十一月，陶渊明于贫病交加中溘然长逝。

陶渊明是汉魏南北朝800年间最杰出的诗人，陶诗今存125首，计四言诗9首，五言诗116首。陶文今存12篇，计有辞赋3篇、韵文5篇、散文4篇。其中《桃花源记》《归去来辞》《归园田居》《饮酒》都是传世之作。

同时，陶渊明还是杰出的辞赋家与散文家。辞赋中的《闲情赋》是仿张衡《定情赋》和蔡邕《静情赋》而作。他的韵文有《扇上画赞》《读史述》九章、《祭程氏妹文》《祭从弟敬远文》《自祭文》。散文有《晋故征西大将军长史孟府君传》，又称《孟嘉别传》，是为外祖孟嘉写的传记；此外还有《五柳先生传》《桃花源记》《与子俨等疏》等。

《归去来兮辞》是陶渊明辞官归隐之际与上流社会公开决裂的政治宣言。文章以绝大篇幅写了他脱离官场的无限喜悦，想象归隐田园后的无限乐趣，表现了作者对大自然和隐居生活的向往和热爱。文章将叙事、议论、抒情巧妙地融为一体，创造出生动自然、引人入胜的艺术境界。语言自然朴实，洗尽铅华，带有浓厚的乡土气息。

延伸阅读

归去来兮陶渊明

陶渊明去世后，他的至交好友颜延之，为他写下《陶征士诔》，给了他一个"靖节"的谥号。颜延之在诔文中褒扬了陶渊明一生的品格和气节，但对他的文学成就，却并没有给予充分的肯定。此后几十年里，陶渊明的文学地位，还是没有得到充分的肯定和承认。但是他的诗文作品，流传越来越广，影响越来越大。到了隋唐时期，有越来越多的诗人喜欢陶渊明的诗文，对陶渊明的评价越来越高。初唐王绩是位田园诗人，他像陶渊明一样，多次退隐田园，以琴酒自娱。唐朝的山水田园诗人孟浩然，对陶渊明更是十分崇拜。

刘宋文坛颜延之

> 颜延之在当时的诗坛上声望很高,和谢灵运齐名,并称"颜谢",与谢灵运、鲍照鼎足为"元嘉三大家",是刘宋文坛的领军人物,所谓"元嘉体,宋年号,鲍、颜、谢诸公之诗"。

颜延之(384—456年),字延年,南朝宋文学家。

颜延之出身世家,"少孤贫,好读书,无所不览""居贫郭,室巷甚陋",以致"行年三十犹未婚"(《宋书·颜延之传》),他的少年时代大概就是在颜家巷的老宅中度过的,其时颜氏已无显宦,所以就成了陋室陋巷。而他却毫不在意,丝毫不以名利为念。他的妹妹嫁给了宋武帝刘裕的辅助大臣刘穆之的儿子刘宪之,刘穆之念及通家之好,以及延之当时在江左声望,想予以提携,当即被他拒绝了。直到30岁,才到吴国内使刘柳处担任一个参军的卑微之职。

颜延之生活俭朴,个性狂放,律己治家极严,史称他"居身俭约,不营财利,布衣蔬食,独酌郊野,当其为适,傍若无人"。其子颜竣做了高官,他给父亲东西,但"延之一无所受","器服不改,宅宇如旧",仍坐他的老牛车。他对儿子说:"平生不喜见要人,今见汝。"见儿子起宅第,又对他说:"你要好自为之,不要让后人笑你小人得志。"

一日早晨他去找儿子,见"宾客盈门",颜竣仍睡着不起。他怒斥:"恭敬撙节,福之基地;骄狠傲慢,祸之始也。"

◆《秋窗读书图》

况出粪土之中，而升云霞之上，傲不可长，其能久乎？"颜延之曾作《庭诰》以训诫子弟，对公私、德义、孝悌、情朋、赏罚、交友、酒等许多方面颇有见地，立论有据，并以"千夫所指，无病自死"告诫后人。

在时代风气的影响下，颜延之也信奉佛教，和一些著名的僧人来往。元嘉十二年（435年），颜延之和何承天之间展开了一场关于《达性论》的争辩。何承天精于天文、历算等自然科学，倾向于唯物主义观点，颜延之不同意何承天的观点，两次致函何承天，反复辩论。这件事曾惊动了宋文帝，向何尚之、羊玄保表示他自己对佛经读得不多，"三世因果，未辨厝怀，而复不敢立异者，正以卿辈时秀，率所敬信故也"。接着他又提到范泰、谢灵运、颜延之、宗炳都能出入儒佛，颜延之驳斥《达性论》，宗炳非难《白黑论》，尤足给人以启发。

颜延之和谢灵运并称"颜谢"，颜延之还和陶渊明私交甚笃。颜延之在江州任后军功曹时，二人过从甚密；其后延之出任始安太守，路经浔阳，又与陶渊明在一起饮酒，临行并以两万钱相赠。陶渊明死后，他还写了《陶征士诔》。

他的代表作《北使洛》《秋胡行》《还至梁城作》《五君咏》，历代传诵，《秋胡行》是继汉代《孔雀东南飞》后，又一首较为成功的叙事长诗。曾先后被收入《文选》《玉台新咏》《艺文类聚》《乐府诗集》

◆ 《杂画图》

《古诗记》，可见其在古代文学史上的地位。

颜诗厚重典雅的风格，对同时代和稍后的诗人有一定的影响。《诗品》下论谢超宗、丘灵鞠、刘祥、檀超等七人，说他们"祖袭颜延，欣欣不倦，得士大夫之雅致乎"，这些诗人中有人已无作品存世，学者根据现存的作品来看，他们确有学习颜延之的痕迹。

延伸阅读

颜延之与《五君咏》

《五君咏》是颜延之因言语间冒犯权要、被黜为永嘉太守时所作，而又因此使当权者更加恼怒，故被免职家居。五君，指魏末"竹林七贤"中的阮籍、嵇康、刘伶、阮咸、向秀。为何只咏五君？因为七贤中的另两人——山涛、王戎后来均贵显于世，故被黜落。

嵇康、阮籍等人，都是才高而不得意，都看不惯当时的统治集团，痛恨他们的虚伪，但又无可奈何，深感压抑，只好以狂放的举动舒泄愤懑。颜延之作《五君咏》，其实是借以自喻，曲折地表达对于权贵的反抗情绪，无怪乎当权者读后要勃然大怒。

游山玩水谢灵运

> 谢灵运是中国历史上伟大的诗人,也是见诸史册的第一位大旅行家。他有"山水诗人"之称,也是山水诗派的鼻祖。其诗充满"道法自然"的精神,贯穿着一种清新自然恬静之韵味,一改魏晋以来晦涩的玄言诗之风。

谢灵运(385—433年),东晋名将谢玄之孙,小名"客",人称"谢客",又以袭封康乐公,称"谢康公"、"谢康乐"。由谢灵运开始,山水诗成为中国文学史上的一大流派。

谢灵运的诗作有《登池上楼》《初去郡》《岁暮》《入东道路》《登临海峤初发强中》《酬从弟惠连》《登石门最高顶》《石门岩上宿》等,除诗歌外还有赋10余篇,其中《山居赋》《岭表赋》《江妃赋》等较为有名。谢灵运的诗歌作品收录在《谢康乐集》中。

谢灵运出身于士族大地主家庭,才学出众,很早就受到族叔谢混的赏识,与从兄谢瞻、谢晦等皆为谢氏家庭中一时之秀。他本来在政治上很有抱负,但他生活的那个年代,正是晋宋易代、政局混乱、社会动荡的时期。

东晋安帝义熙元年(405年),谢灵运已20岁,出任琅琊大司马行参军,后任太尉参军、中书侍郎等职。南朝刘宋武帝永初元年(420年)刘裕灭晋立宋国后,降谢灵运的封爵为康乐侯,改食邑为五百户,起为散骑常侍,转太子左卫率。永初三年(422年),由于刘宋王朝对谢家始终怀有疑忌,谢灵运被降为永嘉太守。

谢灵运恃才傲物,自以为在政坛上应受到格外的器重,殊不料反遭朝廷排挤,被调离京城建康(今南京)。所以心情烦闷,不理政务,一味纵情山水。平日写写诗文,

◆ 谢灵运像

思归的情绪。诗中成功地描写了初春时节池水、远山和春草、鸣禽的变化，使人感到生意盎然。晋初政局混乱，文人常借歌咏山水寄托超脱尘世的情志，这首诗就体现了这种创作倾向。

谢灵运善于用富艳精工的语言记叙游赏经历、描绘自然景物，多有形象鲜明、意境优美的佳句。他的诗文大都是一半写景，一半谈玄，仍带有玄言诗的尾巴。但尽管如此，谢灵运以他的创作极大地丰富和开拓了诗的境界，使山水的描写从玄言诗中独立了出来，从而扭转了东晋以来的玄言诗风，确立了山水诗的地位。

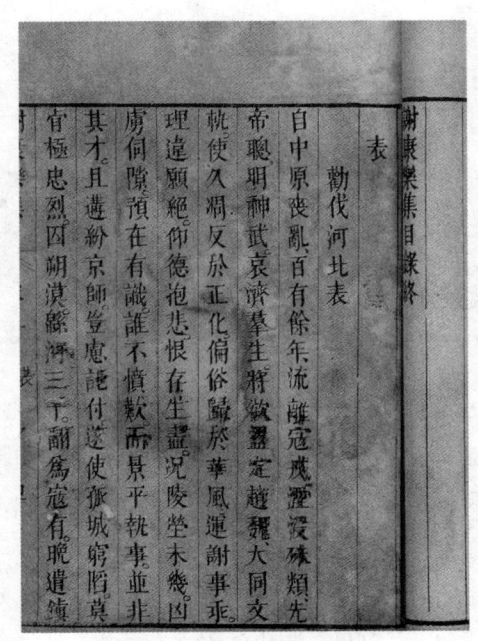

◆ 《谢康乐集》书影

以宣泄胸中块垒。一年后，称疾辞官。后再度做官，也因为不理政事，而且写诗攻击朝廷，被判流放广州。刚到广州，就被朝廷以叛逆罪就地正法。死时仅49岁。

谢灵运的诗歌大部分描绘了他所到之处，如永嘉、会稽、彭蠡等地的自然景物，山水名胜。其中有不少自然清新的佳句，如写春天"池塘生春草，园柳变鸣禽"（《登池上楼》）；写秋色"野旷沙岸净，天高秋月明"（《初去郡》）；写冬景"明月照积雪，朔风劲且哀"（《岁暮》）等等。从不同角度刻画自然景物，给人以美的享受。

《登池上楼》是谢灵运的代表作之一，写的是诗人久病初起登楼临眺时的所见所感。前部分抒发官场失意的牢骚，中间描绘登楼远望所见到的景物，最后表达了怀人

延伸阅读

"才高八斗"与"谢公屐"

谢灵运非常狂妄，他曾对世人说："天下才共十斗，曹子建(曹植)占了八斗，我自己有一斗，剩下那一斗，你们大家去分吧。"才高八斗的典故即出于他口。

谢灵运酷爱登山，而且喜欢攀登幽静险峻的山峰，高达数十丈的岩峰他也敢上，可以说是中国古代第一位攀岩运动的爱好者。他登山时常穿一双木制的钉鞋，上山取掉前掌的齿钉，下山取掉后掌的齿钉，于是，上山下山分外省力稳当，这就是著名的"谢公屐"。数百年后，诗人李白在攀登浙江境内的天姥山时，脚上踏的就是"谢公屐"。

七言才子鲍照

> 鲍照在南朝刘宋王朝时,与谢灵运、颜延之并称为元嘉"三大家",其成就居"谢颜"之首,是中国文学史上的杰出诗人。

鲍照(414—466年),南朝文学家,字明远。祖籍东海(今山东郯城西南,辖区包括今江苏北部),久居建康(今南京)。他最富盛名的代表作是《拟行路难》十八首。

元嘉十六年(439年),鲍照20多岁,为了谋求官职,去谒见临川王刘义庆,献诗言志,获得赏识,被任为国侍郎。刘义庆在这一年任江州刺史,他也在同年秋到江州赴职。几年之后刘义庆病逝,他也随之去职,在家闲居了一段时间。

后来,他做过始兴王刘濬的侍郎,在刘濬和太子刘劭一起谋杀宋文帝之前,他就离去了。宋孝武帝刘骏起兵平定刘劭之乱后,他又出任过中书舍人、秣陵令等小官,之后他又做了临海王刘子顼的幕僚,次年,子顼任荆州刺史,他随同前往江陵,任刑狱参军等职。孝武帝死后,明帝刘彧杀前废帝子业自立,子顼响应了晋安王子勋反对刘彧的斗争。子勋战败,子顼被赐死,鲍照亦为乱兵所害。

鲍照的人生道路,是向着士族门阀制度抗争的,同时又是郁郁不得志和悲剧性的。鲍照是一个性格和人生欲望都非常强烈的人,毫不掩饰自己对富贵荣华、及时享乐、建功立业等种种目标的追求,并且认为以自己的才华理应得到这一切。

据说他向刘义庆献诗时,有

◆ 鲍照像

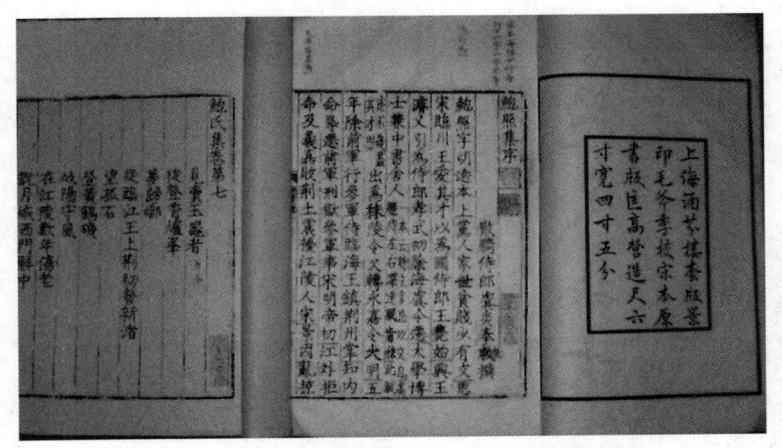

◆《鲍照集》书影

人因他身份低卑而加劝阻,他勃然道:"千载上有英才异士沉没而无闻者,安可数哉!大丈夫岂可遂蕴智能,使兰艾不辨,终日碌碌,与燕雀相随乎?"他只是不顾一切地要以自己的才能实现个人的价值。而当他的努力受到社会现实的压制、世俗偏见的阻碍时,心中就激起冲腾不息的波澜,表现出愤世疾俗的深沉忧愤。这是窥见鲍照的作品何以形成其独特风格的门径。

鲍照的文学成就是多方面的,诗、赋、骈文都不乏名篇,但主要是诗歌。并以"文甚遒丽"的古乐府闻名于诗坛。他现存的诗约有二百多首,其中乐府诗就占八十多首,而且他的优秀诗篇大多数都是乐府诗。他继承和发扬了汉魏乐府民歌的传统精神,广泛描写社会生活,对受压迫的人民表示了深刻的同情。

边塞战争,征夫戍卒的生活,是他乐府诗内容中一个重要的方面。在《代出自蓟北门行》里,他歌颂了边塞将士们"投躯报明主,身死为国殇"的英勇战斗精神,也写出了"疾风冲塞起,沙砾自飘扬。马毛缩如猬,角弓不可张"的边塞战场景色。

鲍照的文、赋也很有影响,其中《芜城赋》是六朝抒情小赋的代表作之一,广为传诵。这篇赋的内容是借广陵昔盛今衰的对比映衬,抒发作者的怀古之情和人生无常的感慨,思想内容和艺术技巧都算得上是一篇杰作。《登大雷岸与妹书》也很有文学价值,融情入景,骈散相间,为后世所称道。

鲍照一生沉沦下僚,很不得志,但他的诗文,在生前就颇负盛名,对后来的作家更产生过重大影响。

知识小百科

元嘉三大家

元嘉是南朝宋文帝的年号,"元嘉三大家"指的是南朝活跃在文坛的三位诗人,他们分别是:

谢灵运(385—433年),南北朝时代与陆机齐名的诗人,主要创作活动在刘宋时代,主要成就在于山水诗。

颜延之(384—456年),诗与谢灵运齐名,并称"颜谢","喜用古事,弥见拘束",成就不如谢灵运。

鲍照(414—466年),南朝文学家,字明远,祖籍东海,长于乐府,尤擅七言歌行,风格俊逸,对李白颇有影响。

北朝民歌"木兰传奇"

《木兰诗》以传奇的艺术形象、传奇的结构骨架和具有民歌风味的语言,成为当之无愧的北朝民歌代表作,是我国诗歌史上精彩的一页。

《木兰诗》又叫《木兰辞》,选自宋朝郭茂倩编的《乐府诗集》,这是南北朝时北方的一首民歌,是北朝民歌的代表作。"乐府诗"是继《诗经》《楚辞》之后,在汉魏六朝文学史上出现的一种能够配乐歌唱的新诗体。

宋代乐史《太平寰宇记》载,黄州黄冈县(今湖北黄冈)有木兰山、木兰乡、木兰庙,并引杜牧《木兰庙》为证。此外,据地方志所载,在今安徽亳州、河南商丘、河北完县等地,都曾立庙奉祀木兰,反映出《木兰诗》的深刻影响。

《木兰诗》讲述了一个叫花木兰的女子,女扮男装,代父从军,在战场上建立功勋,回朝后不愿作官,但求回家团聚的故事。诗中热情赞扬了这位奇女子勤劳善良的品质,保家卫国的热情,英勇战斗的精神,以及端庄从容的风姿。它不仅反映出北方游牧民族普遍的尚武风气,更主要的是表现了北方人民憎恶长期割据战乱,渴望过和平、安定生活的意愿。

以"木兰是女郎"为核心,《木兰诗》着力写木兰作为女孩儿对父母的牵挂,写她的入闺房、巧梳妆,写她打扮得娉娉袅袅、光彩照人的风姿神韵。人们向来不稀罕赳赳武夫式的"顾大嫂"之流,中国也不乏娇滴滴的"崔莺莺"这样标准的美人,但既有女儿的娇美又有男子的刚健的女性,在中国文学史上,却只有花木兰这一个。

对木兰的讴歌,冲击了封建社会重男轻女的偏见。它富有浪漫色彩,风格刚健古朴,保持了民歌特色。诗中以人物问答来刻画人物心

◆ 版画《木兰从军》

理,生动细致;以众多的铺陈排比来描述行为情态,神气跃然;以风趣的比喻来收束全诗,令人回味。这就使作品具有强烈的艺术感染力。全诗塑造了木兰这一不朽的人物形象,既富有传奇色彩,而又真切动人。

《木兰诗》塑造了木兰这个不朽的人物形象。但对这一人物形象的看法却众说纷纭,有人认为人物形象本身,就是对封建社会中歧视妇女的传统观念的无情嘲弄。在封建社会中,妇女是无地位的。木兰是一个"当户织"的劳动妇女,代父从军,"将军百战死,壮士十年归"。男人能做到的,木兰能做到;男人不能做到的,木兰也能做到。

也有人认为,木兰的行为本身就是对热衷功名利禄的封建士大夫的有力讽刺。在封建社会中,追求功名利禄是占统治地位的思想,多少人梦寐以求。而木兰经过十年的紧张战斗之后,凯旋而归,却拒封辞赏,愿意解甲归田,重过劳动人民的耕织生活。

还有人认为,《木兰诗》着意赞颂劳动人民出身的妇女英雄;还有人认为,《木兰诗》旨在反映人民对和平生活的向往。总之,这首古代北方民歌杰作的经典意义,就是它对于普通女子所禀赋的智慧和才能表示了肯定和赞赏的态度。

木兰既是奇女子又是普通人,既是巾帼英雄又是平民少女,既是矫健的勇士又是娇美的女儿。她勤劳善良又坚毅勇敢,淳厚质朴又机敏活泼,热爱亲人又报效国家,不慕高官厚禄而热爱和平生活。《木兰诗》在中唐就已是脍炙人口的名篇,在今天,花木兰的故事仍被广为传颂,甚至改编成影片。

◆《梧桐双兔图》

延伸阅读

影片《花木兰》

美国迪士尼公司于1998年制作推出动画电影《花木兰》,剧情主线沿着《木兰诗》的故事发展,但剧本经过大幅扩充改编,故事情节加入了大量想象,加入许多原诗所没有的细节和角色,主题也从热爱和平变成了追求自由,以符合商业电影剧本长度的需求,并增加剧情的娱乐性。另外,由星光国际集团投资,马楚成导演,赵薇、陈坤主演的《花木兰》,则以《木兰辞》为蓝本,一改好莱坞卡通式的手法,续写了一部中国人心中原汁原味的传奇故事,该片已于2009年11月27日上映。

长篇叙事诗《孔雀东南飞》

《孔雀东南飞》是我国文学史上第一部长篇叙事诗,也是我国古代史上最长的一部叙事诗。与北朝的《木兰诗》并称"乐府双璧",后与《木兰诗》及唐代韦庄的《秦妇吟》并称为"乐府三绝"。

《孔雀东南飞》的创作时间大致是东汉献帝建安年间,最早见于南朝陈国徐陵(507—583年)编《玉台新咏》卷一,题为《古诗为焦仲卿妻作》,宋代郭茂倩将它载入《乐府诗集》,题为《焦仲卿妻》,现今一般取此诗的首句作为篇名。

《孔雀东南飞》的作者是谁,莫衷一是,众说纷纭。有人认为原为建安时期的民间创作,也有人因为写作风格的相似性认为是东汉末的辛延年所作,但都无法考证。

东汉献帝年间在庐江郡(治舒县,汉末迁皖县,均在安徽境内)发生过一桩婚姻悲剧,刘兰芝嫁到焦家为焦母不容而被遣回娘家,兄逼其改嫁。新婚之夜,兰芝投水自尽。

《孔雀东南飞》是一曲基于事实而形于吟咏的悲歌。主人公刘兰芝、焦仲卿之死,表面上看来,是由于凶悍的焦母和势利的刘兄逼迫的结果。事实上,焦母、刘兄同样是封建礼教的受害者。因为焦母、刘兄的本意,并不想害死自己的儿子、自己的妹妹。他们主观上的出发点虽有利己的打算,但也有把维护自己亲人的终身幸福与自己的利益统一起来的愿望。焦母、刘兄是要在自己与焦仲卿、刘兰芝的利益之间找到一块平衡的绿地而共处。

然而,他们没有成功。这里,问题的深刻性在于:刘兰芝、焦仲卿毕竟是直接通过他们的手被害死了。焦母、刘兄同时

◆ 民国私本《孔雀东南飞》书影

又成了封建礼教的帮凶。这种不以个别人意志为转移的社会力量，正是当时封建制度罪恶本质的必然反映。

《孔雀东南飞》全诗340多句，1700多字，它是思想性和艺术性的高度结合，在民间广为流传。它的情节波澜曲折，跌宕起伏；叙事双线交替，缜密紧凑。

一条线索由刘兰芝、焦夫、焦母、刘兄之间展开。这是一场迫害与反迫害的斗争。仲卿求母，刻画了焦母的专横和仲卿的软弱。兰芝辞婆，反映了焦母的无情和兰芝的斗争。兰芝拒婚，在兰芝与其兄之间展开，突出了兰芝富贵不能淫的坚贞品格及其兄的卑鄙。仲卿别母，写出了焦母的顽固与仲卿的守约。这四次冲突，一次比一次激烈，直至双双殉情。特别是主角兰芝，她的坚决抗争，影响与决定了仲卿的态度与斗争。

兰芝与仲卿的感情纠葛是另一条线索。兰芝的诉苦，表现了她对仲卿的信赖，也交代了矛盾冲突的背景。仲卿求母失败，刘、焦之间的话别，反映了仲卿的不舍、兰芝的温情。兰芝辞婆后，仲卿的送别，充分抒写了他们夫妇之间的真挚感情。兰芝拒婚，仲卿的怨怼，兰芝的表白，他们之间的诀别，淋漓尽致地刻画了生死不渝的爱情。由此可见，上述两条线索，有主有从，互为因果，交替发展，完整紧凑地完成了故事的叙述、人物命运的交代。

《孔雀东南飞》在中国封建社会的早期，就形象地用刘兰芝、焦仲卿两人殉情而死的家庭悲剧，深刻揭露了封建礼教的吃人本质，热情歌颂了刘兰芝、焦仲卿夫妇为了忠于爱情宁死不屈地反抗封建恶势力的斗争精神，并表达了广大人民争取婚姻自由的必胜信念。《孔雀东南飞》以现实主义的表现方法，提出的是封建社会里一个极其普遍的社会问题，这就使得这一悲剧具有典型意义，感动着千百年来的无数读者。

◆ 仕女图局部（清 顾洛）

延伸阅读

东西方文化的神合

拿《孔雀东南飞》与莎士比亚的五幕话剧《罗密欧与朱丽叶》相比较，它们在内容性质上相同，都是爱情悲剧。故事结局相同，都以青年恋人双双殉情为代价换来两家的悔悟与和好。表现手法相同，都运用了现实主义与浪漫主义相结合的手法。主题思想相同，都通过青年爱人的死来抨击封建家长的专制和封建婚姻包办制度，抒发了人们对自由爱情婚姻的热烈追求，表达了有情人终成眷属的美好愿望。

笔记小说《世说新语》

> 《世说新语》是一部记述东汉末年至东晋时豪门贵族和官僚士大夫言谈轶事的书。它在艺术上取得了较高的成就，对后世有着深刻的影响，不仅模仿它的小说不断出现，而且不少戏剧、小说也都取材于它。

《世说新语》是我国魏晋南北朝时期"志人小说"的代表作，由南朝刘义庆编撰。依内容可分为德行、言语、政事、文学等三十六类，每类收有若干则，全书共一千多则，每则文字长短不一，有的数行，有的三言两语，由此可见笔记小说"随手而记"的诉求及特性。

刘孝标原是南朝青州人。宋泰始五年(469年)北魏攻下青州，他被迫迁到平城，在那里出家，后又还俗。齐永明四年(486年)还江南，曾参加翻译佛经。《世说新语》的注，是刘孝标回江南以后所作的。

当时，刘义庆门下聚集不少文人学士，他们根据前人类似著述如裴启的《语林》等，采用裴松之注《三国志》的办法，进行补缺和纠谬的工作，孝标征引繁富，引用的书达400余种，编成该书。

虽说刘义庆只是倡导和主持了编纂工作，但全书体例风格大体一致，没有出于众手或抄自群书的痕迹，这应当归功于他主编之力。后人注释该书的，有余嘉锡《世说新语笺疏》、徐震谔《世说新语校笺》、杨勇《世说新语校笺》。

魏晋之际，是中国历史上一个重要的变革时期。社会动荡，战乱频仍，礼崩乐坏，人们的文化思想和道德观念发生了很大的变化，他们标新立异，我行我素，凡事不因循守旧，放荡不羁，使得长期受压抑的人性、人情张扬开来，形成了中国历史上有名的思想解放和个性舒展时期。处于这

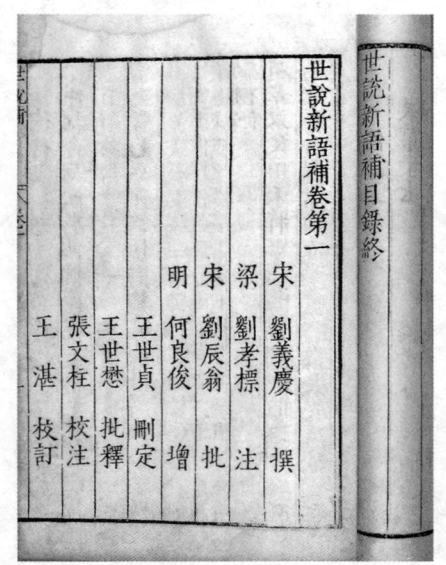

◆《世说新语》书影

种历史关头的知识分子，或深陷社会政治运动的漩涡，不能自拔；或寄情于山水之中，远避灾祸；或悟言于一室之内，参理谈玄。

嵇康是其中最具代表性的人物。《世说新语》里面第一次提到嵇康是在上篇中《德行第一》里面，其中第16条，作者记述了王戎的一句对嵇康评价的话："与嵇康居二十年，未尝见其喜愠之色。"嵇康无疑是一个当下的理想人格的人物，王戎与嵇康交往了二十多年，未尝见过他有喜怒之色。这话外之意，就是嵇康的修养气度非凡，喜怒不形于色。而正是这样一个理想的人物，却又"非汤武而薄周孔"，"越名教而任自然"，最终落得惨遭杀身之祸的悲剧下场。

除了嵇康，还有阮籍、向秀、刘伶、王戎、王羲之、谢安乃至钟会、钟繇、王蓝田、石崇等人物可以进行深入探究，都会非常精彩。

《世说新语》主要记述士人的生活和思想，以及统治阶级的情况，反映了魏晋时期文人的思想言行，和上层社会的生活面貌，记载颇为丰富真实，这样的描写有助于读者了解当时士人所处的时代状况及政治社会环境，更让我们明确看到了所谓"魏晋清谈"的风貌。

《世说新语》善用比较、比喻、夸张与描绘的文学技巧，使它保留下许多脍炙人口的佳言名句。如今，《世说新语》除了有文学欣赏的价值外，人物事迹、文学典故等也多为后世作者所取材引用，对后来笔记影响尤其之大。《世说新语》是文字很质朴的散文，广泛应用口语，意味隽永，在晋宋人文章中也颇具特色，因此历来为人们所喜读，其中有不少故事成了诗词中常用的典故。

◆ 嵇康

延伸阅读

《世说新语》原名

《世说新语》原名《世说》，因汉代刘向曾著《世说》（早已亡佚），后人为将此书与刘向所著的《世说》相别，故又名《世说新书》，大约宋代以后才改为今名。《世说新语》保存了社会、政治、思想、文学、语言等方面史料，价值很高。

文学批评《文心雕龙》

《文心雕龙》在中国古代文学批评和文艺理论的发展史上，具有巨大的奠基意义和深远影响，是一份十分宝贵的文化遗产。

刘勰（约465—520年），字彦和，生活于南北朝时期，中国历史上著名的文学理论家。祖籍山东莒县（今山东省日照市莒县）。

他曾官县令、步兵校尉、宫中通事舍人，颇有清名。晚年在山东莒县浮来山创办（北）定林寺。刘勰虽历任官职，但其名不以官显，却以文彰，一部《文心雕龙》奠定了他在中国文学史上和文学批评史上不可或缺的地位。

刘勰小时候家里很穷，长大了也没有钱娶妻生子，但他曾经做了一个美妙的梦，在梦中他拿着一些礼器跟着孔子南行，就像孔子当年的弟子那样。他觉得这是圣人给他的暗示，所以他想努力学习以宣扬孔子的思想，来报答孔子托梦的恩惠。

在他所生活的那个时代，弘扬儒学最好的办法就是注释儒家的经典，但刘勰觉得自己在这方面再也超不过汉代的大儒马融、郑玄了，于是就打消了这个念头，去做另外一件非常有意义的事情——"论文"。他发现当时有很多论文的文章，像曹丕的《典论·论文》、陆机的《文赋》、挚虞的《文章流别论》以及李充的《翰林论》等，这些文章虽然写得都蛮不错，但就是太简略，难以让人窥见写文章的全部奥秘。

魏晋时期，中国的文学理论有了很大的发展。到南北朝，逐渐形成了繁荣的局面。文学创作和文学理论批评在其历史发展中所积累起来的丰富经验，为《文心雕龙》的出现准备了条件。大概32岁的时候，刘勰开始构建自己宏大而缜密的文论体系，花了五年多时间，写了三万七千多言，这就是著名的《文心雕龙》。《文心雕龙》全书包括总论、文体论、创

◆ 山东省日照市莒县刘勰故居

作论、批评论4个部分。总论含上编的《原道》至《辨骚》5篇,明确提出了其文学批评的根本原则,是全书的"文之枢纽"。其中《原道》《征圣》《宗经》3篇是理解全书的钥匙。文体论含上编的《明诗》至《书记》20篇。其中前10篇是论有韵之文,后10篇是叙无韵之笔。讨论的文体约35种。

齐梁时代,"文"的范围宽泛,包括有韵之"文"和无韵之"笔"。但刘勰着重研究诗赋等文学作品的创作和鉴赏规律。全书起始从哲学上探讨诗文起源问题,认为"日月叠璧,以垂丽天之象;山川焕绮,以铺理地之形。此盖道之文也"。而天地之间,人"为五行之秀,实天地之心","心生而言立,言立而文明,自然之道也",又说"夫以无识之物,郁然而彩,有心之器,其无文欤?"把诗文的起源提到了自然之道的哲学高度,视为"与天地并生"的合规律的必然现象,反映了魏晋时期文学创作地位提高的倾向。

南朝写文章流行骈文,所以《文心雕龙》也是用骈文写的,写得非常美。如《神思篇》中说文思变化倏忽不定的句子,"故寂然凝虑,思接千载;悄焉动容,视通万里;吟咏之间,吐纳珠玉之声;眉睫之前,卷舒风云之色;其思理之致乎!"还有被纪晓岚称为天下第一"赞"语的《物色篇》赞曰:"山沓水匝,树杂云合。目既往还,心亦吐纳。春日迟迟,秋风飒飒;情往似赠,兴来如答。"这些句子似乎都有诗的魂魄,令人兴感忘怀,美不胜收。

《文心雕龙》十分强调情感在文学创作全过程中的作用。要求文学创作要"志思蓄愤,而吟咏情性",主张"为情而造文";反对"为文而造情"(《情采》)。认为创作构思为"情变所孕"(《神思》),结构是"按部整伍,以待情会"(《总术》),剪裁要求"设情以位体"(《镕裁》),甚至作品的体裁、风格,也无不由强烈而真挚的感情起着重要的作用。这一认识相当深刻,符合文学创作的特点和规律。

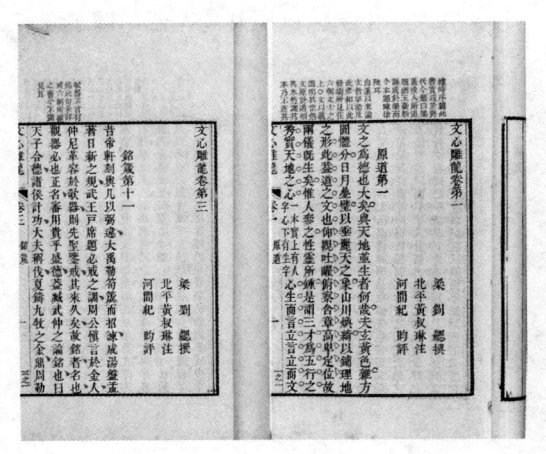

◆ 《文心雕龙》书影

延伸阅读

刘勰轶事

刘勰的《文心雕龙》虽然写得很好,但是由于作者的社会地位很低,如果没有当时的名人加以评点,大家都不会承认他的著作。在这样的情况下,刘勰冒险在路上冲闯当时大文豪沈约的车队,把书送给他看。沈约读之后,觉得确实不错,于是《文心雕龙》在当时就得到了大家的认可。

山水文学《水经注》

《水经注》全书三十多万字，详细介绍了我国境内一千多条河流以及与这些河流相关的郡县、城市、物产、风俗、传说、历史等。《水经注》文笔雄健俊美，既是古代地理名著，又是山水文学的优秀作品。

郦道元（约470—527年），字善长，北魏范阳郡涿县（今河北省涿州市）人，北魏平东将军、青州刺史、永宁侯郦范之子，我国著名地理学家、文学家。

郦道元在少年时代，就十分爱好游览，对地理考察有着浓厚的兴趣。十几岁时，他随父亲到山东，经常与朋友一起到有山水的地方游览，观察水流的情景。当时，他们游历过临朐县的熏冶泉水，又观看了石井的瀑布。瀑布奔泻而下的水流，激起了滚滚波浪和飞溅的水花，那铿锵有力的巨大音响，在川谷间回荡。这美丽壮观的景色，使郦道元大为陶醉。

后来，郦道元在山西、河南、河北做官，经常趁工作之便和公余之暇，进行实地的地理考察和调查。凡是走到的地方，他都尽力搜集当地有关的地理著作和地图，并根据图籍提供的情况，考查各地河流干道和支流的分布，以及河流流经地区的地理风貌。他或跋涉郊野，寻访古迹，追溯河流的源头；或走访乡老，采集民间歌谣、谚语、方言和传说，然后把自己的见闻，详细地记录下来。日积月累，他掌握了许多有关各地地理情况的原始资料。

同时，他还利用业余时间阅读了大量古代地理学著作，如《山海经》《禹贡》《禹本纪》《周礼职方》《汉书·地理志》《水经》等，积累了丰富的地理学知识，为他的地理学研究和著述打下了基础。

他发现古代地理书籍，《山海经》过于荒杂，《禹贡》《周

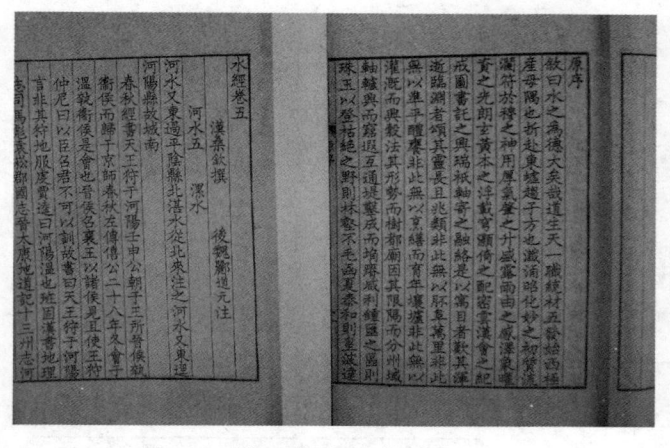

◆《水经注》书影

◆ 黄河一景

礼·职方》只具轮廓，《汉书·地理志》记述不详备，而又限于体裁不能畅所记述，《水经》一书虽专述河流，具系统纲领，但未记水道以外地理情况。他在游历大好河山时所见所闻十分丰富，为了把这些丰富的地理知识传于后人，他选定《水经》一书为纲来描述全国地理情况。

为了写《水经注》，他阅读的有关书籍达400多种，查阅了所有地图，研究了大量文物资料，还亲自到实地考察，核实书上的记载。《水经》原来记载的大小河流有137条，1万多字，经过郦道元注释以后，大小河流增加到1000多条，共30多万字，比原著增加20倍。书中记述了各条河流的发源与流向，各流域的自然地理和经济地理状况，以及火山、温泉、水利工程，还有历史故事、神话传说、风俗习惯等。由于《水经注》在中国科学文化发展史上的巨大价值，历代许多学者专门对它进行研究，形成一门"郦学"。

全书采用了文学艺术手法进行了绘声绘色的描述，所以它还是我国古典文学名著，在文学史上占有一定地位。它"写水着眼于动态"，"写山则致力于静态"，它"是魏晋南北朝时期山水散文的集锦，神话传说的荟萃，名胜古迹的导游图，风土民情的采访录"。《水经注》在语言运用上也是出类拔萃的，仅就描写瀑布来说，它所用的词汇就有：泷、洪、悬流、悬水、悬涛、悬泉、悬涧、悬波、颓波、飞清等，真是变化无穷。所以我们说《水经注》不仅是科学名著，也是文学艺术的珍品。

延伸阅读

清官循吏郦道元

郦道元在做官期间，"执法清刻"，"素有严猛之称"，颇遭豪强和皇族忌恨。当时汝南王的宠臣丘念狐假虎威、肆无忌惮地为非作歹，时任中尉的郦道元便将他逮捕入狱。谁知汝南王竟包庇丘念，并借助胡太后的力量，以太后之命赦免丘念。郦道元抗旨杀了丘念，并上书弹劾汝南王包庇佞臣。这时，雍州刺史肖宝寅已有造反迹象。汝南王为了报复郦道元，就故意上奏向皇帝推荐郦道元到关右任职。关右靠近关中，必在肖宝寅的冲击之下，这样就可借肖宝寅的手除掉郦道元。北魏孝昌三年（527年），郦道元在奉命赴任的路上，走到阴盘驿，和他的弟弟道峻以及两个儿子一同被杀害。

经典文集《文选》

《文选》又称《昭明文选》，是中国现存的最早一部文学总集，这部总集仅仅用30卷的篇幅，就包罗了先秦至梁代初叶的重要作品，反映了各种文体发展的轮廓，为后人研究这七八百年的文学史保存了重要的资料，影响甚为深远。

萧统（501—531年），字德施，小字维摩，南朝梁代文学家，南兰陵（今江苏常州）人，梁武帝萧衍长子、太子。

萧统少时即有才气，且深通礼仪，性情纯孝仁厚，喜愠不形于色。他16岁时，母亲病重，他就从东宫搬到母亲的住处，朝夕侍疾，衣不解带。母亲去世后，他悲切欲绝，饮食俱废。他父亲几次下旨劝逼，才勉强进食，但仍只肯吃水果、蔬食。他本来身材健壮，等守丧出服后已变得羸瘦不堪，官民们看了，无不感动落泪。

萧统极富同情心。他12岁时，去观看审判犯人，他仔细研究案卷之后，说："这人的过情有可原，我来判决可以吗？"刑官答应了，于是他就作了从轻的判决。事后，刑官向梁武帝萧衍汇报了情况，萧衍对他表示嘉许。

梁普通（520—527年）年间，由于战争爆发，京城粮价大涨。萧统就命令东宫的人员减衣缩食，每逢雨雪天寒，就派人把省下来的衣食拿去救济难民。他在主管军服事务时，每年都要多做3000件衣服，冬天分发给贫民。当时世风好奢，萧统则"欲以己率物，服御朴素，身衣浣衣，膳不兼肉"。

萧统酷爱读书，记忆力极强。读书时，"数行并下，过目皆忆"。他喜欢"引纳才学之士，赏爱无倦"，所以他身边团结了一大批有学识的知识分子，经常在一起"讨论坟籍，或与学士商榷古今，继以文章著述，率以为常"。

萧统对文学研究很感兴趣，他招集文人

◆ 萧统像

学士，广集古今书籍30000卷，编集成《文选》30卷。《文选》是中国古代第一部文学作品选集，选编了先秦至梁以前的各种文体代表作品，对后世有较大影响。旧时读书人有"《文选》烂，秀才半"的说法。"事出于沉思，义归乎翰藻"的选文准则，为后世推崇。

萧统认为文章应该"丽而不浮，典而不野"。其所选的作品，都应是"事出于沉思，义归乎翰藻"，也就是经过作者的深思熟虑而又文辞华美的作品，才能够被辑入《文选》。可见萧统在文学上即注重内容，又要求形式，是文质并重的。

由于《文选》注意文采，所以不少优秀诗文都因为《文选》的生命力而得以流传、保存到了今天，可以说，《文选》是研究梁以前文学的重要参考资料。较有见地的是，对于当时盛行内容空虚的华文艳诗，《文选》却一概不选。当然，有些好的诗文，由于缺乏《文选》所强调的骈俪、华藻而未能被收进《文选》，这是当时文坛的风气乃至《文选》风格所决定的，使不少后来的学人感到有点遗憾。

《文选》一问世，便受到普遍的欢迎。随着人们阅读《文选》的需求，后来有不少学者为它作注。唐朝显庆年间，李善搜集了很多资料，把《文选》分为60卷进行了注释。自李善注本产生后，《文选》得到广泛的流传。唐朝开元年间，又有吕延济、刘良、张铣、吕向、李周翰五人合注《文选》，称"五臣注"。不过它只着重解释字句，与李善注有所不同。

◆ 《文选》书影

由于《文选》本身所具有的优点，比起同类型的其他诗文总集来，其影响远为深广。唐代以诗赋取士，唐代文学又和六朝文学具有密切的继承关系，因而《文选》就成为人们学习诗赋的一种最适当的范本，甚至与经传并列。宋初承唐代制度，亦以诗赋取士，《文选》仍然是士人的必读书。

知识小百科

《昭明文选》之影响

萧统为梁武帝萧衍的长子，天监元年(502年)立为皇太子，未及即位而卒，谥号昭明。后人就把他生前所编撰的《文选》称为《昭明文选》。

《昭明文选》对后代文学的影响很大。唐以后文人往往把它当作学习文学的首选教材。唐代著名诗人杜甫就曾要求儿子"熟读《文选》理"。宋代陆游也提出民间有"《文选》烂，秀才半"的谚语，就是说熟读《文选》，也就差不多是半个秀才了。

唯美乐章《玉台新咏》

《玉台新咏》是继《昭明文选》之后，于公元6世纪编成的一部诗歌选集，汇集了不少两汉魏晋南北朝古典诗歌精华的优秀诗集。

徐陵（507—583年），字孝穆，东海郯（今山东郯城县）人。徐陵早年即以诗文闻名，既擅宫体，亦为骈体大家，并都取得较高成就，是南朝后期重要的文学家。徐陵原有文集30卷，已散佚。今存其诗近40首，文章80多篇。明人辑有《徐孝穆集》。

《玉台新咏》是徐陵在梁中叶时选编的一部诗歌总集，收入了东周至南梁诗歌共769篇。在取材上，以"选录艳歌"为宗旨，即主要收男女闺情之作。据近人考证，系专为梁元帝萧绎的徐妃排忧遣闷而编。

从内容的广泛性看，它不如成书略早的《文选》。但它和"以文为本"作为收录标准的《文选》比较，也有自己的特色，例如，它不如《文选》那样选录歌功颂德的庙堂诗。入选的各文章，都取语言简洁明白，而弃深奥难懂的文章（所录汉时童谣歌，晋惠帝时童谣等，都属这一类），又比较重视民间文学，如中国古代长篇叙事诗《孔雀东南飞》就首见于此书。它重视南朝时兴起的五言四句的短歌句，收录达一卷之多，对于唐代五言绝句这一诗体的发展有一定推动作用。

此外，它不像《文选》那样不录在世人物的作品，而是选录了梁中叶以后不少诗人的作品。这些诗作比"永明体"更讲究声律和对仗，可以较清楚地看出"近体诗"的成熟过程。书中收录了沈约《八咏》一类杂言诗，也可以据此了解南朝末年诗和赋的融合以及隋唐歌行体的形成。《玉台新咏》所选诗篇又有可资考证、补阙佚的，如所收曹植的《弃妇诗》，庾信的《七夕诗》，为他们的集子所阙如，班婕妤、鲍令晖、刘令娴等女

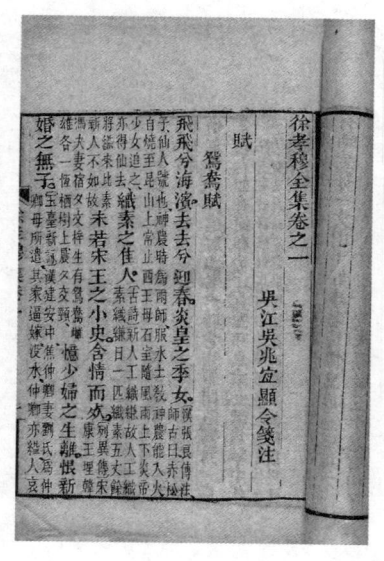

◆《徐孝穆集》书影

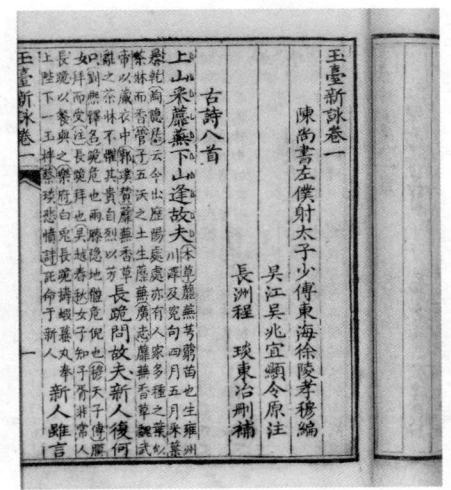

◆ 《玉台新咏》书影

作家的作品，也赖此书得以保存和流传。

《玉台新咏》虽有一些情调不大健康的作品，但是表现出真挚爱情和妇女痛苦的作品也不少。如《上山采蘼芜》《陌上桑》《羽林郎》等作品，都反映了一定的社会现实。《孔雀东南飞》详尽地写出一个封建家庭悲剧的全部过程。这说明《玉台新咏》所录诗作并非全是艳情诗。

《玉台新咏》前一部分的"往世名篇"取材十分丰富。其中既有对古代妇女婚姻变故的描写（如古诗《上山采蘼芜》），也有对远行丈夫的无穷思念（如古诗《冉冉孤生竹》）；既有令人怦然心动的爱慕表白（如古《越人歌》），也有缠绵动人的爱情故事（如古诗《为焦仲卿妻作》）；既有不慕荣华、反抗强暴的颂歌（如辛延年《羽林郎》），也有不惜以死来斥责丈夫负心的烈举（如颜延之《秋胡诗》）；既有六宫嫔妃失宠的哀怨（如班婕妤《怨诗》），也有公主远嫁匈奴的哀苦（如石崇《王昭君辞》）；既有活泼可爱的娇憨幼女（如左思《娇女诗》），也有倾国倾城的绝色佳人（如李延年《歌诗》）；既有男子对恋人才情的思恋（如张华《情诗》），也有丈夫对亡妻的怀念（如潘岳《悼亡诗》）……

《玉台新咏》主要反映女性的生活，表现女性的情思，描绘女性的柔美，吐露女性的心声，同时也表现了男性对女性的欣赏、爱慕，刻画了男女之间的爱恋与相思。《玉台新咏》是一部关于女性的诗集，一部情爱的宝典，一部唯美的乐章，在文学史和审美发展史上有重要的价值和不同寻常的意义。

延伸阅读

乐府诗名篇《上山采蘼芜》

《上山采蘼芜》是东汉时期一首著名的乐府诗，最早收录在《玉台新咏》中，可与《诗经·国风》中的《氓》《谷风》以及汉乐府民歌中的《白头吟》《怨歌行》《塘口行》等名篇相媲美，是一首描写弃妇的哀怨，对喜新厌旧的"故夫"提出责难和进行控诉的诗。原文如下：

上山采蘼芜，下山逢故夫。
长跪问故夫，新人复何如？
新人虽言好，未若故人姝。
颜色类相似，手爪不相如。
新人从门入，故人从阁去。
新人工织缣，故人工织素。
织缣日一匹，织素五丈余。
将缣来比素，新人不如故。

第三讲　魏晋南北朝文学

传世美文《兰亭集序》

王羲之的传世美文《兰亭集序》历来被奉为"天下第一行书",是书法艺术的精品,同时又是一篇散文佳作。作者在即兴创作中,一气呵成,既创造了文学美,又创作了书法美,而且使其达到了天衣无缝的统一,千百年来被人们广为传诵。

王羲之(约321—379年)是我国东晋时的大书法家。他出身士族,加上他出众的才华,朝廷中公卿大臣都推荐他做官。他做过刺史,当过右军将军(人们也称他王右军)。

王羲之从小喜爱写字,据说平时走路的时候,也随时用手指比划着练字,日子一久,连衣服都划破了。在做官时,他在后院的池边练字,从池中洗笔,日久天长,池水都黑了。经过勤学苦练,王羲之的书法越来越有名,当时的人都把他写的字当宝贝看待。

会稽山水清幽、风景秀丽。东晋时期,不少名士都在这里谈玄论道,放浪形骸。晋穆帝永和九年(353年)农历三月初三,王羲之在会稽山阴的兰亭(今绍兴城外的兰渚山下),举行风雅集会,这些名流高士,包括司徒谢安、辞赋家孙绰、矜豪傲物的谢万、高僧支道林及王羲之的儿子在内的40多人。

江南三月,通常是细雨绵绵的雨季,而这一天却格外晴朗,崇山峻岭,茂林修竹,惠风和畅,溪中清流激湍,景色恬静宜人。兰亭雅集的主要内容是"修禊",这是我国古老的流传民间的一种习俗。人们于农历三月上旬的巳日(上巳日)到水边举行袚祭仪式,用香薰草蘸水洒身上,或沐浴洗涤污垢,感受春意,祈求消除病灾与不祥。

兰亭雅集的另一个项目是曲水流觞,40多位名士列坐在蜿蜒曲折的溪水两旁,然后由书僮将斟酒的羽觞放入溪中,让其顺流而下,若觞在谁的面前停滞了,谁得赋诗,若吟不出

◆ 王羲之《兰亭集序》局部

诗，则要罚酒三杯。这次兰亭雅集，有11人各成诗两首，15人成诗各一首，16人做不出诗各罚酒三杯，王羲之的小儿子王献之也被罚了酒。清代诗人曾作打油诗取笑王献之："却笑乌衣王大令，兰亭会上竟无诗。"

大家把诗汇集起来，公推此次聚会的召集人，德高望重的王羲之写一篇序文，记录这次雅集，于是，王羲之乘着酒兴，用鼠须笔，在蚕纸上，即席挥洒，心手双畅，写下了28行324字的被后人誉为"天下第一行书"的《兰亭集序》。

《兰亭集序》是世人公认的瑰宝，始终珍藏在王氏家族之中，一直传到他的七世孙智永。智永少年时即出家在绍兴永欣寺为僧，临习王羲之真迹达30余年。智永临终前，将《兰亭集序》传给弟子辩才。辩才擅长书画，对《兰亭集序》极其珍爱，将其密藏在房梁上，从不示人。后被唐太宗派去的监察史萧翼骗走。

唐太宗得到《兰亭集序》后，如获至宝，并命欧阳询、虞世南、褚遂良等书家临写。以冯承素为首的弘文馆拓书人，也奉命将原迹双钩填廓摹成数副本，分赐皇子近臣。唐太宗死后，侍臣们遵照他的遗诏将《兰亭集序》真迹作为殉葬品埋藏在昭陵。

《兰亭集序》文字灿烂，字字珠玑，是一篇脍炙人口的优美散文，它打破成规，自辟蹊径，不落窠臼，隽妙雅逸，不论绘景抒情，还是评史述志，都令人耳目一新。虽然前后心态矛盾，但总体看，还是积极向上的，特别是在当时谈玄成风的东晋时代，提出"一死生为虚诞，齐彭殇为妄作"，尤为可贵。

◆ 《王羲之观鹅图》（元 钱选）

延伸阅读

王羲之"卖竹扇"

据说有一次，王羲之到一个村子里去。有个老婆婆拎了一篮子六角形的竹扇在集上叫卖。竹扇很简陋，没有什么装饰，少有人问津，老婆婆十分着急。王羲之看到这情形，就上前跟她说："你这竹扇上没画没字，当然卖不出去。我给你题上字，怎么样？"老婆婆不认识王羲之，见他这样热心，也就把竹扇交给他写了。王羲之提起笔来，在每把扇面上龙飞凤舞地写了五个字，就还给老婆婆。老婆婆不识字，觉得他写得很潦草，很不高兴。王羲之安慰她说："别急，你告诉买扇的人，说上面是王羲之写的字。" 王羲之一离开，老婆婆就照他的话做了。集上的人一看真是王羲之的书法，都抢着买，一箩竹扇马上就卖完了。

第四讲
隋唐五代文学

初唐四杰

"初唐四杰"是初唐文学家王勃、杨炯、卢照邻、骆宾王的合称。"四杰"的诗文虽未脱齐梁以来绮丽余习,但已初步扭转文学风气,他们是唐代文坛上新旧过渡的人物。

王勃(650—676年),字子安,是"初唐四杰"之首。王勃的祖父王通是隋末著名学者,号文中子。父亲历任太常博士、雍州司功等职。王勃才华早露,未成年即被司刑太常伯刘祥道赞为神童,向朝廷表荐,对策高第,授朝散郎。乾封初(666年)为沛王李贤征为王府侍读,两年后因戏为《檄英王鸡》文,被高宗怒逐出府。随即出游巴蜀。咸亨三年(672年)补虢州参军,因擅杀官奴当诛,遇赦除名。其父亦受累贬为交趾令。上元二年(675年)或三年(676年),王勃南下探父,渡海溺水,惊悸而死。

王勃的诗赋风格清新,他在27岁时所写的《滕王阁诗序》是词赋中的名篇,序末所附的《滕王阁诗》则是唐诗中的精品。至于他的《送杜少府之任蜀州》一诗,更是公认的唐诗极品,其中"海内存知己,天涯若比邻"两句成为渗透古今、撼动人心的千古名句。

杨炯(约650—693年),弘衣华阴(今属陕西)人,吏治以严酷著称,卒于官,世称杨盈川。杨炯以边塞征战诗著名,所作如《从军行》《出塞》《战城南》《紫骝马》等,表现了为国立功的战斗精神,气势轩昂、风格豪放。其他唱和、纪游的诗篇则无甚特色,且未尽脱绮艳之风。

卢照邻(约636—695年),字升之,自号幽忧子。幽州范阳(今河北涿县)人。据说他晚年不堪病痛折磨,含悲怀愤,竟然投水而死,令人扼腕不已。

◆ 初唐四杰像——王勃、杨炯、卢照邻、骆宾王(由左至右,由上至下)

◆ 滕王阁

骆宾王（约640—687年），字观光，婺州义乌（今浙江义乌）人，又与富嘉谟并称"富骆"。在"四杰"中，他的诗作最多。尤擅七言歌行，名作《帝京篇》为初唐罕有的长篇，当时以为绝唱。骆还曾久戍边城，写有不少边塞诗，豪情壮志，见闻亲切。唐中宗复位后，诏求骆文，得数百篇。

"初唐四杰"是当时官小而名大，年少而才高的诗人，他们在初唐诗坛的地位很重要，上承梁陈，下启沈宋，其中卢、骆长于歌行，王、杨长于五律。后人所说的声律风骨兼备的唐诗，从他们才开始定型。

在唐诗史上，他们是勇于改革齐梁浮艳诗风的先驱。唐太宗喜欢宫体诗，写的诗也多为风花雪月之作，有很明显的齐梁宫体诗的痕迹。大臣上官仪也秉承陈隋的遗风，其作风靡一时，士大夫们争相效法，世号"上官体"。

在齐梁的形式主义诗风仍在诗坛占有统治地位的时候，"四杰"挺身而出，王勃首先起来反对初唐诗坛出现的这种不正之风，接着其余三人也都起来响应，一起投入了反对"上官体"的创作活动之中。

他们力图冲破齐梁遗风和"上官体"的牢笼，把诗歌从狭隘的宫廷转到了广阔的市井，从狭窄的台阁移向广阔的江山和边塞，开拓了诗歌的题材，丰富了诗歌的内容，赋予了诗歌新的生命力，提高了诗歌的思想意义，展现了带有新气息的诗风，推动初唐诗歌向着健康的道路发展。

他们的诗尽管未能摆脱南朝风气，但其诗风的转变和题材的扩大，预示了唐诗未来的发展方向，他们是真正的唐诗的"揭幕人"。

"初唐四杰"为五言律诗奠定了基础，并且使七言古诗发展成熟。所以"初唐四杰"在发展诗歌形式上的成就，是值得充分肯定的。他们在文学史上起到了承前启后、继往开来的作用。

延伸阅读

王勃故事

王勃的作品，明人辑有《王子安集》。据说王勃写文章之前，把笔墨纸砚准备好，饮酒后蒙被而睡，醒后一挥而就，不改一字，时人称为"腹稿"，他的诗清新自然，一篇之中常有警句，有如奇花异草杂缀在幽谷之中，使人百读不厌，如"落霞与孤鹜齐飞，秋水共长天一色"等。

诗骨陈子昂

> 陈子昂，其诗词意激昂，风格高峻，大有"汉魏风骨"，他也因此被誉为"诗骨"，《感遇》诗被颂为唐代的"古体之祖"，《登幽州台歌》则被誉为初唐诗歌之绝唱。

陈子昂（659—700年），唐代文学家，初唐诗文革新人物之一。字伯玉，梓州射洪（今四川省射洪县）人。因曾任右拾遗，后世称为"陈拾遗"。其诗风骨峥嵘，寓意深远，苍劲有力，他的作品有《感遇》《登幽州台歌》《陈伯玉集》传世。

陈子昂青少年时家庭较富裕，轻财好施，慷慨任侠。成年后始发愤攻读，博览群书，擅长写作。同时关心国事，要求在政治上有所建树。然而当他从家乡四川来到长安，准备一展鸿鹄之志时，却四处碰壁，怀才不遇，令他忧愤交加。

24岁那年，陈子昂进士及第，官麟台正字，后升右拾遗，直言敢谏。时武则天当政，信用酷吏，滥杀无辜，他屡次上书谏诤。武则天计划开凿蜀山经雅州道攻击生羌族，他又上书反对，主张与民休息。他的言论切直，常不被采纳，并一度因"逆党"反对武则天的株连而下狱。

垂拱二年(686年)，曾随左补阙乔知之军队到达西北居延海、张掖河一带。万岁通天元年(696年)，契丹李尽忠、孙万荣叛乱，又随建安

◆ 陈子昂读书台

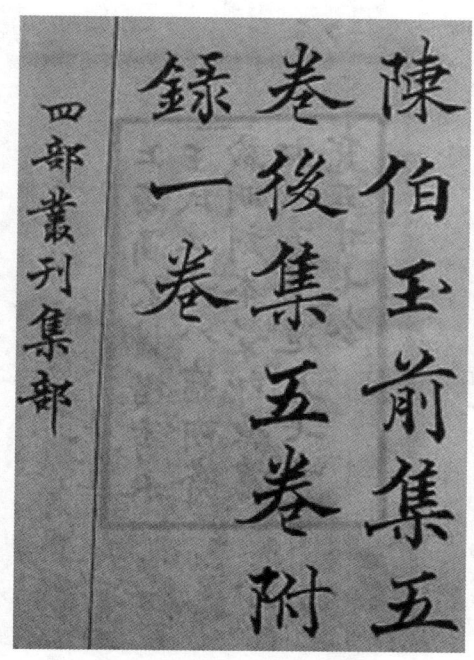

◆ 《陈伯玉集》书影

王武攸宜大军出征。

两次从军，使他对边塞形势和当地人民生活获得了较为深刻的认识。圣历元年(698年)，因父老解官回乡，不久父死。居丧期间，权臣武三思指使射洪县令段简罗织罪名，加以迫害，使其冤死狱中。

在文学方面，陈子昂针对初唐的浮艳诗风，力主恢复汉魏风骨，反对齐、梁以来的形式主义文风。他自己的创作，如《登幽州台歌》《感遇》等共38首诗，风格朴质而明朗，格调苍凉激越，标志着初唐诗风的转变。

陈子昂的诗歌创作，在唐诗革新道路上取得了很大的成绩。卢藏用说他"横制颓波。天下翕然质文一变"(《陈伯玉文集序》)。宋刘克庄《后村诗话》说："唐初王、杨、沈、宋擅名，然不脱齐梁之体，独

陈拾遗首倡高雅冲淡之音。一扫六代之纤弱，趋于黄初、建安矣。"金元好问《论诗绝句》也云："沈宋横驰翰墨场，风流初不废齐梁。论功若准平吴例，合著黄金铸子昂。"都中肯地评价了他作为唐诗革新先驱者的巨大贡献。

总之，陈子昂的诗歌，以其进步、充实的思想内容，质朴、刚健的语言风格，对整个唐代诗歌产生了巨大影响。

此外，陈子昂在散文革新上也是有功绩的。他文集中虽然也还有一些骈文，但那些对策、奏疏，都用的是比较朴实畅达的古代散文，这在唐代，也是开风气之先。所以唐代古文家萧颖士、梁肃、韩愈都对他有较高的评价。

知识小百科

陈子昂摔琴名天下

《俞伯牙摔琴谢知音》的故事早已在我国家喻户晓，一曲《高山流水》留下了千古佳话。然而，陈子昂摔琴觅知音的故事却鲜为人知，而陈子昂的诗名却正是因摔琴而闻名天下的。

当年陈子昂虽然写一手好文章，却得不到别人的赏识。一日见一人捧琴以千金出售。周围不少达官贵人只是赞叹好琴，却无人舍得购买。陈子昂灵机一动，以千金购得此琴，并对众人说："我擅长演奏此琴，请明日到我的处所，我为大家演奏。"第二日，无数人慕名来到陈子昂的住所，欲听其演奏。陈子昂当着众人举起琴，愤然道："我虽没有二谢的才华，但也有屈原、贾谊的志向。我从四川来到京城，携诗文百轴，竟无人赏识，此种乐器是低贱的乐工所用，我岂能弹之！"说罢，将千金购得的琴摔得粉碎。众人见状大惊，却见陈子昂取出自己的诗文，分赠众人。大家都被陈子昂的行为所震惊，待看了他的文章后，便更加佩服他的才华。于是陈子昂在一日之内便声震京城。

清新诗人孟浩然

> 孟浩然是我国唐代第一个写山水田园诗的人,与王维齐名,为唐"田园诗派"代表诗人之一。他的诗受南朝诗风的影响,清新脱俗,有浓厚的生活气息,深得当时及后世盛誉。

孟浩然(689—740年),唐代诗人。襄州襄阳(今湖北襄阳)人,世称"孟襄阳"。代表作有《春晓》《过故人庄》《望洞庭湖赠张丞相》等。

孟浩然具有侠客心肠,自小喜欢读古人节义事迹,并且身体力行,到处为人排难解纷,也因此结交了各阶层的朋友。他也喜好读书,想一展抱负,可惜一直没有适当的机会,满腹经纶的他颇为灰心,在失望之余,遍游江南,最后回到故乡,在附近的鹿门山隐居。

隐居一段时间,又想有所作为,因而到长安寻觅机会。他的诗得到了很高的评价,名声一时传遍京师,可惜在仕途方面却阻碍重重,始终得不到朝廷重用,孟浩然受到莫大的打击,只得失意地回到鹿门山,悠游山水间。之后虽有一两次机会,但可惜都没能施展才能。

740年,好朋友王昌龄来到襄阳,此时孟浩然背上生疽,已经快痊愈了,医生叮咛不可吃鱼虾等食物,可是老朋友相聚,饮酒聊天,无比欢乐,孟浩然竟忘了忌讳,吃了鲜鱼,结果病毒发作死亡,活了52岁。

从孟浩然的生平经历看,他除了晚年大约一年时间被辟为幕僚之外,终其一生可说是布衣诗人。然而,孟浩然并非无意入仕之人,他与盛唐其他诗人一样,怀有济世的强烈愿望。他的诗受南朝诗风的影响,清新脱俗,深得当时及后世盛誉;其

◆ 孟浩然像

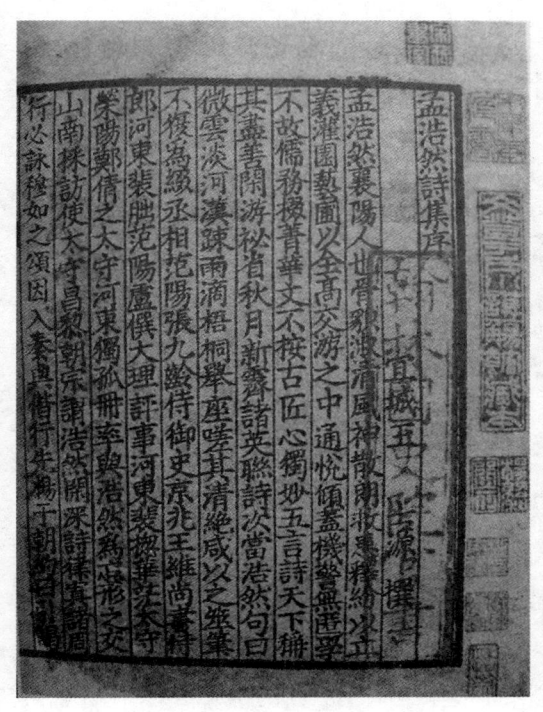

◆ 《孟浩然诗集》书影

亦仕亦隐的情怀也让后人评说不已。

孟浩然和王维合称为"王孟",其诗虽不如王诗境界广阔,但在艺术上有独特造诣,而且是继陶渊明、谢灵运、谢朓之后,开盛唐田园山水诗派之先河。孟诗不事雕饰,清淡简朴,感觉亲切真实,生活气息浓厚,富有超妙自得之趣。如《秋登万山寄张五》《过故人庄》《春晓》等篇,淡而有味,浑然一体,韵致飘逸,意境清旷。

孟浩然是唐代第一个倾力写作山水诗的诗人,其诗今存200余首,大部分是他在漫游途中写下的山水行旅诗,也有他在登临游览家乡一带的万山、岘山和鹿门山时所写的遣兴之作,还有少数诗篇是写田园村居生活的。

山水景物是南朝诗歌最重要的题材,经历长期发展,取得了显著的成就。到孟浩然,山水诗又被提升到新的境界,这主要表现在:诗中情和景的关系,不仅是彼此衬托,而且常常是水乳交融般的密合;诗的意境,由于剔除了一切不必要、不协调的成分,而显得更加单纯明净;诗的结构也更加完美。

孟浩然山水诗的意境,以一种富于生机的恬静居多。但是他也能够以宏丽的文笔表现壮伟的江山,如《彭蠡湖中望庐山》中:"太虚生月晕,舟子知天风。挂席候明发,渺漫平湖中。中流是匡阜,势压九江雄。黤黕凝黛色,峥嵘当曙空。香炉初上日,瀑布喷成虹……"清人潘德舆以此诗和《早发渔浦潭》为例,说孟诗"精力浑健,俯视一切"(《养一斋诗话》),正道出了其意兴勃郁的重要特征。

延伸阅读

"王孟"之诗

"王孟"是盛唐时期的田园山水诗的代表人物,其中王维的成就较高,王维既是诗人又是画家,能将绘画的原理与技巧灵活地运用到诗歌创作中。王维的诗歌描写山川美景,抒发融入自然的喜悦,读来清新自然,孟浩然的诗描写田园风光,表达对农家生活的热爱,读来质朴感人。

七绝圣手王昌龄

> 王昌龄是盛唐时享有盛誉的一位诗人。他的许多描写边塞生活的七绝被推为边塞名作,《出塞》一诗更成为唐人七绝的压卷之作。由于王昌龄的诗歌最专于七绝,并且取得了很高的成就,故后人称他为"七绝圣手"。

王昌龄(约698—756年),字少伯,盛唐著名边塞诗人,籍贯有太原、京兆两说。他的代表作品有《出塞》《从军行》《闺怨》等。

家境比较贫寒的王昌龄,早年进士及第,然后当上校书郎。后来,王昌龄选博学的词科,超绝群伦,于是改任汜水县尉,再迁为江宁丞。不久他写了一篇《梨花赋》讽刺权贵,因文致祸,此后就连遭贬谪。

王昌龄曾游襄阳,访著名诗人孟浩然。据说孟浩然之死和王昌龄还大有干系,前文已述。在这一时期,王昌龄又结识了大诗人李白,有《巴陵送李十二》诗。与孟浩然、李白这样当时第一流的诗人相见,对王昌龄来说,自是一大乐事,可惜与孟浩然一见,竟成永诀;与李白相见,又都在贬途——当时李白正流放夜郎。王昌龄离京赴江宁丞任时已与诗人岑参相识,岑参有《送王大昌龄赴江宁》诗,王昌龄也有诗留别。途经洛阳时,又与綦毋潜、李颀等诗人交游,也都有诗为证。

作为盛唐诗坛著名诗人的王昌龄,当时即名重一时,被称为"诗家夫子王江宁"。因为诗名早著,所以与当时名诗人交游颇多,交谊很深,除了与李白、孟浩然的交游外,还同高适、綦毋潜、李颀、岑参、王之涣、王维、储光羲、常建等都有交流。他因数次被贬,在荒僻的岭南和湘西生活过,也曾来往于经济较为发达的中原和东南地区,并曾远赴西北边地,甚至可能去过碎叶(在今吉尔吉斯)一带。

◆ 王昌龄像

王昌龄的边塞诗充分体现了他的爱国主义、英雄主义精神，同时也深深蕴含了诗人对下层人民的人文关怀，体现了诗人博大的胸怀。王昌龄在写作方式上擅长以景喻情，情景交融。这本是边塞诗最常用的结构，但是诗人运用最简练的技巧，于这情境之外又扩大出一个更为广阔的视野，在最平实无华的主题之中凝练出贯穿于时间与空间中永恒的思考，最具代表性的就是《出塞》。

◆ 红木砚台盒。上刻王昌龄诗句

因他有丰富的生活经历和广泛的交游，对他的诗歌创作大有好处。

王昌龄擅长七言绝句，被后世称为"七绝圣手"，如《出塞》诗："秦时明月汉时关，万里长征人未还。但使龙城飞将在，不教胡马度阴山。"慨叹守将无能，意境开阔，感情深沉，有纵横古今的气魄，确实为古代诗歌中的珍品，被誉为唐人七绝的压卷之作。又如《从军行》等，也都为脍炙人口的名作。反映宫女们不幸遭遇的《长信秋词》《西宫春怨》等，格调哀怨，意境超群；抒写思妇情怀和少女天真的《闺怨》《采莲曲》等，文笔细腻生动，清新优美。送别之作《芙蓉楼送辛渐》同样为千古名作。沈德潜《唐诗别裁》说："龙标绝句，深情幽怨，意旨微茫，令人测之无端，玩之无尽。"

延伸阅读

《出塞》的创作背景

唐玄宗开元十二年（公元724年）的深秋，27岁的王昌龄在科考落第后心绪有些烦扰，于是想像以前那样去四处游览祖国的名山大川。该去哪里呢？他想到了遥远的塞外边关。王昌龄有一位好友名叫吴吉虎，此时他正在大青山下的云中（今呼和浩特市托克托县境内）担任军中斥候统领（类似于现在的侦察兵军官）。吴吉虎无论如何也想不到，王昌龄会千里迢迢来看他，久别重逢的喜悦荡漾在两个人的心头，于是纵情豪饮。两人频频举杯，情绪十分高涨，谈到人生的悲欢离合之情，两人又忍不住潸然泪下。

随后，两人相约去军营探访士兵。漫漫边关，猎猎山风，深秋的大青山已经是寒气逼人了。他们随意走进了一座军帐中，王昌龄和蔼地问一位十七八岁模样的小士兵："苦不苦啊？""苦"，年轻的士兵回答说。"那累不累啊？"王昌龄又问。"累"，年轻的士兵很干脆地又回答说。"那你说说，这每天又苦又累的在这大漠边关图的是什么？""保家卫国，不让敌人进犯我们的边关。"这位年轻的士兵又斩钉截铁地回答说。他的回答让王昌龄十分惊讶和感动，他紧紧握住了这位士兵的手，眼角已是泪光盈盈。回到住处，诗人再也抑制不住自己的情绪，他提起笔来一气呵成："秦时明月汉时关，万里长征人未还。但使龙城飞将在，不教胡马度阴山。"

边塞诗人组合"高岑"

> 诗人高适和岑参合称为"高岑",他们俩都是盛唐时期"边塞诗派"的领军人物,"雄浑悲壮"是高适边塞诗的突出特点;雄奇瑰丽的浪漫主义色彩,则是岑参诗词的主要风格。

高适、岑参并称为"高岑",这始于他们的好友杜甫《寄彭州高三十五使君适、虢州岑二十七长史参三十韵》:"高岑殊缓步,沈鲍得同行。"意思是说,他们两人成名均较晚,但才学堪比沈约、鲍照。

高适(700—765年),字达夫、仲武,沧州(今河北省景县)人,居住在宋中(今河南商丘)一带。他的诗直抒胸臆,不尚雕饰,以七言歌行最富特色,大多描写边塞生活。著有《燕歌行》《除夜作》等。

高适少孤贫,有游侠之气,曾漫游梁宋,躬耕自给,加之本人豪爽正直的个性,故诗作反映的层面较广阔,题旨亦深刻。高适的心理结构比较粗放,性格率直,故其诗多直抒胸臆,或夹叙夹议,较少用比兴手法。如《燕歌行》,开篇就点出国难当头,突出紧张气氛:"汉家烟尘在东北,汉将辞家破残贼";结尾处直接评论:"君不见沙场征战苦,至今犹忆李将军。"既有殷切期待,又有深切感叹,含蓄而有力。

高适诗歌的注意力在于人而不在自然景观,故很少有单纯写景之作,常在抒情之时伴有写景的部分,因此这景常带有诗人个人主观的印记。《燕歌行》中用"大漠穷秋塞草衰,孤城落日斗兵稀"勾画凄凉场面,用大漠、枯草、孤城、落日作排比,组成富有主观情感的图景,把战士们战斗不止的英勇悲壮烘托得更为强烈。

◆ 《高常侍集》书影

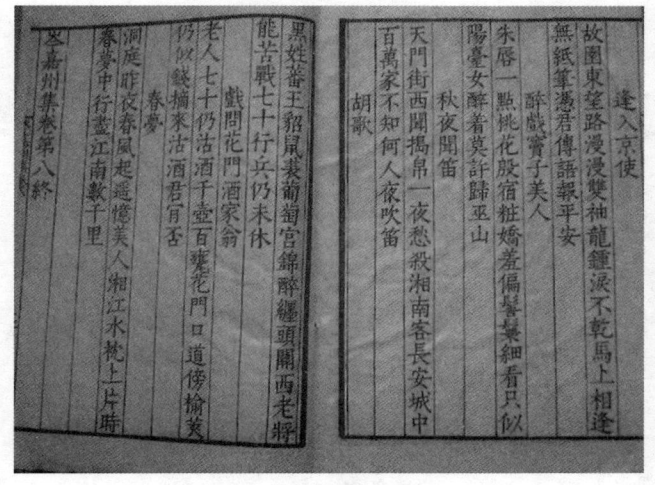

◆ 《岑嘉州集》书影

岑参（715—770年），荆州江陵（现湖北江陵）人。出身于官僚家庭，曾祖父、伯祖父、伯父均官至宰相。父亲也两任州刺史，但父亲早死，家道衰落。他自幼从兄，遍读经史。20岁至长安，献书求仕。以后曾北游河朔。30岁举进士，授兵曹参军。

岑参的诗题材很广泛，富有浪漫主义色彩，且气势宏伟，想象丰富，色彩瑰丽，热情奔放。《走马川行奉送封大夫出师西征》《轮台歌奉送封大夫出师西征》都是岑参边塞诗中杰出的代表作，《白雪歌送武判官归京》可以说是和前两诗鼎足而立的杰作。自出塞以后，在安西、北庭的新天地里，在鞍马风尘的战斗生活里，他的诗境空前开阔了，爱好新奇事物的特点在他的创作里有了进一步的发展，雄奇瑰丽的浪漫色彩，成为他边塞诗词的主要风格。

高适、岑参都积极进取，但长期功名失意，一再出塞谋求报国立功，对仕途坎坷和

边塞生活有着深刻的体验。他们以边塞战争、塞上风光和仕途艰难为题材，善于运用七言古诗等体裁，表现报国安边、治国安民的壮志和奋发进取的精神，或抒发怀才不遇、功业无成的悲愤。其诗意气豪迈，情辞慷慨，奇偶相生，手法多样。这是他们的共同之处。有所不同的是，岑参的诗词更多地描写边塞生活的丰富多彩，而缺乏高适诗中那种对士卒的同情。这主要是因为他的出身和早年经历和高适不同。

知识小百科

高岑诗派

高岑诗派，又称"边塞诗派"，是盛唐诗歌的流派之一，代表诗人除了高适、岑参，还有王昌龄、李颀、王之涣等。在唐代，中央政权与欧亚各国及国内各民族之间有着广泛的往来，但也时常发生一些民族冲突，边塞战争频繁。这些历史现象对当时人们的生活影响较大，因此也成为很多诗人歌咏的题材。边塞诗作者结合壮丽辽阔的边疆景象，表现驰骋沙场、建功立业的壮志豪情，抒发慷慨从戎、抗敌御侮的爱国思想，反映征夫思妇的忧怨以及连续的荒凉艰苦生活，同时也反映了唐帝国内部的各种矛盾。

诗仙李白

李白是中国唐代著名的诗人，他有着自信狂傲的独立人格、豪放洒脱的气度，以及自由创作的浪漫情怀。他的诗歌以奇特的想象、恢宏的气势引人入胜，对后代产生了深远影响，被后世誉为"诗仙"。

李白（701—762年），字太白，绵州昌隆（今四川江油）人。受道家影响较深，诗有仙气，人称"诗仙"。他是唐代诗坛的代表人物，又是中国文学史上继屈原之后又一伟大的浪漫主义诗人。

李白出生于盛唐时期，5岁时随父迁居四川彰明县的青莲乡，故号"青莲居士"。

◆ 李白像

开元14年（726年），李白出蜀远游。李白在蜀中漫游时，曾登峨嵋、青城等名山，写下了《访戴天山道士不遇》和《峨嵋山月歌》等诗篇，显露出了李白早年的才华。

当时，80余岁的著名诗人、太子宾客贺知章在长安与李白相会，遂称其为"谪仙人"，经过贺知章的褒扬，李白的名声顿时传遍京师。唐玄宗非常隆重地召见了他，但玄宗只是十分欣赏他的诗句，将他当作一个点缀"太平盛世"的文学侍从，任命他为"供奉翰林"，却没有任何实际职位。

一日，唐玄宗李隆基与宠妃杨玉环在沉香亭赏花，召翰林李白吟诗助兴。李白酒醉，命宦官高力士为其磨墨拂纸，即席写就《清平调》三首，李隆基看了诗很高兴，赐饮。李白借着酒劲，叫高力士为他脱靴，加以奚落。高力士是大太监，靴是给他脱了，但从此记恨在心。后来他在杨玉环面前捣鬼，诋毁李白。原来李白有一首诗云"一枝红艳露凝香，云雨巫山在断肠，借问汉宫谁得似，可怜飞燕倚新妆"，诗中所用的典故飞燕，是赵飞燕。本来李白是用飞燕新妆比喻名花凝香，并没有讽刺杨贵妃的意思。高力士却说诗中的赵飞燕就是指杨贵妃，是故意侮辱她。杨贵妃"恍然大悟"，非常恼火，便在玄宗面前讲了李白的坏话。

李白渐感自己政治理想的破灭。同时，他那种"揄扬九重万乘主，谑浪赤墀青琐贤"的傲然态度也令权贵们嫉妒与恼怒。因而权贵们对其百般谗毁，玄宗也逐渐疏远李白。李白意识到"谗惑英主心，恩疏佞臣计。彷往庭阙下，叹息光阴逝"，于是上书请求回乡，玄宗很快赐金放他回去了。

761年，李白准备跟着李光弼追击史朝义，但因病中途返回。第二年他在当涂（今属安徽）其堂叔李阳冰家中因饮酒过度醉逝。

李白诗歌散失不少，今尚存900多首，内容丰富多彩。李白一生关心国事，不满黑暗现实，希望为国立功，他的《古风》59首是这方面的代表作品。李白还有不少诗篇，表现了对人民生活的关心和同情，这种内容常常结合着对统治者的批判。他的一部分乐府诗，反映妇女的生活及其痛苦，其中着重写思妇忆念征人，还写了商妇、弃妇和宫女的怨情。

李白的诗歌是盛唐气象的典型代表。诗人终其一生，都在以天真的赤子之心讴歌理想的人生，无论何时何地，总以满腔热情去拥抱整个世界。如果说，理想色彩是盛唐一代诗风的主要特征，那么，李白是以更富于展望的理想歌唱走在了时代的前沿。李白诗歌对后代产生了深远的影响，唐代韩愈、李

◆ 李白墓

贺，宋代欧阳修、苏轼、陆游，明代高启，清代屈大均、黄景仁、龚自珍等著名诗人，都在不同程度上从李白的诗歌中汲取营养，进行创作。

延伸阅读

李白作品名句

1. 床前明月光，疑是地上霜。——《静夜思》
2. 桃花潭水深千尺，不及汪伦送我情。——《赠汪伦》
3. 长风破浪会有时，直挂云帆济沧海。——《行路难》
4. 飞流直下三千尺，疑是银河落九天。——《望庐山瀑布》
5. 两岸猿声啼不住，轻舟已过万重山。——《早发白帝城》
6. 天生我材必有用，千金散尽还复来。——《乐府·将进酒》
7. 安能摧眉折腰事权贵，使我不得开心颜。——《梦游天姥吟留别》
8. 孤帆远影碧空尽，唯见长江天际流。——《黄鹤楼送孟浩然之广陵》
9. 抽刀断水水更流，举杯消愁愁更愁。——《宣州谢朓楼饯别校书叔云》
10. 君不见黄河之水天上来，奔流到海不复回，君不见高堂明镜悲白发，朝如青丝暮成雪。——《乐府·将进酒》

诗佛王维

王维的诗在盛唐诗坛独树一帜，他继承和发展了谢灵运开创的作山水诗的传统，对陶渊明田园诗的清新自然也有所吸取，使山水田园诗的成就达到了一个高峰，在中国诗歌史上占有重要的位置。

王维（公元701—761年），字摩诘，盛唐时期的著名诗人，官至尚书右丞，世称"王右丞"。原籍祁（今山西祁县），后迁至蒲州（今山西省永济）。代表作有《渭川田家》《终南别业》《鹿柴》《竹里馆》《渭城曲》《山居秋暝》等。

◆ 王维塑像

王维幼年聪明过人。15岁时，去京城应试，由于他能写一手好诗，工于书画，而且还有音乐天赋，所以立即成为京城王公贵族的宠儿。

出仕后，王维利用官僚生活的空余时间，在京城的南蓝田山麓修建了一所别墅，以修养身心。该别墅原为初唐诗人宋之问所有，那是一座很宽阔的去处，有山有湖，有林子也有溪谷，其间散布着若干馆舍。王维在这时和他的知心好友过着悠闲自在的生活。这就是他的半官半隐的生活情况。

一直过着舒适生活的王维，到了晚年却被卷入意外的波澜当中。天宝十四年（755年）爆发了"安史之乱"。在战乱中他被贼军捕获，被迫当了伪官。而这在战乱平息后却成了严重问题，他因此被交付有司审讯。幸在乱中他曾写过思慕天子的诗，加上当时任刑部侍郎的弟弟求情，才得免于难，仅受贬官处分。其后，又升至尚书右丞之职。

无论是边塞诗、山水诗，还是律诗、

自然美景的同时，还流露出了闲居生活中闲逸的情趣。诗人特别喜欢表现静谧恬淡的境界，有的作品气象萧索，或幽寂冷清，表现了对现实漠不关心甚至禅学寂灭的思想情绪。王维的写景诗篇，常用五律和五绝的形式，篇幅短小，语言精美，音节较为舒缓，用以表现幽静的山水和诗人恬适的心情，尤为相宜。

王维的创作才能是多方面的。他的五律和五、七言绝句造诣最高，同时其他各体也都擅长，这在整个唐代诗坛是颇为突出的。他的七律或雄浑华丽，或澄净秀雅，为明七子所师法，七古《桃源行》《老将行》《同崔傅答贤弟》等，形式整饬而气势流荡，堪称盛唐七古中的佳篇。散文也有佳作，《山中与裴秀才迪书》清幽隽永，极富诗情画意，与其山水诗的风格相近。

◆ 王维诗

绝句等，王维都有流传后世的佳篇。苏轼说他："诗中有画，画中有诗。"王维确实在描写自然景物方面，有其独到的造诣。无论是名山大川的壮丽宏伟，或者是边疆关塞的壮阔荒寒，小桥流水的恬静，都能准确、精炼地塑造出完美无比的鲜活形象，着墨无多，意境高远，诗情与画意完全融合为一个整体。

王维的大多数山水田园之作，在描绘

延伸阅读

"诗佛"的由来

王维早年即是一个虔诚的佛教信徒，信奉佛教，随着政治上遭受挫折，思想趋于消极，晚年更是奉佛长斋，衣不文采，居蓝田别墅，与道友裴迪往来，"弹琴赋诗，傲啸终日"，正如他自己写的："一生几许伤心事，不向空门何处消。""晚年惟好静，万事不关心。"因而后期的不少诗作对现实几乎无任何积极反映，佛老消极思想浓厚，有的甚至充满了空无寂灭的唯心哲理，在他生前，人们就认为他是"当代诗匠，又精禅上理"（苑咸《酬王维序》），死后更得到"诗佛"的称号。

诗圣杜甫

> 杜甫流传下来的大量诗歌作品,以其强烈的现实主义风格,宽广的视野,深入的体验,高度概括了唐代安史之乱前后的历史变迁,深刻地反映了当时的社会现实生活,堪称"史诗",他更是被后世誉为"诗圣"。

杜甫(712—770年),字子美。祖籍湖北襄阳,生于河南巩县。他曾居长安城南少陵,故自称"少陵野老",人称"杜少陵";又因居成都时世交严武(官居成都尹兼剑南节度使)举荐他做过节度参谋检校工部员外郎,故又称"杜工部"。是唐代最杰出的现实主义诗人。

杜甫自幼聪慧,20岁起便开始了他长达十余年的漫游生涯。他离开洛阳,沿着运河,过了长江。秀美的江南风光,丰富的文物古迹,开阔了杜甫的眼界。然后,他回到洛阳又北上,游览了齐赵(在现在山东省和河北省南部)大平原,登上了泰山。这两次漫游是杜甫一生中最如意的事。

有一年夏天,杜甫在洛阳会见了他慕名已久的大诗人李白。两个人志趣相投,一见如故,很快成为非常要好的朋友。当时,李白受到权贵的排挤,刚离开长安,但"谪仙"的名声已经传遍全国,而杜甫在诗坛才初露头角。他们俩年龄相差也比较大,可是他们相互都很敬重。

杜甫拿自己的诗给李白看,向他请教。李白读了《望岳》以后,赞赏地说:"子美,你这首诗气魄不小,尤其'会当凌绝顶,一览众山小'两句,发人深省,不同凡响!"杜甫则谦虚地说:"还是太白兄诗写得气势雄伟啊!"

不久,李白到梁国(在现在河南省开封)、宋州(在现在河南省商丘)一带去了。随后,杜甫也如约赶到那里。随后两人

◆ 杜甫塑像

一起又先后到齐州和兖州。白天他们一起登临名胜，拜访隐士。晚上畅谈痛饮，谈诗论文，喝醉酒就共被酣睡，亲密得像兄弟一样。杜甫用"醉眠秋共被，携手日同行"的诗句来形容他们的这段交往。李白也用"思君若汶水，浩荡寄南征"来表示自己对杜甫的思念之情，就像那浩浩荡荡的汶水奔流不止。

在游历路上，杜甫看到许多悲惨的情景。杜甫怀着对人民的深切同情，把他的所见所闻写在六首诗中，那就是《新安吏》《潼关吏》《石壕吏》《新婚别》《垂老别》《无家别》，简称"三吏""三别"。这六首诗都深刻地反映了当时动乱不安的社会面貌，写得生动感人，是我国古典诗歌中的不朽杰作。

安史之乱爆发，长安沦陷，杜甫一家老小加入了流亡的难民队伍。至德二年(757年)，杜甫从长安逃出，并不辞辛苦，千里迢迢投奔至唐军，肃宗被其忠诚所感动，任他为左拾遗，但很快就被贬为华州司马参军。唐大历五年（770年），杜甫病逝于旅途中，时年59岁。

杜诗现存1400多首，它们深刻地反映了唐代"安史之乱"前后20多年的社会全貌，生动地记载了杜甫一生的生活经历。把社会现实与个人生活紧密结合，达到思想内容与艺术形式的完美统一，代表了唐代诗歌的最高成就，被后代称作"诗史"。但杜甫并非客观地叙事，以诗写历史，而是在深刻、广

◆ 成都杜甫草堂

泛反映现实的同时，通过独特的艺术手段表达自己的主观感情。

杜诗内容广泛深刻，感情真挚浓郁；艺术上集古典诗歌之大成，并加以创新和发展；在内容与形式上大大拓展了诗歌领域，给后世以广泛的影响，被后人尊为"诗圣"。

知识小百科

安史之乱

"安史之乱"是755—763年所发生的一场叛乱，是唐朝由盛而衰的转折点。唐玄宗耽于享乐，不理朝政，又放任边将领拥兵自重。天宝十四载（755年），安禄山发动兵变，安氏称帝。唐玄宗入蜀，太子李亨在灵武自行登基为唐肃宗。郭子仪被封为朔方节度使，奉诏讨伐，击败史思明，收复河北一带。后安禄山被其子安庆绪所杀，叛将史思明也投降。758年，由于朝廷一项暗杀史思明的计划外泄，史思明发动兵变，杀安庆绪并称"大燕皇帝"。至761年，史思明被其儿子史朝义所杀。翌年，唐代宗继位，并从叛军中收复洛阳。最后史朝义被李怀先逼迫自杀，八年的"安史之乱"结束。

百代文宗韩愈

> 韩愈是唐代散文家兼诗人,是古文运动的倡导者,"唐宋八大家"之首。他的散文气势雄浑,纵横开合,奇偶交错,巧譬善喻,或诡谲,或严正,艺术特色多样化,扫荡了六朝以来柔靡骈俪的文风。

韩愈(768—824年),字退之,唐河内河阳(今河南孟县)人。自谓郡望昌黎,世称"韩昌黎"。唐代古文运动的倡导者,宋代苏轼称他"文起八代之衰",明人推他为唐宋八大家之首,与柳宗元并称"韩柳",有"文章巨公"和"百代文宗"之名。

◆ 韩愈像

韩愈的父母在他很小的时候都去世了,他就由在京城做官的哥哥韩会抚养。韩会对弟弟很好,教他认真读书,好好做人。

韩愈10岁的时候,韩会受到别人的牵连,被贬官到韶州(现在的广东省),于是韩愈跟随哥哥去了韶州。从京城长安到韶州有几千里的路程。一路上,韩会虽然心情不好,还是不停地给弟弟讲沿途风光和名人故事。韩愈记忆力很好,把哥哥讲的话全记在心里。

到韶州不久,韩会就因心情苦闷,又加上水土不服而病死。在朋友们的帮助下,嫂嫂郑氏带着自己的儿子和韩愈,护送着韩会的灵柩,回到了故乡河阳。安葬了韩会以后,郑氏关心地对韩愈和儿子说:"人生短暂,你们要抓紧时间读书做学问。虽不求显赫一时,也要不枉度一生。"韩愈这时候已经很懂事了,他知道这是嫂嫂替哥哥说出的话。从此以后,每天早上公鸡一叫,他就起床做操,然后回到书房里读书。

韩家历代有人做官,藏书很多。韩愈就从《论语》《孟子》读起,遇到问题,他就向嫂嫂请教。可当韩愈读到《书经》《易经》的时候，嫂嫂就不能教他了，韩愈就去找当地有学问的人请教。就这样，韩愈还读了《老子》《庄子》《荀子》等先秦散文著作。

韩愈青年时到了洛阳求学，他访了一些韩家相识的亲朋故友。大家见他懂礼貌又有学问，都邀请他住在自己家里。韩愈谢绝了大家的好意，自己找了两间茅屋住下，开始过起清贫的读书生活。韩愈身穿布衣，每天只吃两顿饭，其余的时间都用来读书、访友。有时候，他读书入了迷，要到半夜三更的时候才睡觉。

韩愈的赋、诗、论、说、传、记、颂、赞、书、序、哀辞、祭文、碑志、状、表、杂文等各种体裁的作品，均有卓越的成就。

论说文在韩文中占有重要的地位，以尊儒反佛为主要内容的中、长篇有《原道》《论佛骨表》《原性》《师说》等。抒情文中的祭文，一类写骨肉深情，用散文形式，突破四言押韵常规，如《祭十二郎文》；一类写朋友交谊和患难生活，四言押韵，如《祭河南张员外文》《祭柳子厚文》。此外，书信如《与孟东野书》、赠序如《送杨少尹序》等，也都是具有一定感染力的佳作。韩愈另有一些散文，如《毛颖传》《石鼎联句诗序》之类，完全出于虚构，接近传奇小说。

韩愈善于扬弃前人语言，提炼当时的口语。他主张"文从字顺"，创造了一种在口

◆ 潮州韩文公祠

语基础上提炼出来的书面散文语言，扩大了文言文体的表达功能，但他也有一种佶屈聱牙（指句子读起来不顺口）的文句。

韩愈也是诗歌名家，艺术特色以奇特雄伟、光怪陆离为主，如《陆浑山火和皇甫用其韵》《月蚀诗效玉川子作》《南山诗》《岳阳楼别窦司直》《孟东野失子》等。他的诗在求奇中往往流于填砌生字僻语、押险韵，但也有一些朴素无华、本色自然的诗。

延伸阅读

读书像品酒

有一次，韩愈和朋友们聚在一起谈论文章。韩愈心直口快地说："这读书就像品酒一样。好文章读起来，让人觉得痛快。那差的文章，比如骈体文，死板得很，读了让人憋气难受。"于是朋友们问他："依你之见，哪几位名家写得好呢？"他说道："要说先秦，当然是孟轲、庄周。要说两汉，当数董仲舒第一，其次是贾谊、扬雄。他们的文章形式自由，语句动人，含义深刻。"

唐代四大女诗人

大唐盛世,诗才辈出,不但须眉称雄,也有不少女诗人脱颖而出。在唐代女诗人中,薛涛、李冶、鱼玄机和刘采春最为著名,并称唐代四大女诗人。

薛涛、李冶、鱼玄机与刘采春,并称唐朝四大女诗人。

薛涛(约768—808年),字洪度,长安(今陕西西安)人。父薛郧,仕宦入蜀,他死后,妻女流寓蜀中。薛涛姿容美艳,性敏慧,8岁能诗,洞晓音律,多才艺,声名倾动一时。

薛涛和当时的著名诗人元稹、白居易、张籍、王建、刘禹锡、杜牧、张祜等人都有唱酬交往。居浣花溪上,自造桃红色的小彩笺,用以写诗。后人仿制,称为"薛涛笺"。晚年好作女道士装束,建吟诗楼于碧鸡坊,在清幽的生活中度过晚年。王建《寄蜀中薛涛校书》诗称道:"万里桥边女校书,枇杷花里闭门居。扫眉才子知多少,管领春风总不如。"

薛涛的诗,不仅有如世所传诵的《送友人》《题竹郎庙》等篇,以清词丽句见长,还有一些具有思想深度的关怀现实的作品。

薛涛是个奇女子,很多人都被她的绝色与才华所吸引。她迤逦妍逸的传奇人生经历,透露出她过人的智慧和独善其身的秉性。虽然身为乐伎,但她的机智和才华仍获得了同时代诗人们的爱慕与肯定。

李冶,生卒年月不详,字季兰(《太平广记》中作"秀兰"),乌程(今浙江吴兴)人,后为女道士,是中唐诗坛享有盛名的女冠诗人。

她容貌俊美,天赋极高,从小就显露诗才,6岁那年,曾写下一首咏蔷薇诗:"经时未架却,心绪乱纵横。"其父见诗大惊,更不无担忧:"架却"谐音"嫁却",小小

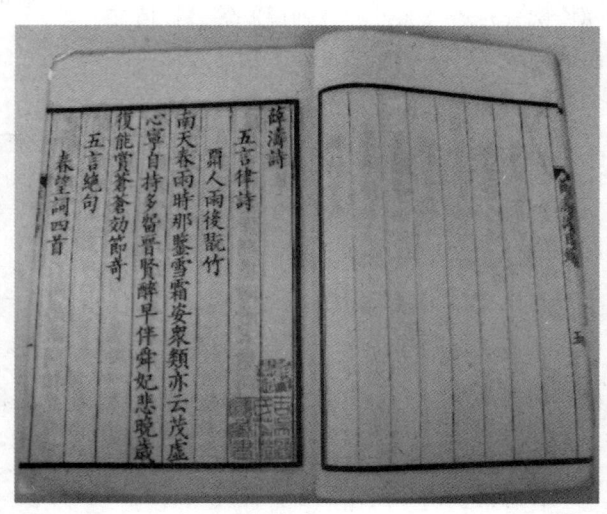

◆《薛涛诗》书影

年纪就知道待嫁女子心绪乱,长大后恐失妇德。这不幸被其父言中,她最终出家为女道士(在唐代,出家可以更自由地交纳风流才子)。她神情潇洒,专心翰墨,生性浪漫,爱作雅谑,又善弹琴,尤工格律。当时超然物外的知名作家陆羽(鸿渐)和释皎然均同她意甚相得,著名诗人刘长卿也与她有密切联系,刘长卿对李冶的诗极其赞赏,称她为"女中诗豪"。此外,她还与朱放、韩揆、阎伯钧、萧叔子等人情意非常投合。李冶的《寄朱放》《送阎二十六赴剡县》等诗一扫女性作家向来的羞涩之态,坦然男女社交,在之后千年的历史上都是罕见的。

天宝年间,玄宗闻知她的诗才,特地召见她赴京入宫。那时,她已进入暮年,正栖身著名的花都广陵。接旨后,只得应命北上。后来因曾写诗给叛将朱泚,被德宗下令乱棒所杀。

鱼玄机(约844—871年),原名幼薇,字慧兰。她从小就受到父亲的悉心栽培,5岁诵诗,7岁习作,10多岁时就小有名气,当时的大诗人温庭筠很欣赏她的才华。她的诗作见于《全唐诗》,现存有50首之多。

鱼玄机,这位美丽多情的才女,也曾得到多情公子的轻怜蜜爱,谁料世事沧桑,命运又把她塑造成一个放荡纵情的女道士,最终为争风吃醋杀死了自己的侍婢,自己也走向了刑场,空留下无限的叹息。

刘采春,生卒年月不详,中唐时期江南女艺人。她既擅长参军戏,又会唱歌。元

◆ 《唐女道士鱼玄机诗》书影

稹任越州(治所在今浙江绍兴)刺史、浙东观察使时,她随丈夫周季崇等从淮甸(今江苏淮安、淮阴一带)来到越州,深受元稹的赏识。元稹《赠刘采春》诗说她"选词能唱《望夫歌》"。《望夫歌》即《啰唝曲》,《全唐诗》录存6首。

延伸阅读

鱼玄机的才情

鱼玄机十一二岁时,就被人称作"诗童"。她的才华引起了当时名满京华的大诗人温庭筠的关注,温庭筠曾专程寻访鱼玄机。这时鱼父业已谢世,鱼家母女只能靠给平康里附近青楼娼家做些针线和浆洗的活儿来勉强维持生活。温庭筠以"江边柳"为题请不满13岁的鱼玄机即兴赋诗一首,鱼玄机略作沉思后,便写下了"翠色连荒岸,烟姿入远楼。影铺春水面,花落钓人头。根老藏鱼窟,枝底系客舟。萧萧风雨夜,惊梦复添愁"的诗句。

诗魔白居易

白居易是中国文学史上负有盛名且影响深远的诗人和文学家,有"诗魔"之称。他的诗歌主张和诗歌创作,以其对通俗性、写实性的突出强调和全力表现,在中国诗史上占有重要的地位。

白居易(772—846年),唐代诗人,字乐天,号香山居士、醉吟先生。祖籍太原(今属山西),曾祖父白温迁居下邽(今陕西渭南),遂为下邽人。晚年官太子少傅,谥号"文",世称白傅、白文公。

白居易的诗歌通俗易懂,受到了当时广大人民的欢迎,街头巷尾,到处都传诵着白居易的诗篇。据说,白居易写完一首诗,总先念给不识字的老婆婆听,如果有听不懂的地方,他就修改,一直到能够使她听懂。

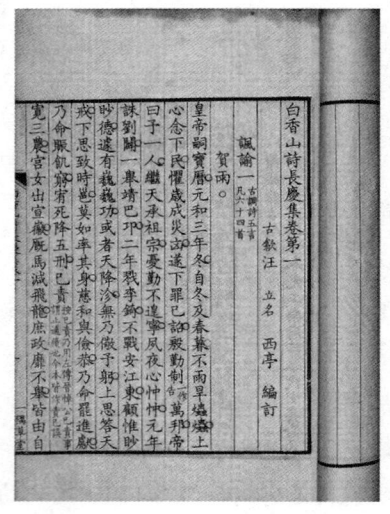

◆《白香山诗长庆集》书影

◆ 白居易像

那时候,正是朱泚叛乱之后,长安遭到了很大的破坏,长安有一个文学家顾况,很有才气,性情高傲。17岁的白居易带了自己的诗稿,到顾况家去请教。白居易拜见了顾况,送上名帖和诗卷。顾况看到"居易"两个字,皱起眉头打趣说:"近来长安米价很贵,只怕居住很不容易呢!"白居易被顾况莫名其妙地数落了几句,也不在意,恭恭敬敬地站在旁边请求指教。顾况拿起诗卷看了他16岁时写的名篇《草》之后,脸上显露出兴奋的神色，马上站起来，紧紧拉住白居易的手，热情地说："啊！能够写出这样的好诗，住在长安也不难了。"于是设宴款待，多方宣扬，从此白居易的声名大振。

白居易29岁时中进士，先后任秘书省校书郎、翰林学士，元和年间任左拾遗，写了大量讽喻诗，代表作是《秦中吟》10首和《新乐府》50首，这些诗使权贵切齿、扼腕、变色。元和六年（811年），白居易母亲因患神经失常病死在长安，白居易按当时的规矩，回故乡守孝三年，服孝结束后回到长安，官至左赞善大夫。

元和十年（815年）六月，白居易44岁时，宰相武元衡和御史中丞裴度遭人暗杀，武元衡当场身死，裴度受了重伤。对如此大事，当时掌权的宦官集团和旧官僚集团居然置若罔闻，不急于处理。白居易十分气愤，便上疏力主严缉凶手，以肃法纪。可是那些掌权者非但不褒奖他热心国事，反而说他抢在谏官之前议论朝政是一种僭越行为；还说他母亲是看花时掉到井里死的，他写赏花的诗和关于井的诗，有伤孝道，这样的人不配做左赞善大夫陪太子读书，应驱逐出京。于是他被贬为江州司马。实际上，他得罪那些掌权官宦的原因还是那些讽喻诗。

白居易的诗作，在民间广为流传，这在古代是极少见的。有一次，白居易从长安到江西，路途长达三四千里，在乡校、佛寺、旅馆、往返的客船中，看到了他的诗歌；在平民、僧侣、老人和小孩的口中，也听见他

◆ 《琵琶行》诗意图（明 仇英）

的诗歌，这使他非常自豪。

《长恨歌》是白居易的代表诗作之一，也是中国文学史上最著名的叙事长诗之一。作者利用"歌行"这个流畅自由的体裁，叙述故事，构思精巧，起伏跌宕。《琵琶行》也是人人皆知的名篇，诗中虽有较浓重的感伤意味，但比《长恨歌》更具现实意义，"同是天涯沦落人，相逢何必曾相识"这流传千年的诗句，将琵琶女的命运和自己的身世紧紧地联系在一起。这首诗叙述得层次分明，描写得细致生动，比喻得新颖精妙，被历代文人所称颂，表明白诗语言确实达到了炉火纯青的境地。

延伸阅读

白居易的书法

白居易是一位家喻户晓的大诗人，也是一位很有成就的书法家。长期以来，他的诗名掩盖住了他的书名。白居易擅长楷书和行书。据《宣和书谱》记载，宋代御府藏有他的5个行书帖，并云："观其书《丰年》《洛下》两帖与夫杂诗，笔势翩翩。大抵唐人作字无有不工者，如白居易以文章名世，至于字画不失书家法度，作行书妙处，与时名流相后先。盖胸中渊著，流于笔下便过人数等。观之者亦想见其风概云。"

诗豪刘禹锡

> 刘禹锡是唐代中期非常有名的文学家、哲学家,有"诗豪"之称。他的诗现存800余首,无论短章长篇,大都简捷明快,风情俊爽,有一种哲人的睿智和诗人的挚情渗透其中,极富艺术张力和雄直气势。

刘禹锡(772—842年),字梦得,洛阳(今河南省洛阳市)人,唐代中期诗人、文学家、哲学家,代表作品有《陋室铭》《秋风引》《堤上行》《忆江南》《望洞庭》等。

刘禹锡出身于书香门第,政治上主张革新,是王叔文派政治革新活动的中心人物之一。他的性格十分倔强,有一种认准了理不回头的精神,长期的贬谪并没有改变他的政治立场。他的很多诗篇指斥尖锐,嘲讽辛辣,矛头直指当朝的权贵弄臣。贬官10年后他被召回长安,在游玄都观欣赏桃花时,写了首诗《元和十年自朗州召至京,戏赠看花诸君子》:"紫陌红尘拂面来,无人不道看花回。玄都观里桃千树,尽是刘郎去后栽。"

诗词表面上写赏花,但寓意不言而喻。如今满朝志得意骄的新贵,徒有其表,并无实才,就像轻薄的桃花一样,他们都是我刘郎被赶出长安后补的空缺啊。

这首诗"语涉讥讽",得罪了那些权贵,所以回京师没几天,他就又被贬往连州。这一贬时间更长,过了整整14年才返回长安。诗人又一次来到玄都观,可满园的桃花已荡然无存,只剩下一片荒草苔藓。望着这昔盛今衰的荒败景象,他感慨万千,那股倔劲又上来了,挥笔写了一首《再游玄都观》:"百亩庭中半是苔,桃花开尽菜花开。种桃道士归何处?前度刘郎今又来。"

◆ 刘禹锡纪念馆

这首诗歌是上一篇的继续，但讽刺意味比上一篇更为辛辣。曾经满园盛开的桃花，现在被一片荒草替代，当年那些志得意骄的新贵们，现在又到哪里去了呢？我这个当年被贬斥的刘郎，今天不是又回来了吗？诗中充满了对统治阶级的蔑视和不屈不挠的斗争精神。

刘禹锡始终以积极乐观的精神进行创作，积极向民歌学习，创作了《秋词》等仿民歌体诗歌，如"自古逢秋悲寂寥，我言秋日胜春朝。晴空一鹤排云上，便引诗情到碧霄。"古人望秋而生悲凉，可他偏要反其道而行之，认为秋日胜过春朝。天高气爽，碧空如洗，一鹤冲霄，气概昂扬，令人心旷神怡。诗歌抒发了诗人豪迈向上、不屈不挠的人生态度。

晚年，刘禹锡变得性格乖戾，很少和人往来，以专门从事创作来消闲度日，自得其乐。但常和白居易往来，白居易赞扬他"善诗精绝"，并推刘禹锡为"诗豪"，意即诗人中的豪杰、出众者的意思，后人也就据此而称之。

刘禹锡及其诗风颇具独特性。他性格刚毅，饶有豪猛之气，在忧患相仍的谪居年月里，确实感到了沉重的心理苦闷，吟出了一曲曲孤臣的哀唱。但他始终不曾绝望，始终跳动着一颗斗士的心，写下了《元和十年自朗州承召至京戏赠看花诸君子》《重游玄都观绝句》以及《百舌吟》《聚蚊谣》《飞鸢操》《华佗论》等诗文，屡屡讽刺、抨击政敌，由此导致一次次的政治压抑和打击，但这压抑打击却激起他更为强烈的愤懑和反抗，并从不同方面强化着他的诗人气质。他说："我本山东人，平生多感慨"（《谒柱山会禅师》）。这种"感慨"不仅增加了其诗耐人涵咏的韵味，而且极大地丰富了其诗的深度和力度。

刘禹锡反映民众生活和风土人情的诗，题材广阔，风格上汲取巴蜀民歌含蓄婉转、朴素优美的特色，清新自然，健康活泼，充满生活情趣。其讽刺诗往往以寓言托物手法，抨击镇压永贞革新的权贵，涉及较广的社会现象。晚年所作，风格渐趋含蓄，讽刺而不露痕迹。

◆ 刘禹锡墓

延伸阅读

《陋室铭》

刘禹锡善托物寓意，抒写情怀，多有名篇传世，如众所周知的《陋室铭》：

山不在高，有仙则名。水不在深，有龙则灵。斯是陋室，惟吾德馨。苔痕上阶绿，草色入帘青。谈笑有鸿儒，往来无白丁。可以调素琴，阅金经。无丝竹之乱耳，无案牍之劳形。南阳诸葛庐，西蜀子云亭。孔子云："何陋之有？"

诗文优美柳宗元

柳宗元是"唐宋八大家"之一,曾与韩愈一起倡导唐代古文运动。在反对骈文、提倡古文方面倾注了大量心血。他在诗歌、辞赋、散文、游记、寓言、小说、杂文以及文学理论诸方面,都做出了突出的贡献。他的《永州八记》被人们誉为山水游记的经典作品。

柳宗元(773—819年),字子厚,祖籍河东(今山西省永济市),生于长安,唐代著名的思想家和杰出的文学家。因为他是河东人,卒于柳州刺史任上,所以人称柳河东或柳柳州。作为唐代古文运动倡导者和唐宋八大家之一,柳宗元一生留下了600多篇诗文作品,其诗多抒写抑郁悲愤、思乡怀友之情,幽峭峻郁,自成一路。最为世人称道者,是那些情深意远、疏淡峻洁的山水闲适之作。其文的成就大于诗。骈文有近百篇,散文论说性强,笔锋犀利,讽刺辛辣;游记则写景状物,多所寄托。

805年,唐顺宗即位,唐顺宗和他的老师王叔文主张改革政治。革新派大部分是一些出身较低、年轻有为、才学兼优的知识分子,柳宗元也是这个集团的重要成员,他们推行了许多改革措施。这些措施对稳定社会秩序有利,但却触犯了宦官和达官贵人的利益。以权阉俱文珍为首的宦官集团阴谋策动废顺宗、立太子,通过宫廷政变来打击革新派。不久,顺宗被迫让位给太子(宪宗)。宦官得势后,"二王"即被贬逐,王伾死于贬所,王叔文被赐死,柳宗元、刘禹锡等八人都被贬为边州司马。历史上称这一事件为"二王八司马"事件。

永州境内山岭起伏,河流纵横,风景优美。柳宗元初到永州的时候,住在城内东山的寺庙里。寺西有一座可以俯瞰全城的亭子,是观赏永州风光的好地方。九月的一天,柳宗元坐在这个亭子里,发现远处的西山景色特别

◆ 柳宗元像

◆《江雪》诗意图（明 宋旭作）

美。于是，他立刻约了几个人去游西山。

他们沿着小河来到西山脚下，只见山势高峻，怪石嶙峋，满山是杂草树木。他们只得披荆斩棘，艰难地向上攀登，好不容易爬到山顶，四下一看，那无边无际的原野，重重叠叠的山峦，幽深的山谷，曲折的河流都尽收眼底，人好像在天上一样。

看到这些美景，柳宗元顿觉心胸开阔。他们摆上随身带的酒菜，一边饮酒，一边赏景，高兴得什么都忘了，直到天黑才回家去。回到家里，柳宗元写了一篇散文《始得西山宴游记》，记叙了这次游览的经过。

从这以后，柳宗元的游兴更浓了。在山的西边，他又发现了一个水潭叫钴鉧潭。冉溪是潭水的源头，这溪水流得很急，撞在山石上激起雪白的浪花。它曲折东流，到钴鉧潭才平缓下来。潭将近有十亩大，水很清，周围全是树，岩石上有泉水流下来。

柳宗元非常喜欢钴鉧潭，多次去游玩。有一天，潭边的一户人家，突然找到柳宗元，对他说："先生，官府的租税繁重，我缴不上，也还不起私人的债务。我见先生喜欢这潭边风光，想把潭边的田卖给您，好换点钱养活一家子，您看行吗？"

柳宗元见他说得可怜，就答应了。不久，柳宗元加高了岸上的台子，还把高处的泉水引到潭中，使它发出悦耳的响声。于是，他又写了一篇《钴鉧潭记》来记载这件事。

后来，柳宗元又游览了钴鉧潭西边的小丘、小石潭以及其他许多地方，先后写了8篇游记，这就是千百年来被人们传诵的《永州八记》，包括《始得西山宴游记》《钴鉧潭记》《钴鉧潭西小丘记》《小石潭记》《袁家渴记》《石渠记》《石涧记》《小石城山记》。

这些作品，以《小石潭记》最为著名，作者通过他的笔向人们描述出了一个清幽宁静的小石潭风景。文章引人入胜，隽永无穷。开头用未见其形、先闻其声的写法展示小石潭。以鱼写潭，则潭水之清澈可以想见；以鱼写人，则人羡鱼乐之情溢于言表。作者状形、传神、布影、设色，笔墨经济，手法高超。结尾以清寂幽邃之境写凄寒悄怆之感，情景交融。

知识小百科

唐宋八大家

"唐宋八大家"是唐宋时期八大散文代表作家的合称，即唐代的韩愈、柳宗元和宋代的欧阳修、三苏、王安石、曾巩。"唐宋八大家"乃主持古文运动的中心人物，他们提倡散文，反对骈文，给予当时和后世的文坛以深远的影响。

诗人元稹

唐代诗人元稹与白居易齐名,并称"元白",同为新乐府运动倡导者。其诗辞浅意哀,仿佛孤凤悲吟,极为扣人心弦,动人肺腑。

元稹(779—831年),字微之,别字威明。河南洛阳人。其先世是鲜卑族拓跋氏,汉化后以"元"为姓,从北魏至隋,地位均极显赫,不过到元稹祖父一辈时已渐趋没落。

元稹8岁丧父,由母亲携往舅舅家抚养,少年时代过的是寄人篱下的生活。但他也因此更加发愤图强,15岁应明经科考试,一举及第,被授为左拾遗。元稹奉职勤恳,本应受到鼓励,可是因为锋芒太露,触犯权贵,反而引起了宰臣的不满,不久就遭到了贬谪,从此开始了他困顿州郡十余年的贬谪生活:一贬江陵,二贬通州,三贬同州,四贬武昌。

元稹为人刚直不阿,情感真挚,所以他虽遭贬谪,却因此获得很大的声名,朝中正直之士纷纷为他抱不平。元稹和白居易是一对挚友,白居易曾这样评价元稹:"所得惟元君,乃知定交难",并说他们之间的友谊是"一为同心友,三及芳岁阑。花下鞍马游,雪中杯酒欢。衡门相逢迎,不具带与冠。春风日高睡,秋月夜深看。不为同登科,不为同署官。所合在方寸,心源无异端。"而元稹对白居易的关心,更凝结成了千古名篇《闻乐天授江州司马》。除了流芳千年的"元白之谊",元稹和韦丛的夫妻情深也为世人津津乐道。

元稹24岁那年,太子少保韦夏卿年方二十的小女儿韦丛就嫁给了他。此时的元稹仅仅是秘书省校书郎。韦夏卿出于什么原因同意这门亲事,已然无考,但出身高门的韦

◆ 元稹像

 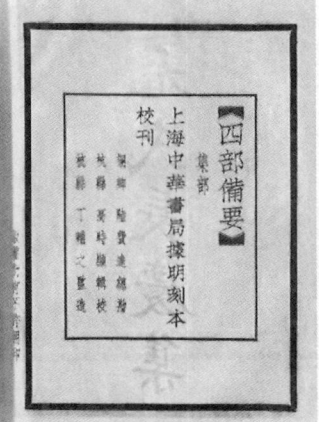

◆ 《元氏长庆集》书影

丛并不势利贪婪，没有嫌弃元稹。相反，她勤俭持家，任劳任怨，和元稹的生活虽不宽裕，却也温馨甜蜜。

造化弄人，年仅27岁的韦丛因病去世。此时的元稹已升任监察御史，幸福的生活就要开始，爱妻却驾鹤西去，诗人无比悲痛，写下了一系列的悼亡诗。其中《离思五首》（其四）极负盛名。该诗写久藏心底的不尽情思，因为与情人的曾经相识而自此对其他的女人再也不屑一顾（"取次花丛懒回顾"），诗中的比兴之句"曾经沧海难为水，除却巫山不是云"语言幻美，意境朦胧，被后人广为传诵。

元稹的创作，以诗的成就最大。他的乐府诗创作，多受张籍、王建的影响。元稹在《唐故工部员外郎杜君墓系铭并序》中说："予读诗至杜子美，而知小大之有所总萃焉"，认为"诗人以来，未有如子美者"，对杜诗推崇备至。元诗学杜而又能变杜，力求平浅明快，便于读者接受，从而形成自己的风格。

在诗歌形式上，元稹是"次韵相酬"的创始者。《酬翰林白学士〈代书一百韵〉》《酬乐天〈东南行诗一百韵〉》，均依次重用白诗原韵，韵同而意殊。这种"次韵相酬"的做法，在当时影响很大，也很容易产生流弊。元稹在散文和传奇方面也有一定成就。他首创以古文制诰，格高词美，为人效仿。其传奇《莺莺传》（又名《会真记》）叙述张生与崔莺莺的爱情悲剧故事，文笔优美，刻画细致，为唐人传奇中之名篇。后世戏曲作者以其故事人物创作出许多戏曲，如金代董解元《西厢记诸宫调》和元代王实甫《西厢记》等。

延伸阅读

元稹与灯影牛肉

据说，唐代诗人元稹在通州任司马时，常到一家酒肆小酌，下酒菜中便有灯影牛肉，其色泽油润红亮，味道麻辣鲜香，质地柔韧，入口自化而无渣，食后令人回味无穷，使元稹赞叹不已。更让他惊奇的是，成菜肉片较大，薄如纸，呈半透明状，用筷子夹起，在灯的照射下，红色牛肉的丝丝纹理在墙壁上显出清晰的影像来，煞是好看。这使他联想到当时京城盛行的"灯影戏"（现称皮影戏），兴之所至，当即称之为"灯影牛肉"。人们尊敬元稹的清正廉洁，因他的赞誉，该菜引起轰动，一举成为名菜。

深情唯有李商隐

> 晚唐著名诗人李商隐，和杜牧合称"小李杜"，因诗文与同时期的段成式、温庭筠风格相近，又与温庭筠合称为"温李"。他的诗作艺术成就很高，对后世有重大影响。

李商隐（约812—858年），字义山，号玉溪生，又号"樊南生""樊南子"，晚唐著名诗人。祖籍怀州河内（今河南沁阳市），祖辈迁至荥阳（今河南郑州）。

李商隐10岁左右时，父亲在浙江任上去世，他和母亲及弟、妹们回到了河南故乡，生活贫困，要靠亲戚接济。李商隐是家里的长子，因此也就背负上了撑持门户的责任。后来，他在文章中提到自己在少年时期曾"佣书贩舂"，即为别人抄书挣钱，贴补家用。

李商隐早年的贫苦生活对他性格和观念的形成影响很大。一方面，他渴望早日做官，以光宗耀祖。事实上，他也确实努力承担起家族的责任。成年后，李商隐曾利用为母亲守孝的时间，将寄葬在各地的亲属灵柩迁葬到荥阳。早年的经历使他养成忧郁、敏感、清高的性格，这些特征既大量地从他的诗文中流露出来，也表现在他曲折坎坷的仕途生涯。

李商隐的启蒙教育可能来自他的父亲。对他影响最大的老师，则是他回到故乡后遇到的一位同族叔父。这位堂叔父曾上过太学，但没有做过官，终身隐居。据李商隐回忆，这位叔父在经学、小学、古文、书法方面均有造诣，而且对李商隐非常器重。受他的影响，李商隐"能为古文，不喜偶对"。大约在16岁时，写出了两篇优秀的文章（《才论》《圣论》，今不存），获得一些士大夫的赞赏。这些士大夫中，就包括时任天平军节度使的令狐楚。

◆ 李商隐像

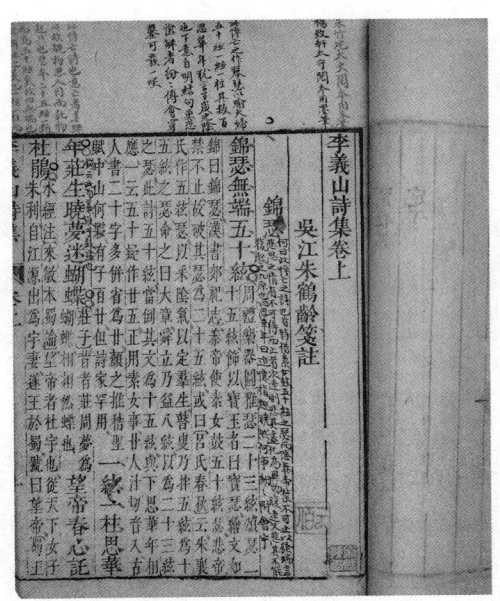

◆ 《李义山诗集》书影

令狐楚是李商隐求学生涯中又一位重要的人物，他本人是骈体文的专家，对李商隐的才华非常欣赏，不仅教授他骈体文的写作技巧，而且还资助他的家庭生活，鼓励他与自己的子弟交游。在令狐楚的帮助下，李商隐的骈体文写作进步非常迅速，由此他获得极大的信心，希望可以凭借这种能力展开他的仕途。但也正是由于这一段经历，使得他一生都被牵累在牛李党争的政治漩涡中。

时世、家世、身世，从各方面促成了李商隐易于感伤、内向型的性格与心态。国事家事、春去秋来、人情世态，以及与朋友、与异性的交往，均能引发他丰富的感情活动。

李商隐的诗继承、发展了中国古典诗歌的艺术技巧，成就很高。就内容而言，有政治诗、咏史诗、写景咏物诗和爱情诗几个方面。李商隐的政治诗中《行次西郊作一百韵》《安定城楼》较为出色，表达了奋发进取的精神；他的咏史诗《贾生》《隋宫》构思新巧、措词委婉、意蕴深长；咏物写景诗也有惊人之笔，如《登乐游原》，境界苍凉悲壮，意蕴含蓄。他的爱情诗是最为人们广泛传诵的，他常取名《无题》，或以诗中两字为题作为此类诗的题目，后人就把无题诗作为爱情诗的别称。

"夕阳无限好，只是近黄昏"是李商隐广为流传的诗句。李诗广纳前人所长，承杜甫七律的沉郁顿挫，融齐梁诗的华丽浓艳，学李贺诗的诡异幻想，形成了他深情、缠绵、绮丽、精巧的风格。李诗还善于用典，借助恰当的历史类比，使隐秘难言的意思得以表达。

李商隐是晚唐诗坛的一颗明星，他的诗可称之为"诗苑奇葩"，文也是"文囿异卉"。他的诗情真意切，绵邈曲折，散文却峭直刚劲，独出机杼，锐不可当，驳尽世俗定见，直抒胸臆；工本章奏则典丽公整，才情富瞻，不受文体所限而善于表情达意，对后世影响很大，被奉为四六文的金科玉律。

知识小百科

牛李党争

牛李党争源于唐宪宗元和三年（808年）一次科举考试。时任宰相的李吉甫对应试举子牛僧孺、李宗闵进行打击，因为他们在试卷中严厉地批评了他。由此，李吉甫与牛僧孺、李宗闵等人结怨，这笔恩怨后来被李吉甫的儿子李德裕继承了下来。以牛僧孺、李宗闵为领袖的"牛党"和以李德裕为领袖的"李党"互相攻讦争斗不休，从酝酿到结束约40余年，成为晚唐政治的一大主题。

花间词派鼻祖温庭筠

晚唐著名诗人温庭筠，诗词俱佳，被誉为"花间派鼻祖"。

温庭筠（约801—866年），唐代诗人、词人。本名岐，字飞卿，太原祁(今山西祁县)人，是花间词派的重要作家之一。

温庭筠同白居易、柳宗元等名诗人一样，一生绝大部分时间都是在外地度过的。据考，温庭筠幼时已随家客游江淮，后定居于鄠县（今陕西户县）郊野，靠近杜陵，所以他曾自称为杜陵游客。

温庭筠的诗，写得清婉精丽，备受时人推崇，《商山早行》诗之"鸡声茅店月，人迹板桥霜"，更是不朽名句，千古流传。相传宋代欧阳修非常赞赏这一联，曾自作"鸟

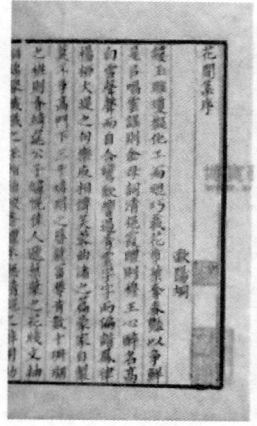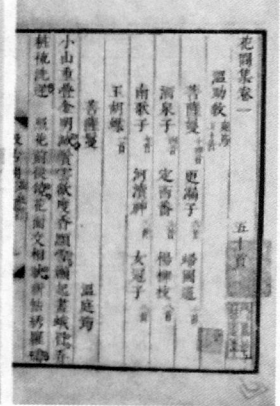

◆《花间集》书影

声茅店雨，野色板桥春"，但终未能超出温诗原意。

除诗词外，温庭筠还是一位小说作家、学者。据《新唐书·艺文志》载，温庭筠撰有小说《乾巽子》3卷、《采茶录》1卷，编纂类书《学海》10卷。可惜全部亡佚，现在无从探知其详。

温庭筠少敏悟，同其他有成就的诗人一样，苦心砚席（砚台和坐席，借指学习），除了善鼓琴吹笛外，尤长于诗词。在当时与李商隐齐名，时号"温李"。《北梦琐言》说温庭筠"才思艳丽，工于小赋，每入试，押官韵作赋，凡八叉手而八韵成"，所以时人称为"温八叉"。在我国古代，文思敏捷者，有数步成诗之说，而像温庭筠这样八叉手而成八韵者，再无第二人。但这样有才华的人，却数举不第。

唐懿宗大中十一年（857年），温庭筠已56岁，才在湖北襄阳做了一个很小的官。唐僖宗咸通二年（861年），温庭筠离开襄阳，去了江东，此时已经60岁了，次年冬又回到了淮南。此时的温庭筠，虽诗名颇著，但非常潦倒，不检行迹，与贵胄裴诚、

◆《商山早行》诗意图

格以文判等,"乃榜三十篇以振公道",并书榜文曰:"右,前件进士所纳诗篇等,识略精进,堪神教化,声调激切,曲备风谣,标题命篇,时所难著,灯烛之下,雄词卓然。诚宜榜示众人,不敢独断华藻。并仰榜出,以明无私。"将所试诗文公布于众,大有请群众监督的意思,杜绝了因人取士的不正之风,在当时传为美谈。而此举又给温庭筠带来了不幸。他完全以文判等,且榜之于众,已遭权贵不满,又所榜诗文中有指斥时政,揭露腐败者,温庭筠却称赞"声调激切,曲备风谣",更为权贵所忌恨。所以,宰相杨收非常恼怒,将温庭筠贬为方城尉。因主持公道而招忌被贬,所以纪唐夫送其赴方城时,诗云:"且饮绿醁销积恨,莫辞黄绶拂行尘。"遭受此次打击,再次被贬,年事已高的温庭筠在咸通七年(866年)冬抑郁而死。

令狐滈等博饮狎昵。当时令狐绹出镇淮南,温庭筠因其在位时曾压制过自己,虽是老相识,也不去看他。咸通四年(863年),温庭筠因穷迫乞于扬子院,醉而犯夜,竟被巡逻的兵丁打耳光,连牙齿也被打掉了几颗。他将此诉于令狐绹,令狐绹并未处置无礼之兵丁。兵丁极言温庭筠狭邪丑迹。有关温庭筠品行极坏的话传了到京师。温庭筠只好亲自到长安,致书公卿间,申说原委,为己雪冤。随后即居于京师。

咸通六年(865年),温庭筠出任国子助教,次年,以国子助教主国子监试。曾在科场屡遭压制的温庭筠,主试与众不同,严

知识小百科

花间词对后世的影响

花间词诞生于晚唐五代,"花间"两字出自花间词人张泌"还似花间见,双双对对飞"一句。花间词派作为最早的流派之一在词的发展史上占有重要的地位,有着巨大的影响。晚唐五代时,赵崇祚撰《花间词》,收集了温庭筠、皇甫松、孙光宪、韦庄、和凝、薛昭蕴、牛峤、张泌、毛文锡、牛希济、欧阳炯、魏承班、阎选、尹鹗、毛熙震、李珣等人的500首词作。其中收温词多达66首,可以说温庭筠是第一位专力填词的诗人。词这种文学形式,到了温庭筠手里才真正被人们重视起来,随后五代与宋代的词人竞相为之,终于使词在中国古代文坛上蔚为大观,至现在仍然有着极广泛的影响。

古文巨擘皮日休

皮日休是晚唐古文巨擘，他的不少著作反映了晚唐的社会现实，暴露了统治阶级的腐朽，反映了人民所受的剥削和压迫。鲁迅评价皮日休"是一塌糊涂的泥塘里的光彩和锋芒"。

皮日休（约公元834—904年），字逸少，后改为袭美，自号鹿门子，又号醉士、酒民、间气布衣、醉吟先生。襄阳人（今湖北襄阳），唐朝著名文学家。

皮日休出身于贫苦家庭，早年即志在立功名、佐王治，追随房玄龄、杜如晦的事业。他出游湖北、湖南、江西、安徽、河南，至长安，应进士举不第。皮日休对当时封建统治下的黑暗政治非常不满。他认为："古之置吏也，将以逐盗；今之置吏也，将以为盗。"又说："古之官人也，以天下为己累，故己忧之；今之官人也，以己为天下累，故人忧之。"

咸通年间，皮日休到毗陵就任。路途上遇到大暴雨，被耽搁在半路。这时天已黑，赶了一天的路，又渴又饿，只好到附近农家求碗水喝，弄点饭吃。

当他们敲门进到屋里时，见一家老小正在吃饭，孩子们见客人来后，都躲到里屋去了。对饥饿之人来说，算是赶上"饭点"了。他们向主人说明来意，但主人说什么也不肯给他们盛饭，并把锅盖按得紧紧的。

一个随从以为老乡不好说话，故意与他们为难，强勉把锅盖揭开。咳！锅里哪是什么饭，而是一锅橡子野菜糊！主人不给饭吃的原因才算"真相大白"。

皮日休感叹之下问道："老人家，今年粮食收成这么好，为什么还吃橡子和野菜？"

老人看他们不像什么贪官之类，就坦率地说："收成好，不如官家的秤和斗好，大进小出啊！"

皮日休惊奇地问道："为什么？"

"你们没听说过？我们毗陵有这样一

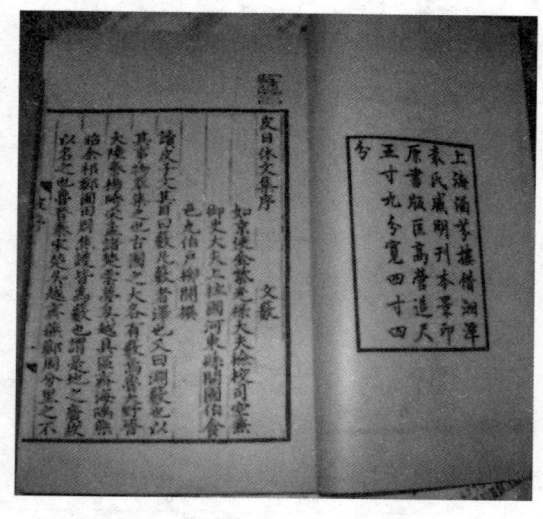

◆《皮日休文集》书影

句话：粮食一石余，官家只作五斗量！哪里还有我们吃的粮食！"老人的一席话，深深地印在一向具有正义感的皮日休心中，不久他便写成了《橡媪叹》的著名诗句，对农民所受的残酷剥削给予同情，深刻揭露了贪官污吏的罪行。

皮日休上任后不久，就到官府检查度量衡器，罢免了贪赃的仓库官吏，并在门前，一边置公平秤一杆，另一边用大石头刻了一个标准斗。从此毗陵老百姓买卖粮食和称东西，如果怀疑秤量不足，就拿到公平秤上来检验。老百姓高兴地称这秤和斗为"皮子秤"和"皮公斗"。

皮日休的文章，如《忧赋》《河桥赋》《霍山赋》《桃花赋》《九讽》《十原》《春秋决疑》《鹿门隐书》等，都是有所为而作。

他的诗，包括两种不同的风格。一种继承白居易新乐府传统，语言平易近人，以《正乐府》十首、《三羞诗》三首为代表。《三羞诗》其二写人民所受征兵之苦，其三写人民遭旱蝗而流离饥饿之苦，《正乐府》的《卒妻怨》《橡媪叹》《贪官怨》《农夫谣》《哀陇民》写人民种种不同遭遇之苦，具体而生动地反映了当时社会的阶级矛盾和他同情人民、抨击暴政的态度。另一种诗，走韩愈逞奇斗险的路线，以在苏州时与陆龟蒙唱和描写吴中山水之作为代表，沈德潜说皮、陆"另开僻涩一体"者即是。至于所谓"吴体"和回文等作，则大都缺乏现实内容。

皮日休是晚唐文坛上的古文学巨擘，陆龟蒙在给他的和诗中说："近者韩文公，首为开辟锄。夫子又继起，阴霾终廓如。搜得万古遗，裁成十编书"。鲁迅在《小品文的危机》中也说："唐末诗风衰落，而小品文放了光辉……皮日休和陆龟蒙自认为隐士，别人也称之隐士，而看他们在《皮子文薮》和《笠泽丛书》中的小洁文，并没有忘记天下，正是一塌糊涂的泥塘里的光彩和锋芒"。前者说明了皮日休在古文运动中所起的作用，后者说明了皮日休在古文创作上所取得的成就，二者都说明了皮日休在晚唐的文坛上所具有的重要地位。

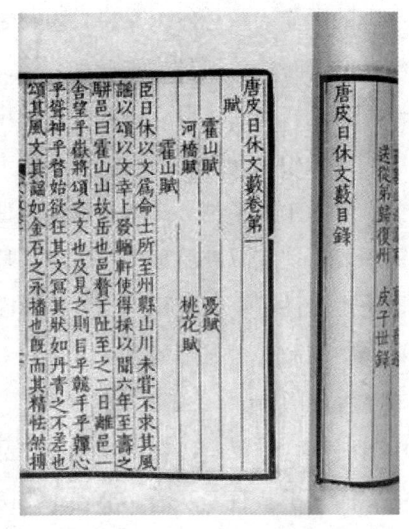

◆ 皮日休《霍山赋》《河桥赋》书影

延伸阅读

茶道大师皮日休

皮日休与其好友陆龟蒙在讨论到茶诗的一些课时，得到了陆龟蒙的唱和。在他们的诗歌唱和中，皮日休的《茶中杂咏》和陆龟蒙的《奉和袭美茶具十咏》最令人注目。他们的唱和诗内容包括茶坞、茶人、茶笋、茶籝、茶舍、茶灶、茶焙、茶鼎、茶瓯、煮茶十题。几乎涵盖了茶叶制造和品饮的全部，他们以诗人的灵感、丰富的词藻，艺术、系统、形象地描绘了唐代茶事，对茶文化的研究具有重要意义。

"一代之奇"唐传奇

唐传奇是指唐代流行的文言短篇小说,它远继神话传说和史传文学,近承魏晋南北朝志怪和志人小说。唐传奇作为中国古代小说的一朵奇葩,被誉为"一代之奇",标志着中国古代小说的创作进入了一个新的阶段。

唐代城市繁荣、商业经济发达,因而产生了多种面向市井民众的俗文学形式,如说话、变文等,都是以虚构故事来吸引听众的。它们不仅受到了普通民众的欢迎,也引起了文人士大夫的兴趣,传述奇闻异事的唐传奇便是由此登上文学创作舞台的。

在唐代,市民的文化生活丰富,各种民间艺术得以发展,为传奇小说创作奠定了社会基础。唐代各种文学形式繁荣,并相互借鉴,相互融合,互相促进,也为唐传奇在题材内容和写作技巧上提供了营养。唐代科举考试中的"温卷"之风,也推动了传奇的发展。

初、盛唐是唐传奇的发轫时期,也是由六朝志怪到成熟的唐传奇的过渡。作品数量不多,现存有王度的《古镜记》、无名氏的《补江总白猿传》、张鷟的《游仙窟》,内容近于志怪,艺术上也不够成熟。

中唐是唐传奇的鼎盛时期,这里面也有社会心理的因素。从总体上来说,唐代是富有浪漫精神的时代,这种浪漫精神曾经以充满激情、充满自信和进取意识的特点出现在初盛唐的诗歌中。而到了中唐,文人士大夫对社会、对人生都不再那么抱有期望,他们的心灵需要在现实以外的世界中寻求寄托。而小说正是提供了一种虚构的世界,可以让人们在其中幻想人生、解释人生,表达对于人生的种种愿望。

中唐时期,不仅唐传奇的作家和作品数量最多,而且不断有名家名作涌现,如陈玄祐的《离魂记》、沈既济的《任氏传》、李

◆ 崔莺莺像

物的刻画走向了细致化的艺术境界，注重生活细节的描写和人物精神心理的展现，成功地塑造了众多的、具有性格化的人物形象，并且开始注意小说的审美价值和娱乐功能。其次，唐传奇在创作手法上较六朝志人的偏重写实增强了虚构性，较六朝志怪的偏重记述传闻增加了再创作性，作家真正开始自觉地进行艺术想像和艺术创造，而且在艺术构思、情节结构上，都取得了新的成就。

◆ 柳毅传书图

朝威的《柳毅传》、元稹的《莺莺传》、白行简的《李娃传》、蒋防的《霍小玉传》、陈鸿的《长恨歌传》等。内容题材涉及爱情、历史、政治、豪侠、志怪、神仙等方面，但大多作品体现了较强的现实精神，创作方法与艺术技巧趋于成熟。

晚唐是唐传奇的衰落时期，虽然作品数量不少，并出现了专集，如牛僧孺的《玄怪录》、皇甫枚的《三水小牍》、裴铏的《传奇》等，但内容较为单薄，艺术上也较为粗俗。唯有豪侠题材的作品文学成就较高，如杜光庭的《虬髯客传》。

唐传奇题材广泛，大多取材于现实生活，其中数量最多、成就最高的是描写婚姻爱情题材的作品，如《柳毅传》《莺莺传》《李娃传》《霍小玉传》等。这类作品表现了对婚姻爱情生活自由的向往和追求，抨击了封建礼教、婚姻制度和门第等级观念。

唐传奇的创作也取得了较高的艺术成就。首先，唐传奇在小说发展史上摆脱了六朝小说粗陈梗概的写法，对生活的描写和人

◆ 柳毅传书图镜

延伸阅读

"唐传奇"对后世的影响

唐传奇作为文学史上开始进入成熟阶段的短篇小说，难免还存在一定的缺陷。但尽管如此，唐传奇毕竟展开了一片崭新的艺术天地。通过虚构的故事和虚构的人物，它比以往的任何文学样式，都能够更自由、更方便、更具体地反映人们的生存状态和生活理想，从而影响人们的生活趣味。由此而言，它在文学史上有着非常深远的意义。传奇这种文言小说样式在宋代一度衰落，到元、明又出现了不少优秀的、较唐传奇在各方面都有所发展的创作，并被改写为白话小说。事实上，中国古代白话短篇小说在艺术上的成熟，与传奇体有很大关系。

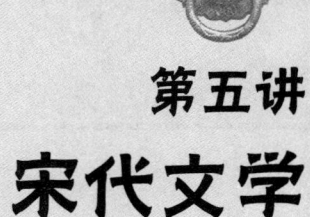

第五讲
宋代文学

北宋巨手柳永

> 柳永，婉约派最具代表性的人物之一，词作有《雨霖铃》《玉蝴蝶》《戚氏》等，后人称他为"北宋巨手"，对后世文学影响深远。他的词凄婉缠绵，儿女情长，但却意境脱俗。

柳永（约987—1053年），崇安（今福建武夷山）人，原名三变，字景庄。后改名永，字耆卿。排行第七，又称"柳七"。宋仁宗朝进士，官至屯田员外郎，故世称"柳屯田"。他自称"奉旨填词柳三变"，以毕生精力作词，并以"白衣卿相"自许。

柳家世代为官，柳永的父亲、叔叔、哥哥都是进士，连儿子、侄子都是。但柳永本人却仕途坎坷，景祐元年（1034年），才赐进士出身，是时已是年近半百。

柳永少年时在家乡勤学苦读，希望能传承家业，官至公卿。学成之后，他就到汴京应试，准备大展鸿图，在政治上一试身手。不料，一到光怪陆离的京城，骨子里浪漫风流的年轻才子柳永，就被青楼歌馆里的歌妓吸引，把那政治理想完全抛在了脑后，一天到晚在风月场里潇洒，与青楼歌妓打得火热。

柳永51岁那年，终于及第，去过福建，留有《煮海歌》，对当时煮盐为生的民众给予了深切的同情。短短两年仕途，他的姓名就载入了《海内名宦录》中，足可见其在处理政务上的天赋。可惜由于性格原因，他屡遭排贬，因此进入四处漂泊的"浮生"，养成了一种对萧索景物、秋伤风景的偏好。柳永晚年穷愁潦倒，死时一贫如洗，是他的歌妓姐妹们集资营

◆ 柳永《乐章集》书影

◆ 柳永纪念馆

葬的。柳永死后亦无亲族祭奠，每年清明节，歌妓都相约赴其坟地祭扫，并相沿成习，称之"吊柳七"或"吊柳会"。

由于仕途坎坷、生活潦倒，他由追求功名转而厌倦官场，沉溺于旖旎繁华的都市生活，在"倚红偎翠""浅斟低唱"中寻找寄托。其词多描绘城市风光和歌妓生活，尤长于抒写羁旅行役之情。词作流传极广，"凡有井水饮处，皆能歌柳词"。作为北宋第一个专力作词的词人，他不仅开拓了词的题材内容，而且制作了大量的慢词，发展了铺叙手法，促进了词的通俗化、口语化，在词史上产生了较大的影响。

在不胜枚举的柳词中，《雨霖铃》是流传最广的佳作之一，也是抒写离情别绪的千古名篇，还是柳词和有宋一代婉约词的杰出代表。词中，作者将他离开汴京与恋人惜别时的真情实感表达得缠绵悱恻，凄婉动人。全词起伏跌宕，声情双绘，是宋元时期流行的"宋金十大曲"之一。

柳永存世200多首词，所用词调竟有150个之多，并大部分为前所未见的、以旧腔改造或自制的新调，又十之七八为长调慢词，对词的解放与进步作出了巨大贡献。柳永还丰富了词的表现手法，他的词讲究章法结构，词风真率明朗，语言自然流畅，有鲜明的个性特色。他上承敦煌曲，用民间口语写作大量"俚词"，下开金元曲。柳词又多用新腔、美腔，旖旎近情，富于音乐美。他的词不仅在当时流播极广，对后世影响也十分深巨。

知识小百科

奉旨填词

柳永擅作慢词长调，每为教坊乐伎所传唱，当时有"凡有井水处，皆能歌柳词"之谣。他常与歌妓来往，留连于灯红酒绿之间，征歌逐舞。因功名未遂，曾作《鹤冲天》一首解嘲，词中有"忍把浮名，换了浅斟低唱"一句。景祐间中进士。宋仁宗却言："此人好去'浅斟低唱'，何要'浮名'？且填词去。"柳永从此益放浪形骸，逢人即自称"奉旨填词柳三变"。后因以"奉旨填词"自我嘲讽，将错就错。

婉约词人"晏家父子"

> 北宋词人晏殊与其子晏几道，以其相映生辉的艺术成就影响了一代词风，被词话家们并称为"二晏"，是中国历史上有名的父子文学家。

晏殊（991—1055年），字同叔，北宋前期婉约派词人之一。抚州临川人（今属江西抚州）。代表作有《浣溪沙》《蝶恋花》《踏莎行》《破阵子》《鹊踏枝》等。

晏殊以词著闻于文坛，被后人尊奉为"北宋依声家初祖"，尤擅小令。他继承五代遗风，词颇有意境。他强调写词要有"气象"，与后世的"意境"意义相近，为词的发展史上一大贡献。他的《浣溪沙》中"无可奈何花落去，似曾相识燕归来"为千古传诵的名句。他亦工诗善文，原有诗文240卷，现存不多，大都以典雅华丽见长。

晏殊一生中，虽没有太高的政治建树，但他不忌贤妒能，重视奖掖后进的品德却让后人歌颂和赞赏，范仲淹、欧阳修、富弼、韩琦等皆出其门下。

晏几道（1038—1110年），字叔原，号小山，晏殊第七子。历任颍昌府许田镇监、乾宁军通判、开封府判官等。性孤傲，晚年家境中落。词风哀感缠绵、清越顿挫。他著有《小山词》，他的《临江仙》是千古传诵的名作。

虽然父亲晏殊是当时文坛领袖，晏几道承其余荫，又卓有才华，按说，他在文坛上可以广通声气，交接名流，但其实不然。因为晏几道"文章翰墨，自立规摹，常欲轩轾人，而不受世之轻重"。所以他也不轻易与文士来往。

在当时的著名文士中，惟一与晏几道深相契合者就是黄庭坚。黄庭坚是一位在仕宦上沉沦下僚，而在文学艺术见解上却有持操

◆《珠玉词》书影

的人。他论书法时曾说："随人作计终后人，自成一家始逼真。"他在文学创作上也是这个态度，所以与晏几道很合得来。

晏几道一生清狂磊落，纵驰不羁，傲视权贵，即使是苏轼这种人，也不放在眼中。他好藏书，能诗，尤以词著称。晏几道的词艳而不俗，浅处皆深，将艳词小令，从语言的精度和情感的深度两个层面上发展到极致。

他的词风浓挚深婉，工于言情，与乃父齐名，世称"二晏"。但当时及后世作者都对他评价很高，认为其造诣在乃父之上。而且，由于社会地位和人生遭遇不同，晏几道词作的思想内容比晏殊词要深刻得多。其中有不少同情歌妓舞女命运、歌颂她们美好心灵的篇章，也有关于个人情事的回忆和描

◆ 倚柳远思图（明 尤求）

写。小山的词作通过个人遭遇的昨梦前尘，抒写人世的悲欢离合，笔调感伤，凄婉动人。在有些作品中，表现出他不合世俗、傲视权贵的态度和性格，为婉约词的代表作家之一。

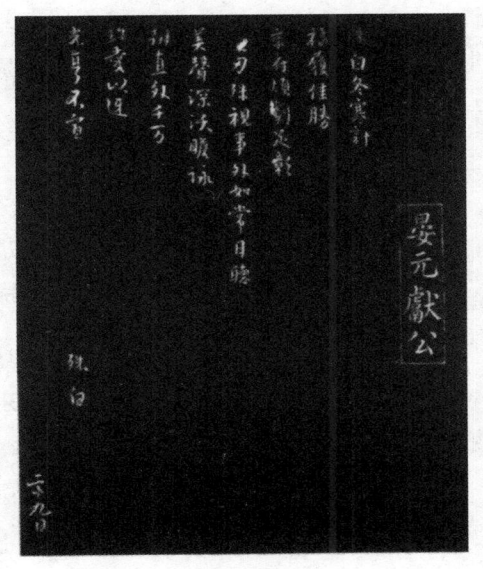

◆ 晏殊《冬寒帖》

延伸阅读

晏殊与王绮

一日，晏殊邀请王绮到宰相府游玩。阳春三月，柳绿花红，燕语莺歌，令人心旷神怡，到处都能引起诗兴，两人一边饮酒一边赋诗，兴致勃勃，乐而忘返，一直到傍晚时分。

他们步游到水池旁边，只见池中水面漂泊着一片落花。

晏殊心上大有触动，深有悔恨地"唉"了一声。

王绮好生纳闷，忙问："大人有何难言之隐？"

晏殊诉说着："三年前我得一句，'无可奈何花落去'自己很得意，后冥思苦想，绞尽脑汁也续不下去。"

王琪听了，马上就说："吾今妄续一句'似曾相识燕归来'，如何？"

"妙！妙！妙！没有您这句，我那句就断了腿——行不通了！"晏殊叫好不迭。

文坛领袖欧阳修

> 欧阳修是"唐宋八大家"之一,在中国文学史上占有重要的地位。他大力倡导诗文革新运动,改革了唐末到宋初的形式主义文风和诗风,取得了显著的成就。他的文风,一直影响到元、明、清各代。

欧阳修(1007—1073年),字永叔,号醉翁,又号六一居士,庐陵(今永丰县沙溪)人。北宋卓越的文学家、史学家,代表作品有《醉翁亭记》《鸣蝉赋》《秋声赋》《与高司谏书》《朋党论》《伶官传序》等。

欧阳修4岁丧父,母亲带着他到随州(今湖北随县)依靠他叔父生活。欧阳修的母亲一心想让儿子读书,可是家里穷,买不起纸笔。她看到屋前的池塘边长着荻草,就用荻草秆儿在泥地上划着字,教欧阳修认字。幼小的欧阳修在母亲的教育下,很早就爱上了读书,常从城南李家借书抄读,他天资聪颖,又刻苦勤奋,往往书不待抄完,已能成诵;少年习作诗赋文章,文笔老练,有如成人,其叔由此看到了家族振兴的希望,曾对欧阳修的母亲说:"嫂无以家贫子幼为念,此奇儿也!不唯起家以大吾门,他日必名重当世。"10岁时,欧阳修从李家得唐《昌黎先生文集》六卷,甚爱其文,手不释卷。这为日后北宋诗文革新运动播下了种子。

宋朝初年的时候,社会上流行的文风讲求华丽而内容空洞。欧阳修读了昌黎先生(韩愈)的散文后,觉得它文笔流畅,说理透彻,跟流行的文章完全不一样。他就认真琢磨,学习韩愈的文风。长大以后,他到东京参加进士考试,连考三场,都是第一名。

欧阳修20多岁时,在文坛上已经很有声誉了。他官职不高,但是十分关心朝政,正直敢谏。当范仲淹得罪吕夷简、被贬谪到南

◆ 欧阳修像

方去的时候，许多大臣都同情范仲淹，只有谏官高若讷认为范仲淹应该被贬。欧阳修十分气愤，写信责备高若讷不知道人间有羞耻事。为了这件事，他被降职到外地，过了4年，才回到京城。

庆历三年（1043年），范仲淹、韩琦、富弼等人推行"庆历新政"，欧阳修参与革新，提出改革吏治、军事、贡举法等主张。庆历五年（1045年），范、韩、富等相继被贬，欧阳修上书分辩，又被贬为滁州（今安徽滁县）太守。

滁州四面环山，风景优美。欧阳修到滁州后，除了处理政事之外，还常常游览山水。当地有个和尚在滁州琅琊山上造了一座亭子供游人休息。欧阳修登山游览的时候，常在这座亭子里喝酒，他自称"醉翁"，也为亭子命名为"醉翁亭"。他写的散文《醉翁亭记》，成为人们争相传诵的杰作。

欧阳修在文学创作上的成就，以散文为最高。他的散文深入浅出，既精炼又流畅，叙事说理，娓娓动听，抒情写景，引人入胜，寓奇于平，一改文坛面目。他最富盛名的《醉翁亭记》，徐徐写来，委婉曲折，言辞优美，风格清新。

欧阳修在诗歌创作方面也卓有成就。他"以文为诗"，通俗流畅。虽说有些古体诗显得诗味不浓，但部分近体诗却比兴兼用，情景相生，意味隽永。在内容上，他的诗有一部分反映了当时人民生活的疾苦，具有一定的社会意义。

此外，欧阳修还创作了很多词，内容大都与"花间"相近，写的多是男女爱恋、离情别绪一类的题材。但格调较高，技巧娴熟，不乏艺术珍品。

欧阳修在我国文学史上有着重要的地位。作为宋代诗文革新运动的领袖人物，他举荐和指导了王安石、曾巩、苏洵、苏轼、苏辙等散文家，对他们的散文创作产生过很大的影响。

◆《欧阳文忠公集》书影

延伸阅读

欧阳修与滁州

如今一说到滁州，人们会想到琅琊山，想到醉翁亭，想到欧阳修。琅琊山的自然风光、人文景观，都远近闻名。其中最有名的景点当属醉翁亭，被誉为全国"四大名亭"之首，名扬海内外。与醉翁亭隔山相望的丰乐亭，也是令许多探幽访古之士向往的胜迹，与醉翁亭一起被称为"姊妹亭"。丰乐亭下的"紫薇泉"，则与醉翁亭的酿泉合称为"姊妹泉"。这些，都是欧阳修任滁州太守时开发、建设而遗留下来的。正是这些建筑，加上他亲自撰写的《丰乐亭记》《醉翁亭记》，才使滁州琅琊山名声大震。

第五讲 宋代文学

文坛父子兵"三苏"

"三苏"指北宋散文家苏洵和他的两个儿子苏轼、苏辙。"三苏"为唐宋八大家中的三位,文学成就卓然,对后世产生了不可磨灭的影响。

苏洵(1009—1066年),字明允,眉州眉山(今属四川)人。据说27岁才发愤读书,经过十多年的闭门苦读,学业大进。苏洵少不喜欢学习,由于父亲健在,没有养家之累,故他在青少年时代有点像李白和杜甫的任侠与壮游,走了不少地方。后来又陪同儿子两次进京,一次经水路,一次经陆路,遍游了沿途的名胜古迹。他的作品《管仲论》最出名。

苏轼(1037—1101年),字子瞻,又字和仲,号"东坡居士",世人称其为"苏东坡"。北宋著名文学家、书画家、诗人,唐宋八大家之一,豪放派词人代表。苏轼自幼受父亲的熏陶和母亲的严教。苏轼的母亲程氏是一位很有教养的女性,饱读诗书,深明大义。她亲自教苏轼读书,引导苏轼效法先贤,树雄心,立大志,以"澄清天下"为己任。著有《前赤壁赋》《水调歌头·明月几时有》《江城子·密州出猎》等。

苏辙(1039—1112年),北宋散文家,字子由。苏辙生平学问深受其父兄影响,以儒学为主,最倾慕孟子而又遍观百家。代表作品有《上枢密韩大尉书》《墨竹赋》《秋稼》《南斋竹》《诗病五事》等。

宋仁宗嘉祐初年(1056年),苏洵和苏轼、苏辙父子三人都到了东京(今河南开封市)。由于欧阳修的赏识和推举,他们的文章很快著名于世。士大夫争相传诵,一时学者竞相仿效。宋人王之《渑水燕谈录·才识》记载:"苏氏文章擅天下,目其文曰三苏。盖洵为老苏,轼为大苏,

◆ 苏洵、苏辙、苏轼(从左至右)

辙为小苏也。""三苏"的称号即由此而来。

在中国源远流长的文学史上，"三苏"之所以能够成为赫赫有名的大文学家，还有一段鲜为人知的故事。

当年，苏洵娶富豪程文应先生之女程颖为妻，程夫人系出名门，知书达礼，以程氏之富下嫁到清寒的苏家来，已是委屈，而夫婿又不思进取，经常喝到红日西沉方肯罢休。程颖是个非常要强的女性，虽然嘴上不说什么，心里总是抑郁不乐，只好把家事一手承担下来，上事翁姑，下教子女，终日勤劳不息，希望有一日夫婿能够自己觉悟过来。

一年后，程颖为苏家生下一子，拟名为"轼"，并以"轼"劝导苏洵。苏洵决心悔改，发愤苦读。他拉开抽屉，拿出二尺白绢，猛一下咬开中指，颤颤点点，写上几个大字"不发愤何以为人！"

两年后，程颖又为苏家生了第二个儿子，起名"辙"。曰："父之车过，子从其辙；兄之车过，弟从其辙；前人之过，后人见其辙。"

后来的岁月，父子三人刻苦读书，勤勉自励，切磋商议，文学素养都得到了很大的提高，三人中苏轼(苏东坡)的词最为有名。

苏氏父子积极参加和推进了欧阳修倡导的古文运动，他们在散文创作上都取得了很高的成就，后来俱被列入"唐宋八大家"。三苏之中，苏洵和苏辙主要以散文著称；苏轼则不但在散文创作上成果甚

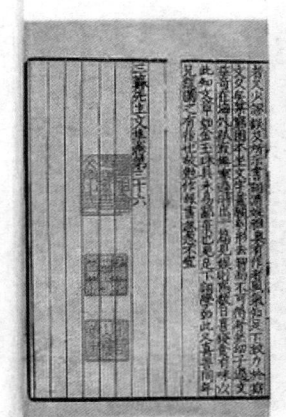
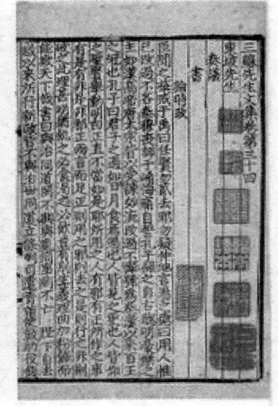

◆ 《三苏先生文集》书影

丰，而且在诗、词、书、画等各个领域中都有重要成就。

宋代是中国历史上继唐之后又一个文风鼎盛、富丽堂皇的朝代，而"三苏"无疑是其中最耀眼的明星。苏轼更成为一代文坛领袖，以自己的奇才文思为宋代文坛增添了光彩。他上承欧阳修的务实文风，下有苏门六君子继往开来，使苏文之风绵延两宋而不绝。

延伸阅读

"心中有佛"的故事

苏轼非常喜欢谈佛论道，和佛印禅师关系很要好。有一天他登门拜访佛印，问道："你看我是什么？"佛印说："我看你是一尊佛。"苏轼闻之飘飘然，佛印又问苏轼："你看我是什么？"苏轼想难为一下佛印，就说道："我看你是一坨屎。"佛印听后默然不语。于是苏轼很得意地跑回家见到苏小妹，向她吹嘘自己今天如何一句话噎住了佛印禅师。苏小妹听了直摇头，说道："哥哥你的境界太低，佛印心中有佛，看万物都是佛。你心中有屎，所以看别人也就都是一坨屎。"这一说，苏轼哑口无言了。

司马光与《资治通鉴》

《资治通鉴》是我国古代著名历史学家、政治家司马光和他的助手刘恕、范祖禹、司马康等人,历时19年才编纂而成的一部规模空前的编年体通史巨著。

司马光(1019—1086年),北宋时期著名政治家、史学家、散文家。字君实,陕州夏县(今属山西)人,世称"涑水先生"。主要著有史学巨著《资治通鉴》《温国文正司马公文集》《稽古录》《涑水记闻》《潜虚》等。

司马光历来朴素节俭,不喜欢奢侈浮华的东西。宋仁宗宝元初年,年仅二十岁的司马光考中进士甲科后,皇上赏赐喜宴,在宴席上只有他一人不戴红花,同伴们对他说:"这是圣上赏赐的,不能违背君命。"这时他才插上一枝花。

他担任并州通判时,西夏人经常入侵这里,成为当地一大祸患。于是,司马光向上司庞藉建议说:"修筑两个城堡来控制西夏人,然后招募百姓来此地耕种。"庞藉听从了他的建议,派郭恩去办理此事。但郭恩是一个莽汉,因为不注意设防,被敌人消灭。庞藉因为此事被罢免了。司马光过意不去,三次上书朝廷自责,并要求辞职,没得到允许。庞藉死后,司马光便把他的妻子拜为自己的母亲,抚养庞藉的儿子像抚养自己的亲兄弟一样,当时人们一致认为司马光是一个贤德之人。

司马光的主要成就反映在学术上,其中最大的贡献,莫过于主持编写《资治通鉴》。《资治通鉴》是我国最大的一部编

◆ 司马光像

年史。作者把1362年的史实，依时代先后，以年月为经，以史实为纬，按顺序记写。对于重大的历史事件的前因后果，与各方面的关联都交代得清清楚楚，使读者对史实的发展能够一目了然。

《资治通鉴》全书294卷，约300多万字，另有《考异》《目录》各30卷。《资治通鉴》的内容以政治、军事和民族关系为主，兼及经济、文化和历史人物评价，编者运用敏锐深刻的观察力和独具匠心的艺术手法，不仅形象生动地展现了波澜壮阔的社会生活画面，还成功地塑造了大量栩栩如生的历史人物。目的是通过对事关国家盛衰、民族兴亡的统治阶级政策的描述，以警示后人。

《资治通鉴》自成书以来，历代帝王将

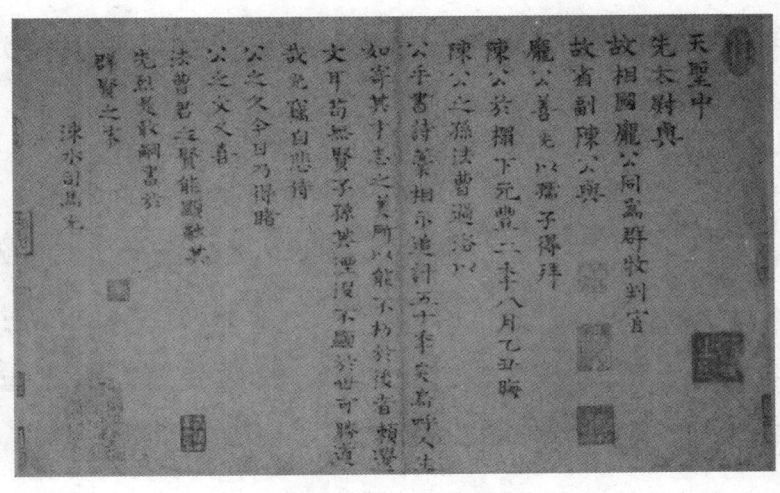

◆ 司马光《天圣贴》

相、文人骚客、各界要人争读不止。点评批注《资治通鉴》的帝王、贤臣、鸿儒及现代的政治家、思想家、学者更是不胜枚举。有人说，除了《史记》之外，几乎没有任何一部史著可与《资治通鉴》相媲美。

知识小百科

司马相公

《资治通鉴》写成以后，司马光官升为资政殿学士。他在洛阴居住了15年，天下人都认为他才是真正的宰相，老百姓都尊称他为司马相公。他所到之处，百姓夹道欢迎，老百姓对司马光说："您不要返回洛阳，留下来辅佐天子，救救百姓吧。"等到哲宗即位、太皇太后临政时，司马光已是经历了仁宗、英宗、神宗的四朝元老，颇具威望。他建议太后广开言路，于是上书奏事的人数以千计。元佑元年（1086年），司马光逝世，终年68岁。

◆ 《资治通鉴》书影

北宋散文家曾巩

> 曾巩是"唐宋八大家"之一。曾巩的散文创作成就很高,是北宋诗文革新运动的积极参与者。他的成就虽然不及韩、柳、欧、苏,但对后世也有很大的影响。

曾巩(1019—1083年),字子固,世称"南丰先生",南丰(今属江西)人。北宋文学家,代表作品有《上欧阳舍人书》《上蔡学士书》《赠黎安二生序》《王平甫文集序》等。

儿童时代的曾巩,就与兄长曾晔一道,勤学苦读,表现出了良好的天赋。其弟曾肇在《亡兄行状》中称其"生而警敏,不类童子",而且记忆力超群,"读书数万言,脱口辄诵"。嘉祐二年(1057年),39岁的他才考取了进士,被任命为太平州司法参军,踏上了仕途。

翌年,奉召回京,编校史馆书籍,迁馆阁校勘、集贤校理。熙宁二年(1069年)先后在齐、襄、洪、福、明、亳等州任知州,颇有声望。元丰三年(1080年),徙知沧州,过京师,神宗召见时,他提出节约为理财之要,颇得神宗赏识,留三班院供事。

元丰四年(1081年),神宗以其精于史学,委任史馆修撰,编纂五朝史纲,未成。翌年,拜中书舍人。次年卒于江宁府。理宗时追谥"文定"。曾巩在政治舞台上的表现并不算是很出色,他的更大贡献在于学术思想和文学事业。

曾巩的散文创作成就很高,他师承司马迁、韩愈和欧阳修,主张"文以明道",把欧阳修的"事信、言文"观点推广到史传文学和碑铭文字上。他在《南齐书目录序》中说:"古之所谓良史者,其明必足以周万

◆ 曾巩像

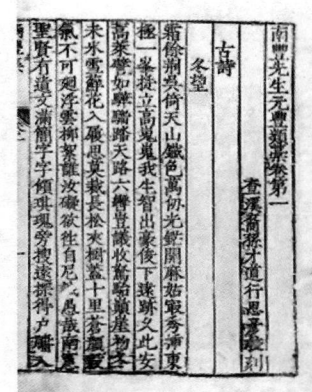
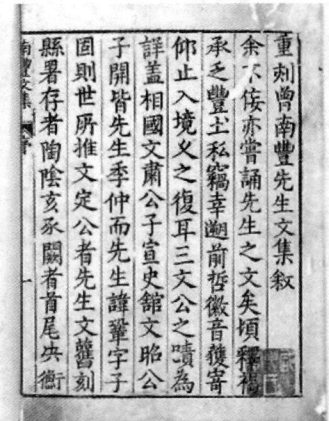

◆ 《南丰先生元丰类稿》书影

事之理,其道必足以适天下之用,其智必足以通难显之情,然后其任可得而称也。"他强调只有"蓄道德能文章者",才足以发难显之情,写"明道"之文。他的散文大都是"明道"之作,文风以"古雅、平正、冲和"见称。王安石曾赞叹说:"曾子文章世稀有,水之江汉星之斗。"(《赠曾子固》)。苏轼也说:"醉翁门下士,杂从难为贤;曾子独超轶,孤芳陋群妍。"

曾巩也擅长写诗,有400余首传世。其诗或雄浑瑰伟,或委婉超逸,无不含义深刻,妙趣横生。五古《追租》,描绘了"今岁九夏旱,赤日万里灼","计虽卖强壮,势不存尪弱"的惨状,发出"暴吏体宜除,浮费义可削"的呼声,与王安石的《兼并》诗,有异曲同工之妙。绝句《西楼》《城南》,清新隽永,具有王安石晚年诗作的风致。

曾巩好藏书,珍藏古籍达20000多册。曾巩一生整理古籍、编校史书,也很有成就。《战国策》《说苑》《列女传》《李太白集》和《陈书》等都曾经过他的校勘。《战国策》和《说苑》两书,多亏他访求采录,才免于散失。他每校一书,必撰序文,借以"辨章学术,镜考源流"。

曾巩的文章对后世的影响也很大。南宋朱熹"爱其词严而理正,居尝诵习"。明代唐宋派散文家王慎中、唐顺之、茅坤、归有光,清代桐城派的方苞、刘大櫆、姚鼐和钱鲁斯等人都把他的文章奉为圭臬。《明史·王慎中传》载:"慎中为文,初主秦汉,谓东京之下无可取,已而悟欧、曾作文之法,乃尽焚旧作,一意师仿,尤得力于曾巩;顺之初不服,久亦变而从之。"足见曾巩在中国文学史上的地位。

延伸阅读

真诚待人的曾巩

曾巩和王安石从年轻的时候起就是好朋友。有一次神宗皇帝召见曾巩,并问他:"你与王安石是布衣之交,王安石这个人到底怎么样呢?"曾巩不因为自己与王安石多年的交情而随意抬高他,而是很客观直率地回答说:"王安石的文章和行为确实不在汉代著名文学家扬雄之下,不过,他为人过吝,终比不上扬雄。"宋神宗听了这番话,感到很惊异,又问道:"你和王安石是好朋友,为什么这样说他呢?据我所知,王安石为人轻视富贵,你怎么说是'吝'呢?"曾巩回答说:"虽然我们是朋友,但朋友并不等于没有毛病。王安石勇于作为,但'吝'于改过!"宋神宗听后称赞道:"此乃公允之论。"也更钦佩曾巩为人正直,敢于批评。

北宋人杰王安石

> 王安石是一位杰出的政治家和思想家，同时也是一位卓越的文学家。他是"唐宋八大家"之一，为了实现自己的政治理想，他把文学创作和政治活动密切地联系起来，强调文学的作用首先在于服务社会。

王安石（1021—1086年），字介甫，号半山，封荆国公。宋临川（今江西省抚州市）人，北宋政治家、思想家，也是著名的文学家。

王安石自小随父宦游南北，对北宋中期隐伏的社会危机早就有所认识。因此，在他进入仕途，做地方官吏时，非常关心民生疾苦，多次上书建议兴利除弊，减轻人民负担。

◆《王临川集》书影

嘉佑三年（1058年），王安石在上宋仁宗赵祯的万言书中，系统地提出了变法主张，要求改变北宋"积贫积弱"的局面，限制大官僚地主的兼并和特权，推行富国强兵政策。在他任参知政事和宰相期间，取得神宗的支持，抓住"理财"和"整军"两大课题，积极推行农田水利、青苗、均输、方田均税、免役、市易、保甲、保马等新法，史称"王安石变法"或"熙宁变法"。

王安石变法触犯了大地主、大官僚的利益，两宫太后、皇亲国戚和保守派士大夫联合起来，共同反对变法。因此，王安石在熙宁七年（1074年）第一次罢相。次年复拜相。王安石复相后得不到更多支持，不能把改革继续推行下去，于熙宁九年（1076年）第二次辞去宰相职务，从此闲居江宁府。宋哲宗元祐元年（1086年），保守派得势，此前的新法都被废除。王安石不久便郁然病逝。

王安石变法，虽然归根结底是为加强皇权，巩固封建地主的统治地位，但在当时对生产力的发展和富国强兵，确实起到了很大的推动作用，也在一定程度上减轻了人民的负担，在历史上有其进步的意义。

王安石不仅是一位著名的政治家和思想家，同时也是一位卓越的文学家，他是"唐宋八大家"之一。他的散文，雄健简练，奇崛峭拔，大都是书、表、记、序等体式的论说文，阐述政治见解与主张，为变法革新服务。这些文章针对时政或社会问题，观点鲜明，分析深刻，长篇则横铺而不力单，短篇则纡折而不味薄。

《上仁宗皇帝言事书》是主张社会变革的一篇代表作，根据对北宋王朝内外交困形势的深入分析，提出了完整的变法主张，表现出作者"起民之病，治国之疵"的进步思想。《答司马谏议书》，以数百字的篇幅，针对司马光指责新法为侵官、生事、征利、拒谏四事，严加剖驳，短小精悍，言简意赅，措词得体，体现了作者刚毅果断和坚持原则的政治家风度。

王安石的一些小品文，如《鲧说》《读孟尝君传》《书刺客传后》《伤仲永》等都是脍炙人口的名篇。他评价人物，笔力劲健，文风峭刻，富有感情色彩，给人以显豁的新鲜感。他还有一部分山水游记散文，《城陂院兴造记》，简洁明快而省力，酷似柳宗元的风格；《游褒禅山记》，亦记游，亦说理，二者结合得紧密自然，既使抽象的道理生动、形象，又使具体的记事增加思想深度，显得布局灵活并又曲折多变。

王安石的诗歌创作以退居江宁为界，

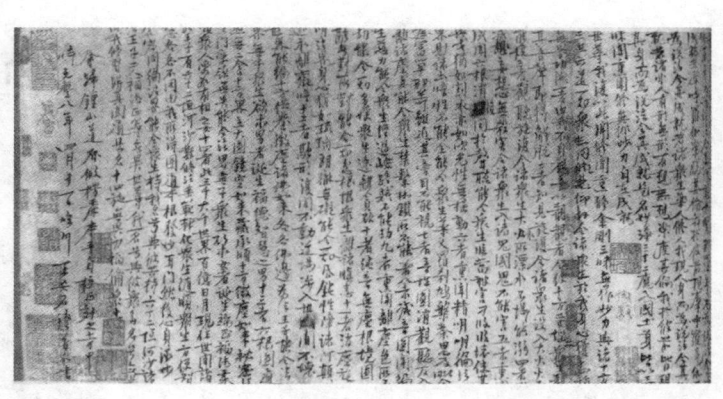

◆ 王安石手迹

前、后两个时期诗风有很大差别。前期诗歌主要以杜甫的创作思想为主导，以关心时事和同情劳动人民的疾苦为主要题材，具有明显的写实精神。后期的隐居生活，也促使他的诗歌创作发生了变化。他流连、陶醉于山水田园中，题材内容比较狭窄，大量的写景诗、咏物诗取代了前期政治诗的位置，抒发了一种闲恬的情趣。

延伸阅读

赏花钓鱼宴

宋仁宗期间，王安石是负责草拟诏书的官员，管机要的重臣。有一天，皇帝宋仁宗心情不错，一高兴决定开一场别开生面的家庭派对——"赏花钓鱼宴"，其中就邀请了王安石。

"赏花钓鱼宴"，顾名思义就是宴会的娱乐项目有赏花和钓鱼两项，餐前来宾可以根据自己的喜好随意选择以尽雅兴。王安石对花兴趣不大，于是他选择了钓鱼的项目。早有内侍将备好的鱼饵盛在金盘中放在了茶几上。皇家钓鱼与众不同，鱼饵的配制花了大功夫，掺了不少各种稀奇古怪的香精香料，不要说鱼，就是人也会抵挡不住诱惑。当时王安石的鱼还没钓着，竟鬼使神差地抓起一粒鱼饵放进嘴里细嚼慢咽起来，然后一发不可收，几个回合下来，竟将一盘鱼饵吃了个精光。

诗香雅韵《乐府诗集》

《乐府诗集》是继《诗经》之后，一部总括我国古代乐府歌辞的著名诗歌总集，现存100卷，主要辑录汉魏到唐、五代的乐府歌辞兼及先秦至唐末的歌谣，共5000多首。《乐府诗集》由宋代郭茂倩所编，它搜集广泛，各类有总序，每曲有题解。

郭茂倩（1041—1099年），字德粲，宋代郓州须城（今山东东平）人。宋神宗元丰七年（1084年），任河南府法曹参军。编有《乐府诗集》百卷传世，以解题考据精博，为学术界所重视。

关于郭茂倩的生平，我们知道得甚少。

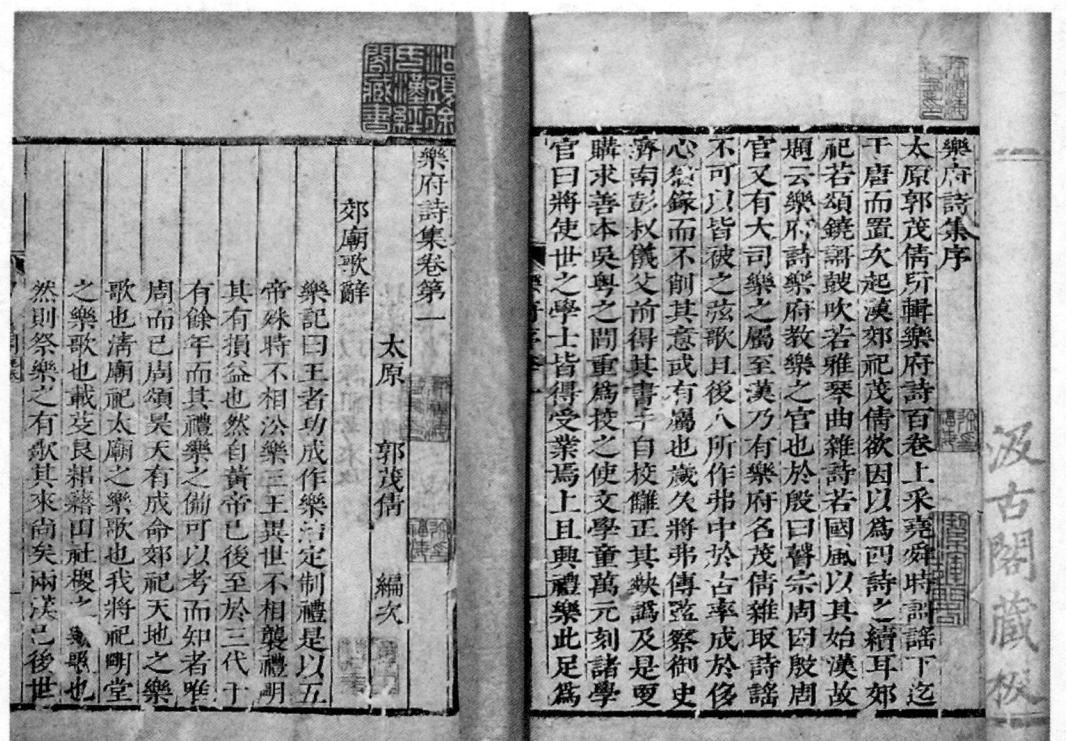

◆《乐府诗集》书影

《四库全书总目提要》称："《建炎以来系年要录》载茂倩为侍读学士郭裒之孙，源中之子，其仕履未详。"而《乐府诗集》一书使他的声名千古不朽。

乐府诗以五言为主，兼有七言及杂言。句式比较灵活自由，语言自然流畅，通俗易懂，琅琅上口，生活气息非常浓厚。这种淳朴的诗歌风格，文字简单清新，弥漫在诗里的感情，不但具有普遍意义，而且纯真自然。乐府诗是诗歌历史上的一个里程碑，它象征着文人诗的开始，象征着诗开始追求个性自由和发出个人化的声音。

《乐府诗集》把乐府诗分为郊庙歌辞、燕射歌辞、鼓吹曲辞、横吹曲辞、相和歌辞、清商曲辞、舞曲歌辞、琴曲歌辞、杂曲歌辞、近代曲辞、杂歌谣辞和新乐府辞等12大类；其中又分若干小类，如《横吹曲辞》又分汉横吹曲、梁鼓角横吹曲等类；相和歌辞又分为相和六引、相和曲、吟叹曲、平调曲、清调曲、瑟调曲、楚调曲和大曲等类；清商曲辞又分为吴声歌与西曲歌等类。它所收录的作品多数是优秀的民歌和文人用乐府旧题所作的诗歌。

郭茂倩是一个辛勤的资料收集者，《乐府诗集》的一个重大特色就是搜罗广博，兼收并蓄。他几乎汇集了当时所能见到的全部乐府诗，为我们提供了一部相当完备的资料总集。有许多古籍，如《古今乐录》，今已失传，然而由于《乐府诗集》的征引而得以部分保存。可以说，他为后代的研究乐府者提供了极大的便利。

郭茂倩在《乐府诗集》的编排体制上也颇下过一番苦心。每类歌辞都是古辞在前，拟作在后，将合乐的和不合乐的、民间的和文人的作品排列在一起。这虽然使乐府诗的定义变得十分宽泛，但有助于我们对乐府文学的发展、演变形成一个"史"的观念。

《乐府诗集》的重要贡献是把历代歌曲按其曲调收集分类，使许多作品得以汇编成书。给对乐府诗歌的整理和研究者提供了很大的方便。例如汉代一些优秀民歌如《陌上桑》《东门行》等见于《宋书·乐志》，《孔雀东南飞》见于《玉台新咏》，还有一些则散见于《艺类聚》等类书及其他典籍中，特别是古代一些民间谣谚，大抵散见于各种史书和某些学术著作，杂歌谣辞一类所收，多为前所忽视者，而经编者收集得以较为完整地著录。

知识小百科

"乐府"与"乐府诗"

乐府是指古代的音乐官署（官员办公的地方）。根据《汉书·礼乐志》记载，汉武帝时，设有采集各地歌谣和整理、制订乐谱的机构，名叫"乐府"。后来，人们就把这一机构收集并制谱的诗歌，称为乐府诗，或者简称乐府。到了唐代，这些诗歌的乐谱虽然早已失传，但这种形式却沿袭下来，成为一种没有严格格律、近于五七言古体诗的诗歌体裁。

"婉约宗主"李清照

> 李清照的文词精美绝妙,鬼斧神工,前无古人,后无来者,被尊为"婉约宗主",是中华精神文明史上的一座丰碑,在中国文学史上享有崇高声誉。

李清照(1084—1155年),号易安居士,南宋杰出女文学家,章丘明水(今属山东)人。

李清照出生于一个爱好文学艺术的大家庭,父亲李格非进士出身,在朝为官,官至礼部员外郎,又是苏东坡的学生。母亲也是名门闺秀,很有文学修养。这样的出身,加上父亲的影响,少年时代的李清照便工诗善词。

18岁时,李清照与赵明诚结婚。赵父是当时有名的政治家赵挺之,官至丞相。婚后,清照与丈夫情投意合,如胶似漆,但无奈赵明诚在外做官,夫妻二人只好以书信诗词表情达意。一年重阳节,李清照作了那首著名的《醉花阴》,寄给在外做官的丈夫:"薄雾浓云愁永昼,瑞脑销金兽。佳节又重阳,玉枕纱橱,半夜凉初透。东篱把酒黄昏后,有暗香盈袖。莫道不销魂,帘卷西风,人比黄花瘦。"秋闺的寂寞与闺人的惆怅跃然纸上。据《嫏嬛记》载,赵明诚接到后,叹赏不已,又不甘下风,就闭门谢客,废寝忘食,三日三夜,写出五十阙词。他把李清照的这首词也杂入其间,请友人陆德夫品评。陆德夫把玩再三,说:"只三句绝佳。"赵问是哪三句,陆答:"莫道不销魂,帘卷西风,人比黄花瘦。"

他们夫妻俩志同道合,除了都能善诗文外,还有一个共同的爱好,就是收藏金石(古代在铜器和石碑上镌刻的文字书画)。这些文物既是我国古代的精湛艺术,又保存着丰富的历史材料。

1127年,女真族攻破了汴京,徽宗、钦宗父子被俘,高宗南逃。李清照夫妇也随难

◆ 李清照画像

民流落江南。飘流异地，多年来搜集的金石字画丧失殆尽，给她带来了沉痛的打击和极大的痛苦。第二年，赵明诚病死于建康（今南京），更给她增添了难以忍受的悲痛。

目睹了国破家亡的李清照在"寻寻觅觅、冷冷清清"的晚年，殚精竭虑，编撰《金石录》，完成了丈夫的未竟之功。南宋王朝的腐朽无能和偏安一隅，使李清照收复中原的希望化为幻影。李清照在南渡初期，写过一首雄浑奔放的《夏日绝句》："生当作人杰，死亦为鬼雄。至今思项羽，不肯过江东。"借项羽的宁死不屈反讽徽宗父子的丧权辱国，意思表达得痛快淋漓，表达对宋王朝的愤恨。晚年的李清照无依无靠，贫困忧苦，寂寞地客死江南。

李清照的艺术成就很高，在文学史上占有重要的地位。她的《词论》极重视词的特殊格调和协律性，所以能够独辟门径，在丰富词的表现手法上作出了突出的贡献。李清照是抒情的能手，她创作了不少优秀的抒情词，真实地反映了自己的闺中生活和流落异乡的苦恼忧愁。

李清照词的语言更是独具特色，优美、精巧却不雕琢求工。她在遣词造句上很有创造性，如她笔下的花树是"宠柳娇花""绿肥红瘦"；天气是"浓烟暗雨""风柔日薄"，又以"黄花瘦"比人，都十分新颖、清丽。她还常常以"明白如家常"的方言口语入词，如"甚霎儿晴，霎儿雨，霎儿风"，"守着窗儿，独自怎生得黑？"信手拈来，便增添了许多新鲜生动的情味。这种语言对于北宋末期华贵典雅的词风无疑是一

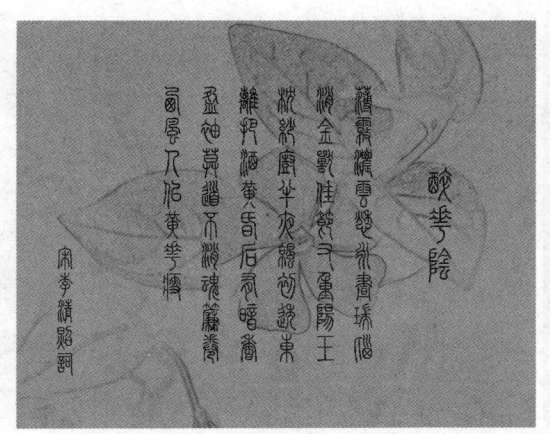

◆ 《醉花阴》词笺

种冲击。李清照的词富有音乐美，她极注意"分五音，又分五声，又分六律，又分清浊轻重"，还讲究舌、齿音的交错和叠字的连续运用，如《声声慢》的开头一连用了14个叠字，其独创性为历来评论者所盛赞。

李清照能诗能文，从艺术成就上看，她的词超过了诗和文，并且独具一家风貌，被后人称为"易安体"，从南宋起就不断有人学习和效仿。

知识小百科

古代四大才女

古代四大才女是蔡文姬、卓文君、李清照、班昭。班昭，大文豪班彪之女，被召入皇宫，教授皇后及诸贵人诵读经史，宫中尊之为师。续写《汉书》，著有《女诫》。蔡文姬，大儒蔡邕之女。蔡文姬根据自己的亲身经历，写下了动人心魄的《胡笳十八拍》。李清照的传世之作是《漱玉词》，基本属婉约派，由于她一生经历比晏几道、秦观等更艰辛曲折，词的成就超过了他们，她后期的词还兼有豪放之长。卓文君，司马相如之妻，是我国西汉时期的一位才女，著有《白头吟》。貌美性毅，善诗妙琴，以其才华、情操名传千古。

爱国诗人陆游

在南宋文坛上，陆游的诗与辛弃疾的词一样，取得了最高成就。陆游诗歌以其卓越的思想艺术成就，把我国文学史上的爱国主义传统发扬光大，在同时代和后代诗人中都有极高的地位和深远的影响。

陆游（1125—1210年），字务观，自号放翁，越州山阴（今浙江绍兴）人。南宋出色的爱国诗人、词人。他的主要著作有《渭南文集》《剑南诗稿》《放翁词》《南唐书》《老学庵笔记》《关山月》《书愤》《农家叹》《示儿》等，皆为后世传诵名篇。

陆游出身世宦之家，幼年时逢金兵南侵，他随家人长期逃难，"儿时万里避胡兵"给他留下了深刻的印象。所以陆游为官后一直力主北伐，但随着北伐失败，陆游被罢官还乡，直至46岁方复出，远行入蜀任夔州通判。

少年时代的陆游，由于勤奋学习，能写一手出色的文章。29岁那年，他参加两浙地区的考试，被取为第一名。恰巧奸相秦桧的孙子秦埙也参加这次考试，秦桧在考试前就暗示考官，要让秦埙得第一名。考官没买他的账，还是秉公办事，让陆游中了第一名。

这件事使秦桧十分恼火。到了第二年，陆游到京城临安参加考试。主考官发现陆游的文才，又想让他名列前茅。秦桧得知这件事，更是生气，蛮横地命令主考官取消陆游的考试资格，还要追究两浙地区试官的责任。从那以后，秦桧对陆游怀恨在心，不让他参加朝廷工作。直到秦桧死去，他才到临安担任枢密院的编修官。

陆游晚年才情不减，65岁闲居老家山阴，75岁时游沈园，回想起早年与前妻唐婉的不幸婚姻，虽然"梦断香消四十年"，但

◆《放翁词》书影

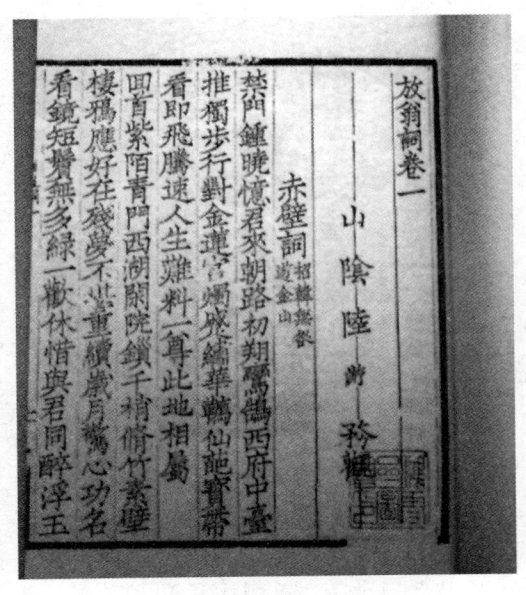

◆ 《放翁词》书影

仍悲从中来，写下《沈园》二首。1210年，这位86岁的爱国诗人病重。临终的时候，他还念念不忘恢复中原。他把儿孙们叫到床边，念了他最后一首感人肺腑的《示儿》诗："死去原知万事空，但悲不见九州同。王师北定中原日，家祭无忘告乃翁。"

陆游一生创作了大量作品。今存诗近万首，题材广泛，内容丰富，还有词130首和大量的散文。其中，诗的成就最为显著。前期多为爱国诗，诗风宏丽、豪迈、奔放。后期多为田园诗，风格清丽、平淡自然。他的诗最鲜明的特色是洋溢着强烈的爱国主义精神。他的词，多数是飘逸婉丽的作品，但也有不少慷慨激昂的作品，充满悲壮的爱国激情。

陆游的诗题材极为广泛，内容丰富，艺术方法主要是现实主义的，他的绝大多数篇章都是南宋时代社会现实的真实写照，同时

他在创作理论方面也主张写实，要反映社会实践，他说"道向虚中得，文从实处工"，又说"纸上得来终觉浅，绝知此事要躬行"。正如所有杰出的作家一样，在他的作品中也常常表现出现实主义和浪漫主义这两种精神、两种艺术方法的不同程度的结合。他在揭示现实种种不合理的现象时，总是把自己的社会理想、强烈的爱憎和明确的褒贬体现在作品之中。在白天，他目睹民族侵略、权奸误国的现实，不禁满怀激愤，渴望上马杀敌，报仇雪耻；这样的渴望不能实现，他就假托在夜晚的梦寐中去追求。

陆游一生饱经忧患，对普通人民所处的环境有充分的了解。他的作品在反映生活的深度和广度上，都达到了同代诗人难以企及的高度。陆游丰富的创作实践对他以后的宋代文坛产生了积极的影响，但更为显著的，还在于他强烈执着的爱国主义精神。

延伸阅读

陆游与美食

人们都知道陆游是南宋著名的诗人，但很少有人知道他还是一位精通烹饪的专家。在他的诗词中，咏叹佳肴的足足有上百首，还记述了当时吴中（今苏州）和四川等地的佳肴美馔，其中有不少是对于饮食的独到见解。陆游的烹饪技艺很高，常常亲自下厨掌勺，他对自己做的葱油面也很自负，认为味道可同神仙享用的"苏陀"（油酥）媲美。他还用白菜、萝卜、山芋、芋艿等家常蔬菜做甜羹，江浙一带居民争相仿效。

"一代词圣"辛弃疾

> 南宋著名词人辛弃疾生于金宋乱世,他一生留世600余首词,他的词雄奇豪放,苍凉沉郁,继承和发展了苏轼的豪放词风。辛弃疾是屹立在词史上的一块丰碑,被后人誉为"词中之龙""一代词圣"。

辛弃疾(1140年—1207年),南宋爱国词人,原字坦夫,改字幼安,中年名所居曰稼轩,因此自号"稼轩居士"。辛弃疾存词600多首,代表作品有《摸鱼儿》《水龙吟》《满江红》《西江月》《丑奴儿》等。

辛弃疾出生在金国建立初期的济南,他的祖父辛赞是金国将领,北方人民的深重苦难给他留下了深刻的印象。当时,山东有个农民叫耿京,他带领了一支起义军,经常打击金兵。辛弃疾也是山东人,他非常敬佩耿京,就组织了2000多人,加入了耿京的队伍。

起义军里面有个叛徒,叫张安国。他乘辛弃疾不在的时候,暗杀了耿京。起义军没有了领袖,就这样散掉了。辛弃疾从南方回来,叛徒张安国已经逃到金国的兵营里去了。辛弃疾就带了50名勇士,一起骑马奔向济州。辛弃疾的队伍到了济州官府,叛徒张安国正在里面设宴请客,一听是辛弃疾来了,有点心虚,但是一时还弄不清他们的来意,就吩咐兵士让他们进来。

他们也不跟张安国说话,就把张安国捆绑起来,拉出衙门。等济州兵士赶来的时候,他当场向兵士们宣布说:"朝廷大军马上就要来了。大家谁愿意抗金的,参加到我们队伍里来吧!"济州的兵士原来大都跟过耿京,听到辛弃疾的号召,有上万人愿意跟他们走。辛弃疾立刻带着义军,押着叛徒,直奔南方。辛弃疾把叛徒押到建康行营,南宋朝廷审清楚了张安国的罪行,立刻把他砍头示众。

◆《稼轩长短句》书影

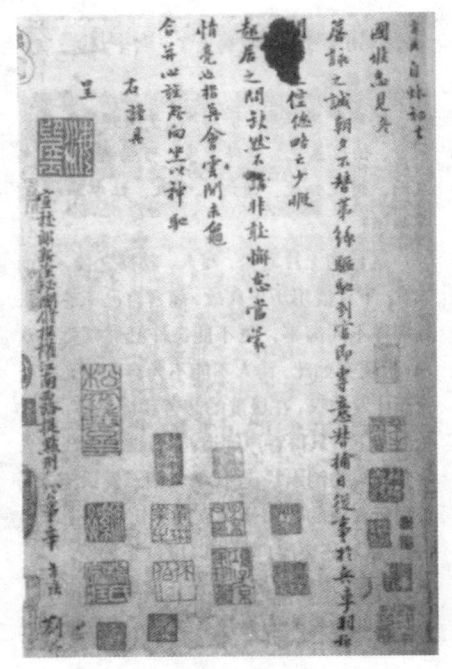

◆ 辛弃疾《去国帖》

南归后，辛弃疾生活在恶劣的政治环境中，他幻想奔赴沙场，收拾残破河山，这类词作，郁积着浓烈的爱国情思，具有鲜明的特色。辛弃疾一向很羡慕笑傲山林的隐逸高人，他常常一面尽情赏玩，享受着山水田园风光和其中的恬静之趣，一面心灵深处又不停地涌起波澜，时而为一生的理想所激动，时而因现实的无情而愤怒和灰心，时而又强自宽慰，作旷达之想，在这种感情起伏中度过了后半生。

辛弃疾的代表作品《西江月·夜行黄沙道中》是他闲居上饶带湖时期的名作。它通过自己夜行黄沙道中的具体感受，描绘出农村夏夜的幽美景色，形象生动逼真，感受亲切细腻，笔触轻快活泼，使人有身临其境的真实感，反映了辛词风格的多样性。

辛弃疾在词史上的一个重大贡献，就在于内容的扩大，题材的拓宽。他存世的600多首词作，写政治，写哲理，写朋友之情、恋人之情，写田园风光、民俗人情，写日常生活、读书感受，可以说，凡当时能写入其他任何文学样式的东西，他都写入词中，范围比苏词还要广泛得多。而随着内容、题材的变化和感情基调的变化，辛词的艺术风格也发生了各种变化。

辛弃疾的词以其内容上的爱国思想，艺术上的创新精神，在文学史上产生了很大的影响。与辛弃疾以词唱和的陈亮、刘过等，或稍后的刘克庄、刘辰翁等，都与他的创作倾向相近，形成了南宋中叶以后声势浩大的爱国词派。后世每当国家、民族危急之时，都喜从辛词中汲取精神上的鼓舞力量。

延伸阅读

嗜酒如命的辛弃疾

和大多数文人一样，辛弃疾也非常喜欢喝酒，经常喝得醉醺醺的。有一次，他醉倒在松树旁边，还问松树："我醉得怎么样？"松树当然不能回答。醉眼朦胧中，辛弃疾误以为松树要来扶他，于是用手推着松树说："去！"酒醒以后，他就挥笔写成《西江月·遣兴》，把这件逗人发笑的事写了进去。

喝醉了酒，不仅会浪费时间，而且还会损害健康。因此，辛弃疾就下定决心戒酒，还特地写了一首《沁园春》词。在词中，他以古人为例，讲了喝酒如何如何有害。可是有一天，他在山上游玩，见朋友拿了酒来，又急不可待地喝了起来，直至酩酊大醉。事后，他按照《沁园春》的韵脚，又写了一首词，说饮酒如何如何好。

第六讲

辽金元文学

契丹才女压须眉

> 被誉为契丹文人之翘楚的女性作家萧观音,是辽道宗耶律弘基的皇后。她流传的作品不多,只有《伏虎林应制》《君臣同志华夷同风应制》《回心院》词等15首作品。其中以传世之作《回心院》最为有名。

西汉李延年诗曰:"北方有佳人,绝世而独立。一顾倾人城,再顾倾人国。"中原之地固然文化灿烂,才女辈出,但是在北方辽国契丹,也有不少奇女子。萧观音便是其一,萧观音自幼聪明好学,喜欢读书和交游,会作诗,并能自制歌词,好弹筝,尤其是琵琶,且又容貌端庄秀丽,为萧氏诸女之冠。道宗称帝,立萧观音为皇后。

辽国是由契丹族建立的,当时主要由两大部落组成,一是皇帝族的耶律部落,一是皇后族的萧部落,这两大部落保留着上古时互婚的习惯,世代相配。辽国虽然自开国君主耶律阿保机开始,便命大臣制出契丹文字,但相对中原来说还是比较落后。辽国宫廷内,一向严禁读书,他们认为读书不但浪费时间,还会把一个人的脑筋弄得太复杂,所以皇后大多数也都温柔不足,英爽有余。辽国皇后多能指挥千军万马冲锋陷阵,过一种"马作的卢飞,弓如霹雳弦惊"的生活,但萧观音却是一个例外。

有一天,萧观音陪同辽道宗出猎,辽道宗骑着号称"飞电"的宝马,瞬息万里,出入深山幽谷,豪气勃发,萧观音便漫声吟道:"威风万里压南邦,东去能翻鸭绿江;灵怪大千俱破胆,那教猛虎不投降。"此诗借打猎为题,表现出雄心万里、威震四方的气概,辽道宗大为高兴,当即把那个地方命名为"伏虎林"。

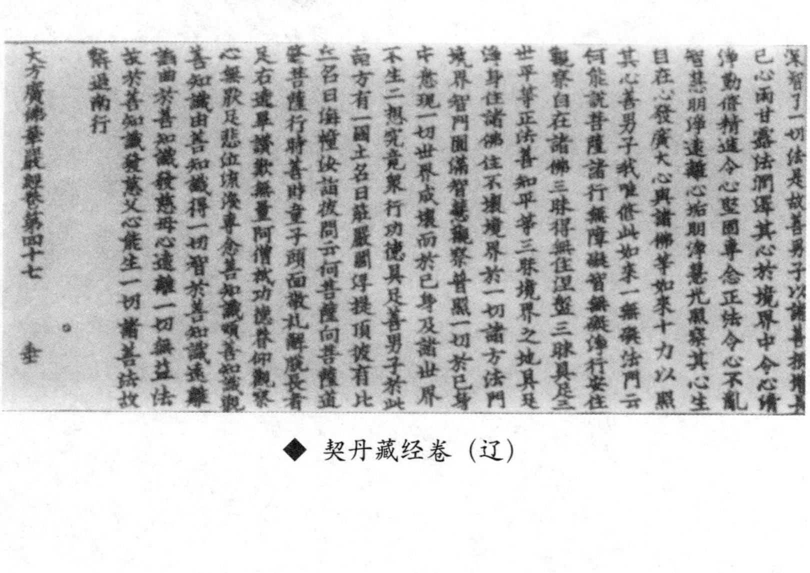

萧观音本来备受辽道宗恩宠,

◆ 契丹藏经卷(辽)

未获准，遂作《绝命词》一首，饮恨而逝。

萧观音传世之作以《回心院》最为有名。《回心院》情致缠绵，加上宫廷乐师赵惟一谱的音乐。一支玉笛，一曲琵琶，丝竹相合，每每使听的人怦然心动。

《回心院》作为一个词牌，是由萧观音自创，六句28字，可押平韵可押仄韵。而《回心院》十首形式相同，写法也类似，都是一二句赋事做比，三四句起兴，五六句重复，表达思君之意。单首读来像一个奏鸣曲式的乐章，而十首连读，则像一部变奏曲，回环往返，一情十叹，颇为感人。

◆ 《回心院》词意图

然而好景不长。道宗在位既久，肆意射猎，怠于朝政，对萧观音也逐渐疏远起来。萧观音被道宗冷落，心中悲伤，遂作《回心院》词十首，并谱成曲子，以备演奏，希冀重获道宗宠幸。当时，宫中有伶官赵惟一能奏此词，因此得以经常出入宫闱。

辽国皇太叔造反作乱，皇族耶律乙辛平乱有功而加封太子太傅，渐渐大权独揽，萧观音的儿子即太子耶律睿颇为英明，耶律乙辛对他有些忌惮。于是就想利用关于萧观音与赵惟一的谣传予以打击，暗中派人作《十香词》，进一步构陷。最终道宗敕萧皇后自尽，萧观音自尽前，想见道宗最后一面，也

延伸阅读

《回心院》原词

扫深殿，闭久金铺暗。游丝络网尘作堆，积岁青苔厚阶面。扫深殿，待君宴。

拂象床，凭梦借高唐。敲坏半边知妾卧，恰当天处少辉光。拂象床，待君王。

换香枕，一半无云锦。为是秋来辗转多，更有双双泪痕渗。换香枕，待君寝。

铺翠被，羞杀鸳鸯对。犹忆当时叫合欢，而令独覆相思魂。铺翠被，待君睡。

装绣帐，金钩未敢上。解除四角夜光珠，不教照见愁模样。装绣帐，待君眠。

叠锦茵，重重空自陈。只愿身当白玉体，不愿伊当薄个人。叠锦茵，待君临。

展瑶席，花笑三韩碧。笑妾新铺玉一床，从来妒欢不终夕。展瑶席，待君息。

剔银灯，须知一样明。倘是君来生彩晕，对妾故作青荧荧。剔银灯，待君行。

热薰炉，能将孤闷苏。若道妾身多秽贱，泪沾御香看彻肤。热薰炉，待君娱。

张鸣筝，恰恰语娇莺。一从弹作房中曲，常和窗前风雨声。张鸣筝，待君听。

"文坛盟主"元好问

> 元好问是金末元初最有成就的作家和历史学家，是宋金对峙时期北方文学的主要代表，又是金元之际在文学上承前启后的桥梁，被尊为"北方文雄""一代文宗"或"文坛盟主"。

元好问（1190—1257年），字裕之，号遗山，世称遗山先生。山西秀容（今山西忻州）人，著有《元遗山先生全集》，词集《遗山乐府》。

元好问出身于一个世代书香的官宦人家。相传，他的祖先是北魏太武帝拓跋焘的儿子。后来，他的祖先又随北魏孝文帝由平城（今大同市）南迁洛阳，并在孝文帝的汉化改革中改姓元。北魏分裂之后，户籍落至汝州（今河南省临汝县）。五代时期以后，又由河南移家平定州（今山西省平定县）。

元好问出生后7个月，即过继给了他任县令的二叔父元格（后元好问称他为陇城府君）。

元好问生活的时代，正是金元兴替之际，金朝由盛而衰被蒙古灭亡，蒙古本是金的臣属，崛起后征伐四方而灭掉金国。在这样的大战乱、大动荡的社会环境里，元好问也经历着国破家亡、流离逃难的痛苦煎熬。

早年，他过着学生和公子哥儿的优裕生活。他随着继父元格，转徙于山东、河北、山西、甘肃的县令任上，得到了良好的教育，很早显露出文学才华，8岁即因作诗而获得"神童"的美誉。虽然初次参加科举未能魁名高中，但因多遇名人指教，学问大为长进，打下了做诗为文的深厚根基。太原王

◆ 元好问故居

中立（字汤臣）、翰林学士路铎（字宣叔）、名儒郝天挺（字晋卿）等都对元好问有过指教师授的功劳。

后来元好问经历多次挫折和遭受战祸、家破人亡，由山西逃难至河南并在豫西定居，备尝了人生的痛苦艰辛。不过，通过应试汴梁，他得以与朝中名人权要如赵秉文、杨云翼、雷渊、李晏等结好，不仅在学问上受到高明的指点，诗文大为进步，而且为以后的仕途进退也打下了重要基础。

中年入选翰林院，到当年的汴京城破被蒙古兵俘虏，是元好问宦海浮沉和仕途最终结束时期。这一时期，他因不满史馆的冷官生活，很快辞官回到豫西登封家中闲居。后被荐举出任镇平、内乡、南阳县令，再调金中央政府任尚书省令史，移家汴京，经历了蒙古围城、崔立叛降、汴京城破、被俘囚押等恶梦般的生活。

年过半百，他结束了羁系生活，作为囚徒，与家人辗转于山东聊城、冠氏之间，并逐渐与蒙古国的汉军首领严实、赵天锡等接上关系，生活逐渐好转和自由。随后他返回故乡忻州，68岁时在获鹿寓舍逝世。

元好问是一位才华横溢、多才多艺的文学家。他对当时所有的文学形式几乎都有涉足，如诗、词、歌、曲、赋、小说，传统的论、记、表、疏、碑、铭、赞、志、碣、序、引、颂、书、说、跋、状、青词，以及官府公文诏、制、诰、露布等，均掌握熟练、运用自如。其中，诗作成就最高，"丧

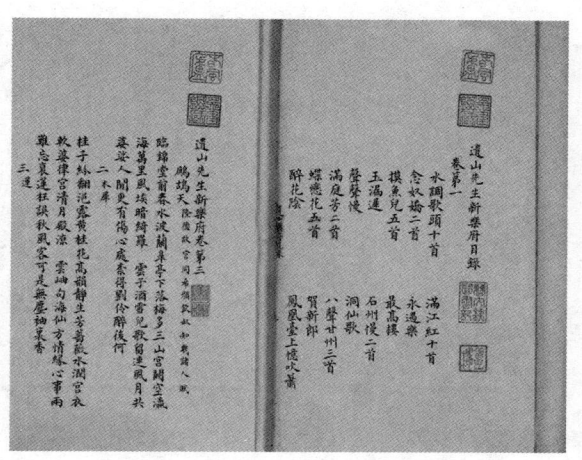

◆《遗山乐府》书影

乱诗"尤为有名；其词为金代一朝之冠，可与两宋名家媲美。他的《迈陂塘·雁丘词》中"问世间，情为何物？直教生死相许"的名句流传千古；其散曲虽传世不多，但在当时的影响极大，有倡导之功。他的同时代人和后世都对他的诗文有极高的评价。元好问又是一位高明的文艺理论家，他的《论诗三首》《论诗三十首》《与张仲杰郎中论文》《校笠泽丛书后记》等，都很精辟地评论了古代诗人诗派的得失。

延伸阅读

《迈陂塘·雁丘词》的由来

相传元好问赶考途中偶遇一猎人，猎杀了一只大雁，另一只虽逃出罗网，却悲鸣不肯去，后来撞地而死。元好问感于此，遂买下这两只死雁，把它们葬在汾水岸边，并堆起石头作标志，称之为"雁丘"，并为此写了《迈陂塘·雁丘词》。经典的魅力是无穷的，它也穿越时空流传了千年，让今天的人们仍感慨良久。我国台湾女作家琼瑶女士就化用这一典故，创作了《梅花三弄》的歌词。

"曲圣"关汉卿

> 关汉卿是"元曲四大家"之首,被后世称为"曲圣"。他的如椽大笔,是推动元杂剧脱离宋金杂剧的"母体"、走向成熟的杠杆,是标志戏剧创作走上艺术高峰的旗帜。

关汉卿(约1220—1300年),元代杂剧作家,中国古代戏曲创作的代表人物。与马致远、郑光祖、白朴并称为"元曲四大家",关汉卿位于"元曲四大家"之首。

关汉卿生活的时代,政治黑暗腐败,社会动荡不安,阶级矛盾和民族矛盾十分突出,人民群众生活在水深火热之中。他的剧作深刻地再现了社会现实,充满着浓郁的时代气息。既有皇亲国戚、豪权势要葛彪、鲁斋郎的凶横残暴,"动不动挑人眼,剔人骨,剥人皮"的血淋淋的现实,又有童养媳窦娥、婢女燕燕的悲剧遭遇,反映生活面十分广阔;既有对官场黑暗的无情揭露,又热情讴歌了人民的反抗斗争。慷慨悲歌,乐观奋争,构成了关汉卿剧作的基调。

在关汉卿的笔下,描写得最为出色的是一些普通妇女的形象,窦娥、赵盼儿、杜蕊娘、少女王瑞兰、寡妇谭记儿、婢女燕燕等,各具性格特色。她们大多出身微贱,蒙受封建统治阶级的种种凌辱和迫害。关汉卿描写了她们的悲惨遭遇,刻画了她们正直、善良、聪明、机智的性格,同时又赞美了她们强烈的反抗意志,歌颂了她们敢于向黑暗势力展开搏斗、至死不屈的英勇行为,在那个特定的历史时代,奏出了鼓舞人民斗争的主旋律。

关汉卿一生创作了许多杂剧和散曲,成就卓越。他的剧作为元杂剧的繁荣与发

◆ 关汉卿像

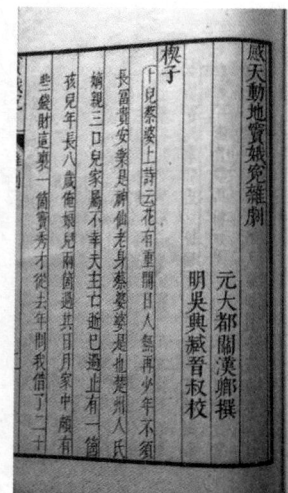

◆ 《感天动地窦娥冤杂剧》书影

展打下了坚实的基础，是元代杂剧的奠基人。他在生时就是戏曲界的领袖人物，《录鬼簿》中贾仲明吊词说他是"驱梨园领袖，总编修师首，捻杂剧班头"，"姓名香四大神物"。从元代周德清的《中原音韵》、明代何良俊的《四友斋丛说》到近代王国维的《宋元戏曲史》，都把他列为"元曲四大家"之首。

关汉卿一生创作了60多个杂剧，从民间传说、历史资料和元代现实生活里汲取了许多素材，真实地表现了元代人民反对封建阶级压迫与民族压迫的斗争。他的悲剧《窦娥冤》"列之于世界大悲剧中亦无愧色"（王国维《宋元戏曲史》），是中国古典悲剧的典范；他的喜剧轻松、风趣、幽默，是后代喜剧的楷模。他的杂剧无论在艺术构思、戏剧冲突、人物塑造、语言运用等方面，都为后世提供了许多宝贵的艺术经验。他的许多杂剧经过改编一直在舞台上演出，为人民所喜爱，给人以强烈的美的享受。

关汉卿的作品里带有理想色彩的现实主义精神更为后来接近人民的戏剧家所继承。根据他的《拜月亭》杂剧改编的《拜月记》在南戏与传奇里一直有着广泛而深远的影响。他的部分作品如《窦娥冤》《拜月亭》《单刀会》等700年来一直上演不衰，并且，早在100多年前，就被翻译介绍到欧洲。中华人民共和国成立后，关汉卿的研究工作受到高度重视，出版了他的戏曲全集。1958年，关汉卿被世界和平理事会提名为"世界文化名人"，北京隆重举行了关汉卿戏剧活动700年纪念大会。他的作品已成为中国人民和世界人民共同的精神财富。

延伸阅读

关汉卿巧言脱险

关汉卿因编演《窦娥冤》，触怒当朝权贵，被几名捕快拦住。

捕快问："你是干什么的？"

关汉卿开口不离本行，最后还哈哈大笑着答道："看我非我，我看我，我亦非我；装谁像谁，谁装谁，谁就像谁。"

捕快们觉得此人极可能是关汉卿。但他们都是关汉卿的戏迷，拿吧，心中不忍，不拿，回去无法交差。

其中一个捕快说："管他是谁，先带回去。"

关汉卿灵机一动，戏道："班头莫逞强，纵使得厚禄高官，得意无非俄顷事，眼下何足算，到头来抛盔卸甲，下场还是普通人。"

捕快们愣住了，此人看似疯癫，却语含玄机，临事不惊，万一自己拿错了人，徒惹麻烦。

捕快头目说："放他走吧，这是个书呆子。"

关汉卿从容出城，逃过此劫。

元曲大家白朴

> 著名的元曲杂剧家白朴出身于具有浓厚文学气氛的家庭,他是元代最早以文学世家的名士身份投身于戏剧创作的作家。他与关汉卿、马致远、郑光祖一起,被世人称为"元曲四大家"。

白朴(约1226—1306年),原名恒,字仁甫,后改名朴,字太素,号兰谷。元代戏曲作家、词人。代表作品有《梧桐雨》《墙头马上》等。

白朴出身于官僚士大夫家庭,父亲白华为进士,官至枢密院判,白家与一代良臣、著名词人元好问为世交,两家子弟,常以诗文相往来。可以说,白家是完完全全的上流家庭。白朴出身如此,应该是真正的贵族,本应优游闲适,读书交友,博取功名。却偏偏遭逢金将崔立叛降,南京(今开封)失陷,兵荒马乱,家人失散。王公大臣的妻女被送往蒙古军中受辱,恰恰白母也在其中。战乱中,父亲音信全无,白朴几乎丧命,幸好元好问救了他和姐姐的性命,渡过黄河,来到山东聊城,最后定居于山西忻州。

不管是谁拥有这样的经历,都会成为心灵中无法抹去的阴影。蒙古军队的残酷、朝廷的软弱、遍地的死尸、流散的百姓,以及最后元军统一全国,所有这些,都在向着白朴最不愿意看到的方向发展。不过,白朴的仕途之心,就此死亡,他不可能为掳去母亲的元朝廷效力,不可能与那些曾经杀害自己亲人的蒙古人做同僚,甚至终身不与蒙古人交朋友。

在白朴的成长过程中,有一个人对他起过相当重要的影响,这就是元好问。1233年南京被攻陷后,一片喊杀声中元好问抱着被他视为"元白通家旧,诸郎独汝贤"的神童

◆ 白朴像

◆ 《梧桐雨》插图

白朴逃出京城，自此，白朴有很长一段时间生活在他身边。白朴自幼聪颖好学，这时又有大学问家元好问的悉心指导，因此他的学业取得突飞猛进的进步，十几岁就已才华出众，声名远扬。

由于白朴自幼受元好问的熏陶，学问厚实，文学素养高，成就突出。他一生不走仕途，专心写作，著有16个杂剧剧本，可惜流传下来的只有3个完整本，即《裴少俊墙头马上》《唐明皇秋夜梧桐雨》《董秀英花月东墙记》；另有《韩翠颦御水流红叶》和《李克用箭射双雕》两本剧的残曲。

白朴是一个非常矛盾的人物，从其出生来说，虽然是官宦后人，却无缘荣华富贵；少年满怀抱负，却饱经战乱；作为元朝子民，却身负掳母之仇；虽然才华横溢，却整日郁郁寡欢；许多亲友都为官吏，但他却无意仕途。可以说，白朴人生的每一个重要关头，都是不如意的。也难怪他要说："千古是非心，一夕渔樵话。"

白朴继承了我国古代的现实主义优良传统，特别是他精心塑造人物、巧妙构思情节、细腻描写心理的艺术技巧，以及优美清丽、朴素自然、富有文采的语言，历来为人们所称道，使他在元代剧坛享有盛名。

延伸阅读

白朴与元好问

在白朴心中，元好问的地位要超过其父亲白华。一来是因为7岁时白朴就与父亲失散，由元好问一手带大，叔侄间的情分远远超越了父子感情。最明显的一个例子就是在北渡路上，幼小的白朴染上伤寒，昏迷不醒，元好问便日夜将其抱在怀中，6天后，他竟然"得汗而愈"。二来是与父亲白华重逢后，白朴得知父亲做了元朝的一个小官，委曲求全的父亲完全颠覆了他的价值观。特别是在成年后，父亲多次让他放弃杂剧，求取功名，使得白朴负气浪走江南10年。虽然元好问也未必赞成他从事杂剧创作，因为杂剧毕竟不合当时正统儒家文人的观念，但他绝不会强求白朴做不愿意做的事。

"曲状元"马致远

> 马致远是"元曲四大家"之一,他的语言艺术成就尤为突出,是一个独具特色的元杂剧作家。他的散曲在元代前期作家中成就很高,为后世所推崇。

马致远(1250—1324年),字千里,号东篱,大都(今北京)人。他是一位"姓名香贯满梨园"的著名作家,又是"元贞书会"的重要人物,也是历来所说的"元曲四大家"之一,被尊称为"曲状元",在元代的文学史上占有极重要的地位。

在马致远生活的年代,蒙古统治者开始注意到"遵用汉法"和任用汉族文人,却又未能普遍实行,这给汉族文人带来一丝幻想和更多的失望。马致远早年曾有仕途上的抱负,他的一套失题的残曲中自称"写诗曾献上龙楼",却长期毫无结果。后来担任地方小官吏,也是完全不能满意的,在职的时间大概也并不长。在这样的蹉跎经历中,他渐渐心灰意懒,一面怀着满腹牢骚,一面宣称看破了世俗名利,以隐士高人自居,同时又在道教中求解脱。马致远的晚年过着"林间友""世外客"的闲适生活,号"东篱",以示效陶渊明之志。

马致远著有杂剧16种,存世的有《破幽梦孤雁汉宫秋》《江州司马青衫泪》《吕洞宾三醉岳阳楼》《半夜雷轰荐福碑》《马丹阳三度任风子》《开坛阐教黄粱梦》《西华山陈抟高卧》7种。马致远的散曲作品也负盛名,现存辑本《东篱乐府》一卷,收入小令104首,共17套。他的《天净沙·秋思》脍炙人口,被誉为"秋思之祖"。

马致远的杂剧内容以神化道士为主,剧本全都涉及全真教的故事,元末明初贾仲明在诗中说:"万花丛中马神仙,百世集中说

◆ 马致远塑像

◆ 《汉宫秋》插图

致远。"

《汉宫秋》是马致远早期的作品，也是马致远杂剧中最著名的一部，敷演王昭君出塞和亲的故事。历史上的这一事件，原只是汉元帝将一名宫女嫁给内附的南匈奴单于作为笼络手段，在《汉书》中的记载也很简单。而《后汉书·南匈奴传》加上了昭君自请出塞和辞别时元帝惊其美貌、欲留而不能的情节，使之附上一层神秘的传奇色彩。马致远的《汉宫秋》则在上述基础上再加虚构，把汉和匈奴的关系写成衰弱的汉王朝为强大的匈奴所压迫；把昭君出塞的原因，写成毛延寿求贿不遂，在画像时丑化昭君，事败后逃往匈奴，引兵来攻，强索昭君；把元帝写成一个软弱无能、为群臣所挟制而又多愁善感、深爱王昭君的皇帝；把昭君的结局，写成在汉与匈奴交界处的黑龙江投江自杀。这样，《汉宫秋》就成了一种假借特定的历史背景而加以大量虚构的宫廷爱情悲剧。

《汉宫秋》也包含了一定的民族情绪，主要反映在民族战争中个人的不幸。像金在蒙古压迫下曾以公主和亲，宋亡后，后妃宫女都被掳去北方，这些史实都给了马致远较深的感受。

马致远的思想在元代文人中是有代表性的，对于后世的影响也较大。他对是非不分、贤愚不辨的社会现象感到愤慨，乃至陷于绝望的境地，于是便企图从修真养性、隐居乐道中寻找精神寄托。他的消极情绪是很明显的，但在悲凉的思绪中，回荡着难以遏制的激愤，这就给他的作品带来了豪放的气势。马致远的艺术才能，在元、明时就得到过很高的评价。

延伸阅读

马致远祠

马致远祠位于河北省沧州的东光县于桥乡镇马祠堂村。马祠堂村原名马庄。明成化年间，马致远之重孙马孔惠继其父马经之后，又中进士，加之马致远，马氏一门出了三位进士，成为村中人的荣耀。村中修建了马祠堂，马庄也从此改为马祠堂村。道光年间，东光县令肖德宣重新修建，"文革"期间，马祠堂被毁，2002年，专家确认马致远确系东光人之后，马祠堂村为纪念马致远，在原马祠堂的位置，修建了马氏宗祠。

著名剧作家郑光祖

元代活跃在南方戏剧圈的杂剧作家中,成就最为突出的当属郑光祖。郑光祖是"元曲四大家"之一,声誉很高。他的剧作词曲优美,甚得明代一些曲作家的称赏。《倩女离魂》的问世,使郑光祖"名香天下,声振闺阁"。

郑光祖,生卒年不详,字德辉,平阳襄陵(今山西襄汾县)人,元代著名的杂剧家和散曲家。著有《迷青琐倩女离魂》《㑳梅香骗翰林风月》《醉思乡王粲登楼》《辅成王周公摄政》《虎牢关三战吕布》等名作。

郑光祖早年习儒为业,后来去杭州为官,因而南居。他为人方直,不善与官场人物相交往,因此,官场诸公都很瞧不起他。可以想见,他的官场生活是很艰难的。但是,杭州的醉人风景和那里的伶人歌女,不断地触发着他的感情,他本来就颇具文学才情,因此便开始了杂剧创作。

郑光祖的剧目主要有两个主题,一个是青年男女的爱情故事,另一个是历史题材故事。这说明,在选择主题方面,他不像关汉卿那样敢于面对现实、揭露现实,他的剧目主题离现实较远。他写剧本,大多是出于艺术的需要,而不是政治的需要。

郑光祖描写男女爱情生活的剧作,以文采见长,语言典雅,受王实甫影响颇深。其《迷青琐倩女离魂》与《㑳梅香骗翰林风月》两部作品均明显受到《西厢记》的影响,但成就却各有不同,从思想内容或艺术手法上来看,《迷青琐倩女离魂》堪称杰作,《㑳梅香骗翰林风月》的成就则要差很多。

《迷青琐倩女离魂》简称《倩女离魂》,是根据唐代传奇《离魂记》改编而成的,其大致情节是:秀才王文举与张倩女经父母指

◆《倩女离魂》插图

腹为婚，倩女母因文举功名未就，不许完婚。后文举赴京应试，倩女魂魄相随，结伴至京。文举得官，二人同返故里。倩女灵魂与久卧床榻的倩女的病体合二而一，遂与文举成亲。剧本塑造了一个敢于违背封建礼教规范，追求自己爱情和幸福的女性形象。全剧抒情气氛浓厚，心理刻画也较细致。第一折送别，第二折倩女灵魂月夜追文举，第三折倩女怀想文举等曲词，都写得艳丽流畅，婉转动人。清人梁廷楠在《曲话》中称赞此剧曲辞是"灵心慧舌，其妙无对"。王国维则认为："如弹丸脱手，后人无能为役。"

郑光祖在《倩女离魂》一剧中，成功地塑造了一个对爱情忠贞不渝，感情真挚热烈的少女形象，因而使这一剧堪与《西厢记》相媲美。也正由于此，使郑光祖"名香天下，声振闺阁"。此剧对明人汤显祖的传奇《牡丹亭》的创作也有一定的影响。

郑光祖的历史剧，虽不及他的爱情剧引人入胜，但是，在描写人物内心活动方面，还是独具一格的。

他的《醉思乡王粲登楼》简称《王粲登楼》，虽然在剧情、结构方面无甚可取，但词曲工丽，对人物心境的描写颇具匠心。明人何良俊认为郑光祖元曲，当在关汉卿、马致远、白朴之上。他说："王粲登楼第二折，摹写羁怀壮志，语多慷慨，而气亦爽烈，至后《尧民歌》《十二月》，托物寓意，尤为妙绝。岂作脂弄粉语者，可得窥其堂庑哉。"确实，这些曲词，表现出了思乡之情和怀才不遇的愤慨，情感的真挚，意象的高远，语言的俊朗，能与人物当时的心境相映衬。

除了杂剧外，郑光祖还写过一些曲词，留至今日的，有小令6首，套数2曲。这些散曲的内容，包括对陶渊明的歌颂，即景抒怀，对故乡的思念，以及对江南荷塘山色的描绘。这些曲词无论写景抒情，都是清新流畅、婉转妩媚，在文学艺术上有很高的价值。

郑光祖在当时的艺术界享有很高的声誉，伶人都尊称他为郑老先生；他的作品通过众多伶人的传播，在民间产生了广泛的影响。他与苏杭一带的伶人有着紧密的联系，他死后，就是由伶人火葬于杭州灵隐寺中的。

延伸阅读

灵隐寺

杭州的灵隐寺原名"灵鹫寺"，始建于唐初。相传1400多年以前，今秦岭湾门前，有一座笔架山，笔架山左侧，是块凤凰朝阳地。原先这里荆棘丛生，荒无人烟。后有一吴姓僧人在山后住，以打柴种地为生。一天，僧人在笔架山丛林打柴，因为天热，将道袍脱下，挂在树枝上，又去忙活。忽然，一只大雁凌空而下，将袍叼走，向南飞去，至现在的灵隐寺落下。吴僧望空向南一路追来，但见此处绿树森森，翠柳成荫。绿影婆娑间，一岭土坨南头北尾，前饮碧水绿荷，后交浮菱青湖，左、右两侧隆起两扇翼状土丘，整个地貌有如巨鹰卧地。吴僧人感悟为神鹰指点，遂于此焚香祷告，搭棚立寺，故名"灵鹫寺"。

王实甫与《西厢记》

> 王实甫是元代著名的剧作家,是文采派(过去论曲,以文采、本色划分派别,用以说明一个作家的语言风格)的代表作家。他的《西厢记》是一部优美动人的言情传奇小说,与明代《牡丹亭》和清代的《长生殿》《桃花扇》一起被誉为"四大名剧"。

王实甫(1260—1336年),字德信。元代杂剧作家,著名剧作《西厢记》的作者。

王实甫的祖籍是今河北保定的定兴县。他的父亲王逖勋从质子军(元代军队名。为了防止藩属及将领的叛变,而召其子弟组编成军,以便挟制),跟随成吉思汗西征至西域,娶信仰伊斯兰教的阿噜浑氏为妻。阿噜浑人在元代为色目人之一种,亦称"回回人"。

王实甫不仅出身官宦名门之家,而且他自己也是做过官的。先以县官入仕,因治县有声,后提升为陕西行台监察御史。本来前途无量,但因"与台臣议不合",40岁即弃官不复仕。回到大都后,他一头扎进关汉卿的"玉京书会",出入于歌台舞榭之中,厮混于勾栏瓦舍之间,开始了他的戏剧创作生涯。

王实甫的儿子王结,《元史》中有传,"以宿卫入仕,官至中书左丞、中书参知政事,地位显赫"。王结对自己有这样一位"不务正业"的父亲,感到脸上无光,曾劝解父亲不要涉足"歌吹之地",在家安心养老,有"微资堪赡赒,有园林堪纵游"。但王实甫痴迷于"风月营,密匝匝,列旌旗。莺花寨,明飚飚,排剑戟。翠红乡,雄赳赳,施谋智。作词章,风韵美。士林中,等

◆《西厢记》插图

辈伏低"，他乐此不疲，已不可能放弃他的创作了。王结也无可奈何。

王实甫的创作活动稍晚于关汉卿，约在13世纪末至14世纪初。剧作存目14种，其中有《西厢记》《破窑记》《贩茶船》《芙蓉亭》等，另存散曲数首。《西厢记》是在金代董解元《西厢记诸宫调》的基础上创作而成的，但思想性、艺术性均大大提高，后人称"新杂剧，旧传奇，《西厢记》天下夺魁"。

《西厢记》叙述了张生和崔莺莺邂逅相遇、一见钟情，经红娘的帮助，为争取婚姻自主，敢于冲破封建礼教的禁锢而私下结合的爱情故事，表达了对封建婚姻制度的不满和反抗，以及对美好爱情理想的憧憬和追求。几百年来，它曾深深地激励过无数青年男女的心。

《西厢记》的曲词华艳优美，富于诗的意境，可以说每支曲子都是一首美妙的抒情诗。"碧云天，黄花地，西风紧，北雁南飞。晓来谁染霜林醉？总是离人泪……"被人们广为传诵。曹雪芹在《红楼梦》中，也通过林黛玉的口，称赞它"曲词警人，余香满口"。《西厢记》是我国古典戏剧的现实主义杰作，对后来以爱情为题材的小说、戏剧创作影响很大，《牡丹亭》《红楼梦》都从它那里不同程度地吸取了反封建的民主精神。

《西厢记》在我国是一部家喻户晓的剧作，也是中国文学史上的一部不朽名著，诞生700年来，被全国多个剧种演唱至今，久演不衰。

◆ 《西厢记》插图

延伸阅读

《西厢记》走向世界

《西厢记》有日、英、法、德、俄、意、拉丁语等译本走向域外，受到世界各国人民群众的热烈欢迎，在世界文学艺术史上占有崇高的地位，也渐得各国研究家的高度评价。如俄国柯尔施主编、瓦西里耶夫著的《中国文学史纲要》说："即使在全欧洲恐怕也找不到多少像《西厢记》这样完美的剧本。"日本河竹登志夫的《戏剧概论》将《西厢记》和古希腊索福克勒斯《俄狄浦斯王》、印度迦梨陀娑《沙恭达罗》并列为世界古典三大名剧，从更广阔的世界戏剧史的角度，给《西厢记》以高度评价。

高明与《琵琶记》

高明所著的《琵琶记》是我国古代戏曲中的一部经典名著，写汉代书生蔡伯喈与赵五娘悲欢离合的故事，共42出，高明也因此被誉为"传奇之祖"。

高明（约1307—1371年），字则诚，号菜根道人。元代戏曲家。浙江瑞安人，瑞安属古永嘉郡，永嘉亦称"东嘉"，故后人也称他为"高东嘉"。

高明生于书香门第，祖父高天锡、伯父高彦都是诗人，家里的兄弟也都能诗擅文，受家庭的熏陶，高明在青年时期就以学识渊博著称，诗文之外，尤擅长词曲。

高明曾受业于理学家黄晋，元至正五年（1345年）中进士，他先后任处州录事、杭州行省丞相掾、江南行台掾、福建行省都事等职。元至正八年（1348年），当方国珍在浙东起义反元时，高明被任命为浙东阃幕都事，但到任不久，因与元人主帅论事不合，便辞官归隐。

后来当投降元朝做了万户的方国珍要留他任幕僚时，他力辞不从，隐居于宁波城东栎社，闭门谢客，一心从事戏曲创作，《琵琶记》就是在这一时期写成的。明王朝建立后，朱元璋闻其名，征召其入朝，高明以疾辞。高明除作有《琵琶记》外，还作有南戏《闵子骞单衣记》，今已佚，诗文有《柔克斋集》20卷。

《琵琶记》是根据早期的宋元南戏《赵贞女蔡二郎》改编的，被称为"南戏之祖"，代表了南戏创作的最高成就。

《琵琶记》的人物很有个性，其主要人物已成为艺术典型。赵五娘是全剧中最为光辉的一个人物形象，以自己柔弱的肩膀，承担起了全部的生活重担，既尽了心，又尽了力。丈夫进京赶考，她独自一人在家侍奉公婆，承担起家庭的全部

◆《琵琶记》书影

故的运用,是一种高度诗化的语言,是一种高雅的语言。这是由于他们的文化水平,和富贵生活的环境而决定的。赵五娘这条线的人物,用的是本色语言。自然朴实,通俗易懂,生活气息很浓。不讲究词藻的华丽、典故的运用、词句的雕琢。这是一种接近于人民生活的语言。

《琵琶记》是一部值得弘扬的优秀剧作,不论在思想内容上、人物形象上,还是在结构和语言方面,都有独特之处。全剧典雅、完整、生动、浓郁,显示了文人的细腻目光和酣畅手法,是高度发达的中国抒情文学与戏剧艺术的结合。

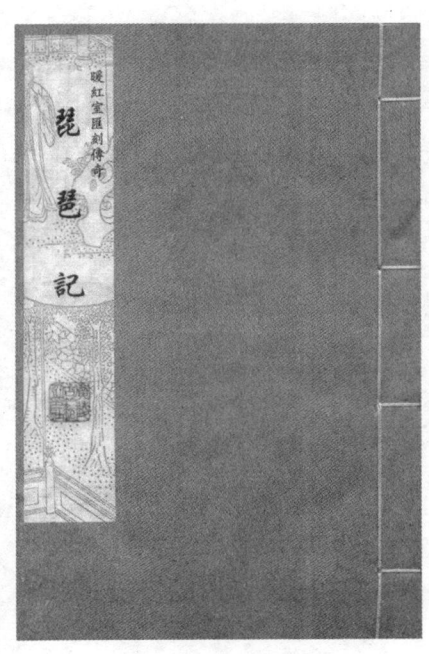

◆ 《琵琶记》书影

重担。饥荒年间,她把可怜的救济粮留给公婆,自己却在背后偷偷吃糠。公婆死了,无钱买棺材,她剪下头发,沿街叫卖。在赵五娘身上,体现出了中华民族多方面的优秀品德,她是一个光彩照人的贤孝妇形象。正因如此,赵五娘的形象才长期活跃于舞台,流传于民间。蔡伯喈被塑造成了一个贤孝子的形象,又是一个有情的丈夫。他在京城,处于锦衣玉食的生活之中,并没有忘掉父母的养育之恩,且时时想着家中的妻子赵五娘。

《琵琶记》所采用的是双线结构。一条线是蔡伯喈上京考试入赘牛府;一条线是赵五娘在家,奉养公婆。两条线之间彼此促进,互为增辉。《琵琶记》的语言,文采和本色两种兼备。蔡伯喈在京城生活这条线的人物,用的是文采语言,词句华美,文采灿然,语言富于色彩,讲究字句的雕琢,典

延伸阅读

《琵琶记》与古代孝道

在古代的孝道中,要维护父母的绝对利益,要儿子作出无谓的牺牲,作奴隶式的服从,诸如"父要子亡,子若不亡,则为不孝",或"割股救母"之类的愚孝,这是坏的一面。也有热爱父母,善事父母,为了报答父母的养育之恩,使父母安度晚年而奉献自己的力量,这就是贤孝,这是好的一面。《琵琶记》意在宣扬贤孝,宣扬孝道中好的一面,宣扬中华民族的优秀道德,这对我们今天进行社会主义精神文明建设,具有很大的现实意义。

第七讲

明代文学

四大名著之《水浒传》

《水浒传》是中国古代四大名著之一，是我国第一部章回体小说，是中国历史上第一部描写封建社会农民起义的长篇小说。《水浒传》具有豪放粗犷的阳刚美和崇高美，在人民群众中广为流传，这种美学风格对后来的英雄传奇小说产生了一定的影响。

关于水浒传的作者，历来有争议，一般认为是施耐庵所著。施耐庵（约1296—1370年），名子安，一说名耳，中国古代著名作家，元末明初人，原籍江苏兴化。

施耐庵家境贫寒，出身船家。童年时随父至苏州，13岁时在苏州附近的浒墅关读书。29岁时中举人，30岁赴元大都会试，结果落第。经友人推荐，到山东郓城任训导。在山东，他遍搜梁山泊附近有关宋江等人的英雄事迹，熟悉了山东的风土人情。35岁时，施耐庵考中进士，到钱塘任县尹，但只当了两年，便因与当道权贵不合，愤然悬印回到苏州。

元朝末年，张士诚农民起义队伍占据苏州以后，施耐庵弃笔从戎，为张士诚的幕僚，这使他熟悉了农民起义军的军营生活和许多起义军首领。后发现张士诚等首领日益骄逸，料日后必败，随后离开张士诚部，在常熟河阳山和江阴祝塘一带以教书为生，并潜心创作《水浒传》。

生活中的施耐庵最痛恨偷鸡摸狗的人，因而他在写《水浒传》里的时迁时，开始曾把这个绰号叫"鼓上蚤"的地贼星，写得非常可恶，后来虽经多次苦心修改，都没能把时迁写好，连他自己看着也不满意。

有一次，他正坐在窗下苦思冥想，

◆ 施耐庵塑像

突然发现老母鸡不见了。施耐庵觉得这事蹊跷,跑出门一望,原来是东庄的李大。他便喊了声"李大!"李大作贼心虚,见施耐庵喊他,吓得"扑咚"往地上一跪,连声求饶。

施耐庵问他为什么偷鸡,李大说:"我有90岁的瞎老母亲,已3天没得一粒米下肚了,不得已才做了这种下贱事,真对不起先生。" 施耐庵对李大很同情,并对李大说:"我有二两银子用红布包了放在房间里的大梁上,你今晚如能偷到,偷鸡的事恕你无罪,银子也送给你拿回家奉养老母,不过今后可别再干这种营生了。"

李大不晓得施耐庵叫他偷银子有用意呢。原来施耐庵写时迁盗徐宁的传家宝,写来写去都不像,他宁愿用二两银子买个见识。晚上李大像只跳蚤似地往梁上一蹿,把银子偷走了,空红布包还是在梁上。施耐庵叫李大把银子拿回家去奉养老母,李大怎么也不肯要。施耐庵没有办法,只好在第二天大早,又派人送了二斗米到李大家。

据说,打这次以后李大便做起了小本买卖,再也没干过偷鸡摸狗的事。施耐庵随即把《水浒传》中有关写时迁的章节全部撕掉了,重新写了一遍,"鼓上蚤"时迁就是以李大为原形创作的。

《水浒传》成书以后,在民间广为传阅。朱元璋看到此书后很生气,将施耐庵逮捕,关进刑部天牢。后来在刘基的帮助下,托病就医被释放,由其弟子罗贯中接到淮安暂住养病,并继续整理《水浒传》。不久施耐庵去世,遗体安葬在淮安,后迁移到兴化

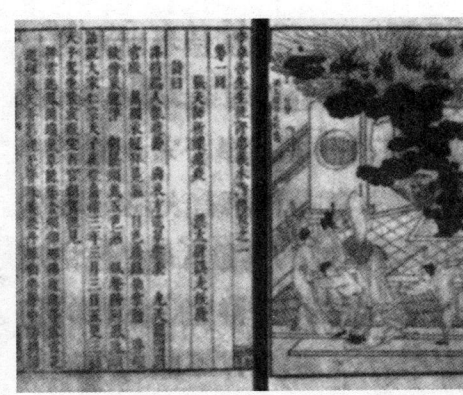

◆ 《水浒传》书影

白驹场施家桥。抗日战争时期,当地抗日民主政权将施耐庵墓整修立碑保护至今。

《水浒传》在艺术上取得了杰出的成就,人物形象的塑造写出了复杂的性格内容,人物性格的形成都有环境依据,同时随生活环境的变化而发展,带有理想色彩,又深深地扎根于生活的土壤之中。同时,小说在民间口语的基础上创造出一种通俗、简练、生动、富于表现力的文学语言。无论是作者的描述语言,还是作品人物的语言,许多地方都惟妙惟肖,有浓厚的生活气息,写景、状物、叙事、表情都极为灵动传神。

延伸阅读

宋江起义

《水浒传》的成书,取材于北宋末年宋江起义的故事。北宋末期,朝政腐败,对外献币乞和,对内恣意搜刮,农民苦于繁重赋税盘剥,致流离失所。宣和元年(1119年),宋江等36人占据梁山泊,招募义军,聚众起义,攻陷十余郡城池,惩治贪官,杀富济贫,声势日盛。宋徽宗赵佶闻知,纳知亳州侯蒙"赦过招降"建策,颁旨招安,未果,遂命知歙州曾孝蕴率军往讨。宋江战败被俘,起义遂被镇压。

四大名著之《三国演义》

> 罗贯中所创作的传世之作《三国演义》，不仅在国内家喻户晓，而且被翻译成十多个国家的文字，风行全世界，受到世界各国人民的喜爱。在国外，《三国演义》被誉为"一部真正具有丰富人民性的杰作"。

罗贯中（约1330—1400年），名本，字贯中，号湖海散人。元末明初著名小说家、戏曲家，中国章回小说的鼻祖。关于罗贯中的籍贯，世人一直有争议，目前大多数学者认为他出生于山西太原。

罗贯中一生著作颇丰，代表作《三国演义》，其他作品还有《赵太祖龙虎风云会》《忠正孝子连环谏》《三平章死哭蜚虎子》《隋唐两朝志传》《残唐五代史演义》《三遂平妖传》《粉妆楼》等。

元代中期，随着灭宋战争的创伤日渐平息，社会的经济、文化中心也开始由北方转移到了南方。南宋的故都杭州不仅成为人口云集、商业发达的繁华城市，也成为戏剧演出和"说话"艺术发展的重要中心。不少北方的知识分子、"书会才人"，如关汉卿、郑光祖等人，都先后迁居到了杭州一带。身为小说家兼杂剧作家的罗贯中，也必然受到这一社会潮流的影响，成为这些南迁作家中的一个。此外，许多说话艺人在这里说书，一些杂剧作家，也在这里活动。罗贯中与志同道合者为友，加上他对民间文学又极其喜爱，到了这里，自然不愿离开。

有人推测，宋代讲故事的风气盛行，

◆ 从左至右依次为诸葛亮、刘备、周瑜像

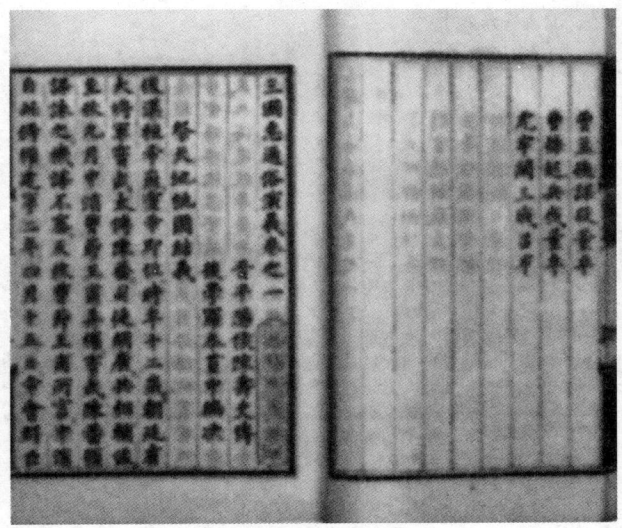

◆《三国演义》书影

说书成为一种职业，说书人喜欢拿古代人物的故事作为题材来敷演，而陈寿《三国志》里面的人物众多，事件纷繁，正是敷演故事的最好素材。三国故事某些零星片段原来在民间也已流传，加上说书人长期取材，内容越来越丰富，人物形象也越来越饱满，最后由许多独立的故事逐渐组合而成长篇巨著《三国演义》。罗贯中可能就是一个专门为说书艺人编写话本的书会才人，或者本身就是一个粗通文墨、技艺精湛的说书艺人。也有人认为，罗贯中是施耐庵的弟子，《三国演义》是他和罗贯中合著，或者由罗贯中续写。

《三国演义》描写的是从东汉末年到西晋初年之间近一百年的历史风云，反映了三国时代的政治军事斗争，反映了三国时代各类社会矛盾的渗透与转化，概括了这一时代的历史巨变，塑造了一批叱咤风云的英雄人物。在对三国历史的把握上，作者表现出明显的拥刘反曹倾向，以刘备集团作为描写的中心，对刘备集团的主要人物加以歌颂，对曹操则极力揭露鞭挞。今天我们对于作者的这种拥刘反曹的倾向应有辩证的认识。尊刘反曹是民间传说的主要倾向，在罗贯中时代则隐含着人民对汉族复兴的希望。

《三国演义》是中国第一部流传最广、影响最深、成就最高、气魄最大的章回体古典小说。罗贯中在我国的文学发展史上，建树了不可磨灭的伟大功绩，也为世界文学的宝库增添了灿烂的光彩。

延伸阅读

《三国演义》成书前的故事

罗贯中酷爱写作，在《三国演义》成书之前，他已经写出了好几部长篇小说。

有一天，罗贯中兴致勃勃地对一个朋友讲起了三国故事，比如刘、关、张桃园三结义，比如董卓之乱、赤壁大战，讲得绘声绘色。朋友听着听着，突然打断他的话头问道：

"怎么，看来你又准备把三国故事写成书啦？"

"是啊。魏、蜀、吴三国鼎立，战火连绵，人才辈出，倒是写书的好材料呢。"

"陈寿已经写过《三国志》，裴松之还为它作过注解，你又何必再写呢？"

"他们是以写真人真事为主，内容简单，不够生动有趣。我想在他们的基础上，把三国故事写成演义小说，真中掺假，假中有真，让天下男女老少，都爱听爱读。"

四大名著之《西游记》

《西游记》是明代小说中的"四大奇书"之一,是中国古代历史上最为成功的神话小说。《西游记》中的故事有许多早在民间流传,吴承恩在说书艺人和无名作者创作的基础上,进行了再创作,融入了自己对现实生活的感受,撰写了这部伟大的、具有现实意义的长篇小说。

吴承恩(约1500—1582年),明代小说家,字汝忠,号射阳山人。吴承恩一生创作的诗、词、文章有很多,可惜大部分已经散佚。后经人遍索遗稿,汇编为《射阳先生存稿》四卷。吴承恩喜爱野史奇闻,曾仿唐传奇创作《禹鼎志》,是一部有鉴戒意义的短篇志怪小说。当然了,他一生中最著名、最有影响的著作还是我们所熟知的长篇神话小说《西游记》。

其实,以唐僧西天取经为主线的西游记故事在宋代就流传于民间,但很粗糙,又不连贯。吴承恩一心想在前人有关著述及民间传说的基础上写出一部完整的《西游记》。

此前,他听说京城国子监和南都(南京)国子监都藏有全套刻印本《永乐大典》,其中收录有元末明初的话本《西游记》和元代杂剧《唐三藏西天取经》等几种不同版本。这些都是创作《西游记》前亟需阅读和参考的,可是一般人根本无法读到。

他寻思再三,借了盘缠,带上好友沈伯生(已高中进士,后升任南都国子监祭酒)写的几封信,赶到南京,在顾楼街文友朱祠曹家住下。吴承恩先后持沈的介绍信件找了几位官场上的朋友,可是他们都表示:国子监规制严格,无法借出《永乐大典》中收录《西游记》版本的零本。

无奈之下,只有花钱请国子监里读书

◆《西游记》插图(清)

◆ 玄奘像

的太学生们抄录了。而且这还多亏得到国子监里那位沈伯生友人的关照。吴承恩借宿的朱祠曹家距离国子监所在地的成贤街还有几里路。吴承恩每天下午就赶到国子监大门外耐心等候，拿到抄录好的书稿如获至宝，惟恐失落了一页。回到住处就翻阅，潜心研究。抄书稿的费用都是朱祠曹家垫付的。因为吴承恩乃是山阳一饱学寒士，根本拿不出那笔钱。

这次历时月余的南京之行，对于吴承恩创作《西游记》至关重要。他在自己的一篇文章里称"南都之行"是"觅宝而得宝"。南京人文荟萃，书肆（指出现于东、西汉交替之际的图书摊）很多，也给他留下了深刻的印象。做了多年的充分准备和资料积累后，吴承恩于71岁那年才动笔创作，呕心沥血，历时7年左右才完成了这部堪称世界文学瑰宝的巨著。

《西游记》以公元7世纪中国著名佛学大师唐僧（玄奘）到印度取经的故事为原型，虚构了唐僧和他的三个徒弟在取经路途中遭遇的种种艰难险阻，成功地塑造了一个不怕任何权威、与所有恶势力水火不容的神猴形象"孙悟空"，隐晦地表达作者自己对现实生活的愿望。

《西游记》向人们展示了一个绚丽多彩的神魔世界，人们无不在作者丰富而大胆的艺术想象面前惊叹不已。然而，任何一部文学作品都是一定社会生活的反映，作为神魔小说杰出代表的《西游记》亦不例外。通过《西游记》中虚幻的神魔世界，我们处处可以看到现实社会的投影。如在孙悟空的形象创造上，就寄托了作者的理想。

《西游记》不仅有较深刻的思想内容，艺术上也取得了很高的成就。它以丰富奇特的艺术想象、生动曲折的故事情节，栩栩如生的人物形象，幽默诙谐的语言，构筑了一座独具特色的《西游记》艺术宫殿。《西游记》在艺术上的最大成就，是成功地创造了孙悟空、猪八戒这两个不朽的艺术形象，这两个形象以其鲜明的个性特征，在中国文学史上立起了一座不朽的艺术丰碑。

延伸阅读

吴承恩与《西游记》

大型传奇神话立体电视剧《吴承恩与西游记》，拍摄于2007年。剧中，主人公吴承恩大智若愚、崇尚公正、风流倜傥、诗文书画、千古一绝，孙悟空、唐僧、猪八戒等《西游记》人物，与剧中原始人物形象交相辉映，丰富奇绝的神话、幻想、侠游与大胆有趣的艺术表现样式、现代高科技的立体表现手段，极大地扩展了天上人间的非凡想像。2009年12月4日，此剧获得比利时电影节"第一届国际立体电影节佩龙杯长篇奖"。

汤显祖和《牡丹亭》

明末戏曲家汤显祖,在中国和世界文学史上占有重要的地位,对当时和后世都产生了很大的影响。他的代表作《牡丹亭》是我国戏曲史上浪漫主义的杰作,除了有深刻的思想内涵外,艺术成就也非常卓越。

汤显祖(1550—1616年),字义仍,号海若、清远道人,晚年号若士、茧翁。江西临川人。明代末期戏曲剧作家、文学家,著有传奇《牡丹亭》《邯郸记》《南柯记》《紫钗记》,合称《玉茗堂四梦》。《牡丹亭》则是他的代表作。

◆ 汤显祖像

汤显祖5岁时便能与长辈联对,12岁在伯父汤尚质的影响下开始写诗,14岁为县学诸生,被誉为"神童",江西提学使何镗亲试其才,并指案为题,汤显祖从容对答曰:"形而上者谓之道,形而下者谓之器。"何镗异之道:"此生将来必以文章雄视天下。"汤显祖爱读"非圣"之书,广交"气义"之士,铸就了正直刚强、不趋炎附势的品格。

明隆庆四年(1570年),汤显祖参加乡试中举,并以制义(明、清时科举考试规定的文体,即八股文,亦称"制艺")创奇,被誉为举业八大家之一,名满天下。国子监祭酒汤宾尹赞其曰:"制义以来能创奇者,汤义仍一人而已。"丞相张居正闻知,欲收其为己所用,则待汤显祖入京参加会试之时,令其子至汤显祖下榻处求见,并许以本届会试"鼎甲",以示宠爱。汤显祖自知实力,不肯助张居正科场作弊,当即回绝,张居正恼羞成怒,在科场中设阻,至使汤显祖落榜。

汤显祖落第后,风尘仆仆回到家乡,抚州知府闻知其科场义举,举城相迎,并赞汤

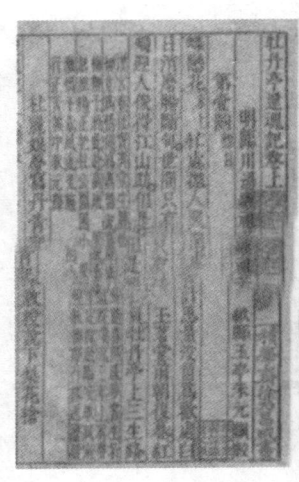

◆ 《牡丹亭》书影及插图

显祖为"真正状元"。张居正因把持朝政，会试考官皆马首是瞻，以其好恶来决定考生成绩，因众考官皆知汤显祖是张居正眼中钉，尽管汤显祖制义为天下第一，然而考官始终不敢公正对待其考卷，致使汤显祖连续落第。

汤显祖一生著述颇多，包括《问棘邮草》《玉茗堂诗集》（29卷）《玉茗堂文集》（百卷）《艳异集》（数10卷）《四书五经注》《五侯鲭字海》（20卷），以及《续虞初志》《紫钗记》《南柯梦》《邯郸记》《还魂记》《紫箫记》《别本茶经》《玉茗堂尺牍》《红泉逸草》《雍藻》《说海》《万锦娇丽》等，多为传世佳作。

汤显祖在当时和后世都有很大影响。即使是认为他用韵任意、不讲究曲律的评论家，也几乎无一不称赞《牡丹亭》，如晚于汤显祖20多年的沈德符说："汤义仍《牡丹亭》梦一出，家传户诵，几令《西厢》减价。"又说他"才情自足不朽"。和沈德符同时的戏曲家吕天成推崇汤显祖为"绝代奇才"和"千秋之词匠"。王骥德甚至说，如果汤显祖没有"当置法字无论"和其他弱点，"可令前无作者，后鲜来哲，二百年来，一人而已"。由于汤显祖的影响，明末出现了一些刻意学习汤显祖、追求文采的剧作家，如阮大铖和孟称舜等。

《牡丹亭》是汤显祖的代表作，也是我国戏曲史上浪漫主义的杰作。作品描述了杜丽娘和柳梦梅生死离合的爱情故事，洋溢着追求个人幸福、呼唤个性解放、反对封建制度的浪漫主义理想，感人至深。《牡丹亭》以文词典丽著称，曲词兼用北曲泼辣动荡及南词婉转精丽的长处。明吕天成称之为"惊心动魄，且巧妙迭出，无境不新，真堪千古矣"！

延伸阅读

不肯折腰事权贵的汤显祖

汤显祖一生蔑视封建权贵，常得罪名人。早年参加进士考试，因拒绝掌朝大臣张居正的利用而落选。中进士后，也拒绝当时执掌朝政的张四维、申时行的拉拢。在南京时，不和当时已有很大名声的王世贞、世懋兄弟往来，甚至在王举行的公宴上谢绝和诗。晚年淡泊守贫，不肯与郡县官周旋。这种性格作风使他同讲究厉行气节、抨击当时腐败政治的东林党人顾宪成、邹元标等交往密切，也使他推崇海瑞和徐渭这样"耿介"或"纵诞"的人物。汤显祖的这种性格特点在作品中也有明显反映。《明史》称他"意气慷慨""蹭蹬穷老"，这评语颇能概括其生平。

世情小说《金瓶梅》

《金瓶梅》的出现，使得中国长篇小说的题材类别趋于完备，形成了封闭的题材圈环。《金瓶梅》对世情类的长篇小说有首创之功，长篇小说的创作也从《金瓶梅》开始，进入了文人独立创作的时代。

谁是《金瓶梅》的真正作者？书上所署笔名"兰陵笑笑生"究竟是何方人氏？这个中国文学史和金学界的"哥德巴赫猜想"，400多年来一直困扰着专家学者和读者。最近，浙江学者陈明达以翔实的证据，考证出明朝黄岩人氏蔡荣名是《金瓶梅》真正的作者。

蔡荣名为何隐匿自己的真实姓名，这

◆《金瓶梅》故事图（清）

与当时文坛视诗文为高雅的时风有关，小说戏曲等通俗文学的地位低下，不被重视，作者的社会地位相应也较低，受到种种压制或歧视。但亦可能因专制政治的酷烈易招祸，或其人皆深极愤懑，有不可告人之隐，于是委屈譬喻而出之，可能是不愿、不敢、不屑罢了。于是，400多年来，读者为了寻找这个"兰陵笑笑生"，不知道花费了多少时间与精力。

蔡荣名，生于1559年，卒年不详，字去疾，别字簸凡，明朝黄岩人。蔡荣名出生于书香门第，少时聪颖异常，喜欢研习先秦和西汉的古诗文。长大后才华横溢，考中秀才。由于他鄙视传统的程朱理学，对问题有自己独特的见解，从不拾人牙慧。因此，到省里考了很多次，始终都没有考中举人。但他并不因此而穷愁潦倒，照样饮酒做诗写文章，创作出了《金瓶梅》。

《金瓶梅》的书名取自小说的第一主人公西门庆的三个主要的妾的名字——潘金莲、李瓶儿、庞春梅。也有人认为，实际上有更深一层的涵义，即"金"代表钱财，

"瓶"代表酒,"梅"代表女色。

《金瓶梅》借《水浒传》中武松杀嫂的一段故事为引子,通过对兼有官僚、恶霸、富商身份的封建时代市侩势力的代表人物西门庆及其家庭罪恶生活的描述,描绘了一个上自朝廷内擅权专政的太师,下至地方官僚恶霸乃至市井间的地痞、流氓、帮闲所构成的鬼蜮世界,反映了朝廷权贵与地方上的豪绅官商相勾结,压榨人民、聚敛钱财的种种黑幕,暴露了北宋中叶社会的黑暗和腐败,具有较深刻的认识价值。

《金瓶梅》是中国文学史上第一部由文人独立创作的长篇小说,开启了文人直接取材于现实社会生活而进行独立创作长篇小说的先河。从此,文人创作成为了小说创作的主流。《金瓶梅》之前的长篇小说,莫不取材于历史故事或神话、传说。《金瓶梅》摆脱了这一传统,以现实社会中的人物和家庭日常生活为题材,使中国小说现实主义创作方法日臻成熟,为其后《红楼梦》的出现做

◆ 《金瓶梅词话》书影

了必不可少的探索和准备。历代研究《金瓶梅》者,不乏其人,论著层出不穷。尤其是改革开放以来,更是倍受研究者之关注。

◆ 《金瓶梅词话》书影

延伸阅读

何谓世情小说

所谓世情小说,就是以"极摹人情世态之歧,备写悲欢离合之致"为主要特点,内容世俗化、语言通俗化的一类小说。学术界一般又用世情小说(或称"人情小说")专指描写世俗人情的长篇。于是,鲁迅称之为"最有名"的《金瓶梅》,就常常被看作是世情小说的开山之作。而且,本质地说,社会世情是丰富斑斓的社会生活的主体,也就无怪世情小说逐渐成为长篇小说的主流了。从这个角度看,《金瓶梅》对世情类长篇小说的首创之功,无论作怎样的肯定,都是不过分的。之后,明、清两代的世情小说,或着重于情爱婚姻,或主要叙家庭纠纷,或广阔地描绘社会生活,或专注于讥刺儒林、官场、青楼,内容丰富,色彩斑斓。

冯梦龙和他的"三言"

> 明代文学家冯梦龙以其对小说、戏曲、民歌、笑话等通俗文学的创作、搜集、整理、编辑,通过辛勤的笔耕和卓越的见识,为我国文学做出了独特的贡献。

冯梦龙(1574—1646年),明文学家、戏曲家。字犹龙,别署龙子犹、顾曲散人、墨憨斋三人等,长洲(今江苏吴县)人。

冯梦龙出生于明后期,冯氏兄弟三人被称为"吴下三冯"。其兄梦桂是画家,其弟梦熊是太学生,遗憾的是,他们的作品均已失传。冯梦龙自己的诗集存世也不多,但值得庆幸的是由他编纂的30种著作得以传世,为我国文化宝库留下了一批不朽的遗产。其中除世人皆知的"三言"外,还有《新列国志》《增补三遂平妖传》《智囊》《古今谭概》《太平广记钞》《情史》《墨憨斋定本传奇》,以及许多解经、纪史、采风、修志的著作,其中以其选编的"三言"影响最大、最广。

冯梦龙一生有涉及面如此之广、数量如此之多的著作,除了和他本人的志趣和才华有关外,也和他一生的经历密不可分。他的童年和青年时代与封建社会的许多读书人一样,把主要精力都放在了诵读经史以应科举上。但他的科举道路却十分坎坷,57岁时,才补为贡生,次年破例授丹徒训导,1634年升任福建寿宁知县,4年以后回到家乡。

纵览他的一生,虽有经世治国之志,但他不愿受封建道德约束而狂放,他对"敢倡乱道,惑世诬民"的李卓吾的推崇,他与歌

◆ 冯梦龙塑像

儿妓女的厮混，他对俚词小说的喜爱……都被理学家们认为是品行有污、疏放不羁，而难以容忍。因而，他只得长期沉沦下层，或舌耕授徒糊口，或为书贾编辑养家。

"三言"即《喻世明言》《警世通言》《醒世恒言》的合称，它们代表了明代拟话本的成就，是中国古代白话短篇小说的宝库。这三部小说集相继辑成并刊刻于明代天启年间。"三言"各40篇，共120篇，约三分之一是宋元话本，三分之二是明代拟话本。"三言"中较多地涉及了市民阶层的经济活动，表现了小生产者之间的友谊；也有一些宣扬封建伦理纲常、神仙道化的作品。此外，表现恋爱婚姻的也占很大比例，《杜十娘怒沉百宝箱》是其中最优秀的一篇，也是明代拟话本的代表作。

◆ 冯梦龙手记

◆ 《警世恒言》插图

延伸阅读

冯梦龙"三部曲"系列小说

《智囊》《古今谈概》《情史》三部书，可谓冯梦龙在"三言"之外的又一部"三部曲"系列小说。《智囊》之旨在于"益智"；《古今谈概》之旨在于"疗腐"；《情史》之旨在于"情教"，均表达了冯梦龙对世事的关心。而《智囊》是其中最具社会政治特色和实用价值的故事集。他在《智囊叙》中说："人有智，犹地有水；地无水为焦土，人无智为行尸。智用于人，犹水行于地，地势坳则水满之，人事坳则智满之。周览古今成败得失之林，蔑不由此。"他想由此总结"古今成败得失"的原因，其用意不可谓不深远。

凌濛初和他的"二拍"

凌濛初是一位优秀的通俗文学家,他的"二拍"包括《初刻拍案惊奇》和《二刻拍案惊奇》,在文学史上占有重要的地位,集中展现了明末资本主义萌芽时期中国社会生活的特征。

凌濛初(1580—1644年),明末小说家,字玄房,号初成,亦名凌波,别署即空观主人,乌程(今浙江湖州)人。

凌濛初自幼聪明好学,18岁补廪膳生。但自后累困场屋,抑郁不得志。崇祯七年(1634年),因拔副贡授上海县丞,63岁升徐州通判。次年苏北、山东一带爆发农民起义,凌濛初进见淮徐兵备何腾蛟进"剿寇十策",后又趁农民军新败,单骑入农民军劝说接受招安。崇祯十七年(1644年),与李自成农民起义军对抗,忧愤呕血而死。凌濛初著作极为宏富,但他最主要的成就还是在小说和戏剧创作方面。小说方面最大的贡献是编写了拟话本小说集"二拍"(《初刻拍案惊奇》和《二刻拍案惊奇》)。他还创作过杂剧9种,有《虬髯翁》《颠倒姻缘》《北红拂》等。

《初刻拍案惊奇》内容很复杂,思想倾向也不尽相同。故事题材虽多出自前代著述,但经过凌氏的再创作,却表现了明朝晚期的社会现实和时代气息,浸含着凌濛初本人的思想观念和愤世嫉俗的不平之气。《二刻拍案惊奇》是《初刻拍案惊奇》的姊妹篇,因前书印行后受到普遍欢迎,作者应书商之请续作,于崇祯五年(1632年)完成。

"二拍"中的有些作品反

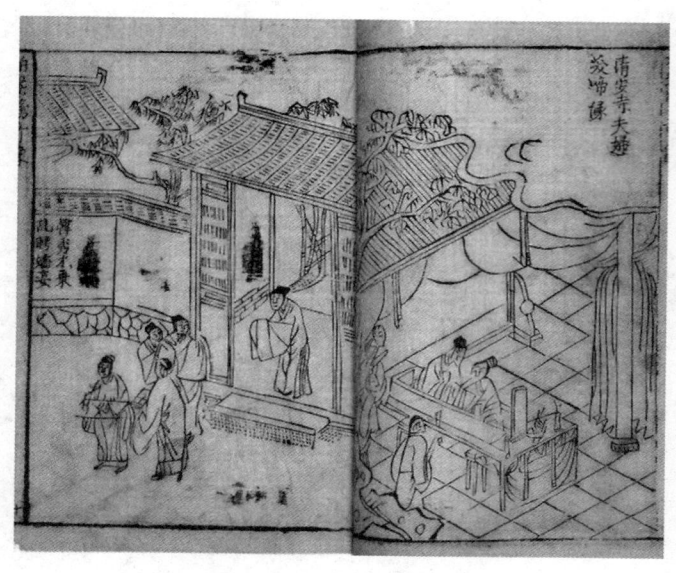

◆《初刻拍案惊奇》书影

映了市民生活和他们的思想意识，比如，《转运汉遇巧洞庭红》写商人泛海经商之事，可以看出明末商人们追求钱财的强烈欲望；《乌将军一饭必酬》《叠居奇程客得助》等重视商业描写，这在以往的短篇小说中非常罕见。

◆ 《二刻拍案惊奇》书影

"二拍"中有部分描写爱情和婚姻的作品，具有一定的社会内容。比如，《李将军错认舅》，描写了刘翠翠和金定忠贞不渝的爱情。先是翠翠迫使父母放弃"门当户对"的习俗陈规而和金定结合，后翠翠被李将军掳去作妾，金定又历尽艰辛，终于找到了翠翠。但迫于将军权势，夫妻不得相认，最后以双双殉情来表示他们之间至死不渝的感情。又如，《错调情贾母詈女》中贾闰娘与孙小官相爱，遭母横加干涉，后经种种曲折，这对有情人终成眷属。

"二拍"中还有一类作品，暴露了封建统治阶级的贪婪凶残、荒淫好色。比如，《青楼市探人踪》里，通过狰狞贪婪的杨金宪和狠心夺产的张廪生这两个形象，揭示了封建统治阶级阴险狠毒的本质，尤其是杨金宪的罪行更令人发指，为吞没五百两银子的贿赂，竟杀害了张廪生主仆五条人命。又

如，《进香客莽看金刚经》里写贪婪卑劣的柳太守，为夺取寺中收藏的价值千金的白香山手书金刚经，竟嘱盗诬攀某寺为窝藏盗犯之所，对住持多方迫害。

"二拍"颇善于组织情节，因此多数篇章具有一定的吸引力，语言也还生动，但从总的艺术魅力来说，比"三言"稍逊一筹。

延伸阅读

"三言二拍"

"三言二拍"是明代著名的拟话本系列，其在文学界的地位堪与《金瓶梅》相媲美，而且它们和《金瓶梅》一样，由于其中的一些情色描写，长期被统治者列为禁书。

由于"三言"和"二拍"编著年代相近，内容形式类似，故后人将其合称为"三言二拍"，是我国古代短篇小说集的代表作，在中国古代文学史上占有重要的地位。

明代戏剧"三大传奇"

《宝剑记》《浣纱记》《鸣凤记》为明代戏剧的"三大传奇",其中《宝剑记》名列第一,比另外两部传奇作品早20余年,是明代传奇中出现较早、影响较大的一部代表作品。

明代嘉靖年间,传奇创作出现了新的转机,首先是魏良辅等人融合其他声腔之长,对昆山旧腔进行了成功改革,创造出了一种纤徐宛转、流丽悠远的昆山新腔,昆腔从此成为传奇"正声",昆腔传奇也成为我国古代戏曲史上最为完整的表演艺术体系,并在城市剧坛雄据霸主地位近300年。其次,大批文人涉足剧坛,并在传奇创作中占据主导地位,他们直面现实,更加具备战斗精神,力图借助传奇创作来表达时代感受,张扬主体精神。社会政治的腐败,边境敌寇的骚扰,这些内忧外患都促使作家们在剧作中发出了沉重的呐喊。

《宝剑记》《浣纱记》《鸣凤记》三大传奇先后问世,这是明代中期传奇创作转变最为显著的表征,表明作者开始有意识地对政治、历史和人生进行积极探索,有力地提高了戏曲的思想水准与审美品格,这三部作品的出现,标志着明传奇已发展到一个崭新的历史阶段,预示着传奇创作高潮的即将到来。

李开先的《宝剑记》是明代戏曲史上第一部以水浒故事为题材的作品,描写的是林冲被逼上梁山的故事,但作者对《水浒传》的情节改动较大,并重塑了林冲的性格。传奇与小说的最大不同,就在于把林冲和高俅父子的冲突由社会冲突改变为政治冲突,强化了忠奸斗争的力度;其次,《水浒》中的林冲是一个由逆来顺受走向坚决反抗的草莽英雄形象,而《宝剑记》中的林冲一开始就是一个忧国忧民、与奸党势不两立的人物,他的上山是主动进攻后的自觉选择,且终于为了忠孝两全而受诏招安,这样就把这个草莽英

◆ 传统昆曲

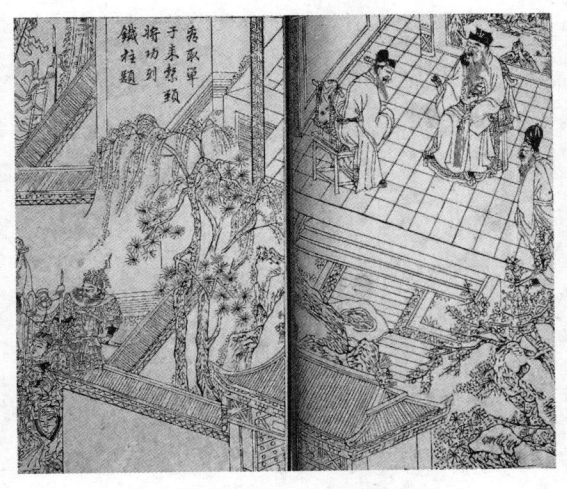

◆ 《鸣凤记》书影

雄的性格士大夫化了，同时也突出了"主动反权奸，自觉上梁山"的主题。作品描写的是宋朝旧事，实则与嘉靖年间的黑暗朝政有关，具有鲜明的现实意义。

梁辰鱼的《浣纱记》通过范蠡、西施的悲欢离合演绎了吴、越两国的兴亡，因此又名《吴越春秋》。剧本赞扬了二人将国家利益置于个人幸福之上的爱国行为和崇高精神，同时也渲染了西施在成为政治牺牲品时所感受到的深深悲哀；又以相当的篇幅批判了沉湎酒色、骄横腐化致使国败身亡的吴王夫差，表彰了卧薪尝胆、发愤图强而终于复国的越国君臣，具有激发明朝统治者励精图治的现实意义。此剧把男女爱情和家国兴亡融为一体，在明清戏曲史上具有开创性的意义，对《桃花扇》《长生殿》影响甚大；它又是首先用经魏良辅改革后的昆腔谱曲并演唱的传奇戏，使昆腔新声得以风行于世；其曲辞典雅藻丽，隽语连珠，是明代文人传奇走向典雅化的一个显著标志。

相传为王世贞或其门人所作的《鸣凤记》，主要描写嘉靖年间严嵩父子结党营私、把持朝政，被称为"双忠八义"的10位朝臣同他们展开了前赴后继的斗争，最终取得了胜利。剧作着力把邪恶一方的骄奢淫逸、残害忠良的行径揭露得淋漓尽致，把正义一方的浩然正气、大义凛然表现得充分透彻，造成了强烈的艺术感染力。作为中国戏曲史上第一部描写当代重大政治事件的时事剧，其鲜明的政治倾向、大胆的斗争精神以及干预时政的迅速及时，确实有振聋发聩的作用。同时在形式上突破了传奇以一生一旦为主角贯穿全剧的传统格局，而把重点放在忠义群像的刻画上，这也是前所未有的。

在明代中叶的三大戏剧中，《宝剑记》和《浣纱记》都或多或少地对现实作了曲折的反映，而《鸣凤记》则堪称戏曲史上较早、较完整地反映当时政治事变的现实戏。在《鸣凤记》为代表的反严系列戏之后，崇祯即位之初还出现过一次反映魏忠贤祸国殃民、表彰东林党人壮烈斗争的悲剧现实戏热潮，那正是《鸣凤记》积极参与现实政治斗争精神的延续与发展。

延伸阅读

明代四大声腔

所谓"明代四大声腔"是对中国明代南曲系统的浙江海盐腔、浙江余姚腔、江西弋阳腔和江苏昆山腔的合称。明代戏曲，在音乐上出现明显的地方化趋势，主要表现为地方声腔的崛起。对后世戏曲影响最大的是后两种，即弋阳腔和昆山腔，前者发展为在全国影响广泛的高腔系统，后者发展成典雅细腻的昆曲。

第八讲

清代文学

蒲松龄与《聊斋志异》

在名作如林、异彩纷呈的古典小说领域里，还没有一部作品能像《聊斋志异》那样，用文言写作，却又拥有众多的读者。《聊斋志异》自问世以来，很快风行天下，脍炙人口，经久不衰。

蒲松龄(1640—1715年)，字留仙，清代文学家，山东淄川（今属淄博市）人。

蒲松龄出身于一个逐渐败落的地主家庭，书香世家，但功名不显。父蒲槃弃学经商，然广读经史，学识渊博。蒲松龄19岁时，以县、府、道三个第一考取秀才，颇有文名，但以后屡试不中。20岁时，与同乡学友王鹿瞻、李希梅、张笃庆等人结"郢中诗社"。

三十多岁时，蒲松龄应好友孙蕙邀请，到江苏扬州府宝应县做幕宾。这是他一生中唯一的一次离乡南游，对其创作具有重要意义。南方的自然山水、风俗民情、官场的腐败、人民的痛苦，他都深有体验，还结交了一些南方下层歌女。北归后，以到缙绅之家（即有官职的或做过官的人家）设馆为生，主人家藏书丰富，使他得以广泛涉猎。71岁撤帐归家，过了一段饮酒作诗、闲暇自娱的生活。

蒲松龄一生热衷科举，却不得志，72岁时才补了一个岁贡生，因此对科举制度的不合理深有体验。加之自幼喜欢民间文学，广泛搜集精怪鬼魅的奇闻异事，吸取创作营养，熔铸进自己的生活体验，创作出杰出的短篇文言小说集《聊斋志异》。

大文学家王士禛对《聊斋志异》的赏识，算得上是蒲松龄人生的重要事件。王士禛，号阮亭，又号渔洋山人，新城人，官至刑部尚书，他创立"神韵说"，是清初一代文宗。蒲松龄曾应淄西知名人士毕际有的聘请，教毕际有的孙子们读书，也代毕际有父

◆ 蒲松龄像

无情地揭开了科举制度的黑幕，勾画出了考官们昏庸贪婪的面目，剖析了科举制度对知识分子灵魂的禁锢与腐蚀，谴责了考场中营私舞弊的风气。而对人间坚贞、纯洁的爱情，以及为了这种爱情而努力抗争的底层妇女、穷书生，他也予以衷心的赞美。此外，有些短篇则是阐释伦理道德的寓意故事，具有教育意义，如《画皮》《崂山道士》等。

《聊斋志异》充满了浪漫主义精神和惊人的想象力，这主要表现在对正面人物的塑造上，特别是表现在由花妖狐魅变来的女性形象上。另外，作者善于运用梦境和上天入地、虚无变幻的手法营造情节，冲破现实的束缚，表现自己的理想和愿望。《聊斋志异》内容丰富多彩，形象栩栩如生，故事新奇，结构巧妙，千姿百态。作者将古代小说中"志怪""传奇"和"人情"的精华特色揉为一体，艺术造诣在历代文言小说之上，是17世纪后半期话本、拟话本小说已过花红时节结出的硕果，也是我国微型小说从低级到高级的发展过程中的分水岭。

◆ 《聊斋志异》故事图（清）

子作一些应酬性文章。王士祯丁忧期间到西铺探望姑母，即毕际有的夫人，因此和蒲松龄相识。

王士祯对《聊斋志异》很感兴趣，向蒲松龄借阅后，写下36条评语，比如，说《张诚》是"一本绝妙传奇"，说《连城》"雅是情种，不意《牡丹亭》后复有此人"。此外，他还写下一首诗《戏题蒲生〈聊斋志异〉卷后》："姑妄言之姑听之，豆棚瓜架雨如丝。料应厌作人间语，爱听秋坟鬼唱时。"这首诗称赞《聊斋志异》的传奇性与趣味性。

《聊斋志异》是一部文言短篇小说集，共有短篇小说431篇。小说怀着对现实社会的愤懑情绪，揭露嘲讽贪官污吏、恶霸豪绅贪婪狠毒的嘴脸，笔锋刺向封建政治制度。蒲松龄对腐朽的科举制度有着切身的体会，通过《司文郎》《考弊司》《书痴》等篇，

延伸阅读

蒲松龄的辛酸科举路

蒲松龄一生不得志，他这个不得志恰好从少年得志开始。蒲松龄19岁的时候，参加秀才考试，他在淄川县、济南府、山东省，三试第一，成了秀才，录取蒲松龄的是山东学政施闰章。三试第一后，蒲松龄连续四次参加举人考试，全部落榜。直到72岁，仍只是个贡生。贡生是什么概念？贡生相当于举人副榜。贡生有几种，蒲松龄是"岁贡"，又叫"挨贡"，就是说做廪生时间长了，排队挨号挨上了贡生。

传奇戏曲《长生殿》

洪升的《长生殿》是奠定他在中国戏剧史和文学史上地位的传奇名作。《长生殿》的出现，标志着具有悠久历史传统的传奇创作，在继明代万历年间的第一个高峰之后，又出现了第二个高峰。

洪升（1645—1704年），清代戏曲作家、诗人。字昉思，号稗畦，又号稗村、南屏樵者。钱塘（今浙江杭州市）人。

洪升生于清顺治二年（1645年），正逢全家逃难，满月后才回到城里。洪姓是钱塘的望族，世代书香。其父之名不可考，好读书，喜谈论，出仕清朝。外祖父黄机，康熙朝官至刑部尚书和文华殿大学士兼吏部尚书。

◆《长生殿》书影

少年时代的洪升，曾受业于陆繁囗、毛先舒、朱之京等人，接受了正统的儒家教育，也受到他们遗民思想的熏染。他学习勤奋，很早就显露才华，15岁时已闻名当地，20岁时已创作出了许多诗文词曲，受到人们的交口称赞。

康熙二十七年（1688年），洪升把旧作《舞霓裳》传奇戏曲改写为《长生殿》，传唱甚盛。次年八月间，康熙的皇后董氏过世，照规矩"百日不作乐"，偏偏有一个戏班子，在这百日内，破戒开唱《长生殿》，触动了时忌，洪升也因此被革去监生，功名之路至此断绝。洪升突遭此难，在京中备受白眼揶揄，不得已于康熙三十年（1691年）返回故乡杭州。他疏狂如故，放浪西湖之上，写诗填词作曲。康熙三十六年（1697年），江苏巡抚宋荦命人安排演出《长生殿》，观者如蚁，极一时之盛。洪升在宴席上"狂态复发，解衣箕踞，纵饮如故"。自此之后，吴山、松江等地相继演出。康熙四十三年（1704年），江宁织造曹寅集南北名流为盛会，独让洪升居上座，演出全部

《长生殿》，历三昼夜始毕。自江宁返，行经乌镇，酒后登舟，坠水而死。

《长生殿》的问世，震动了当时的剧坛。"一时朱门绮席，酒社歌楼，非此曲不奏，缠头为之增价"，"畜家乐者攒笔竞写，转相教习，优伶能是，升价什佰"，当时剧场演出此剧时，"观者堵墙，莫不俯仰称善"。

◆ 《杨贵妃上马图》局部（元 钱选）

《长生殿》的情节以李隆基、杨玉环的爱情发展为主线，以安史之乱的政治局势为背景进行构思。全剧描写了李、杨爱情产生的合理性和必然性。在作者笔下，李隆基和杨玉环不单是封建时代的帝王和妃子，他们首先是活生生的有血有肉的人，具有人的情感和追求爱情的愿望，剧的前半部采取现实主义的手法，写李、杨爱情在人世间经过的波折、干扰与烦恼；后半部采取浪漫主义的手法，写李、杨爱情在神仙世界中的净化与升华，这样的处理寄托了作者的爱情理想。

《长生殿》在艺术上有较高的成就。它描写的社会背景广阔、事件繁杂、人物众多，在剪裁、结构方面也颇费经营，叙事或详或略，或起或伏，或正或侧，层次分明，安排巧妙。全剧抒情意味浓厚，不少场面的描写具有诗情画境。曲词优美，显示出了作者的才华，像《弹词》一出中的"不提防余年值乱离"成为传唱一时的名句，因而有"家家收拾起，户户不提防"的俗谚。

总之，《长生殿》是一部写得很出色的传奇戏曲。作者在广阔的社会、政治背景中表现李隆基和杨玉环的爱情悲剧，对历史素材加以精心选择和剪裁，进行了艺术的概括、集中和虚构，使事件和人物的描写基本符合历史真实，而且全剧写得有声有色，许多场面震撼感人，把历史剧的创作提高到了一个新的水平。

知识小百科

"南洪北孔"

清初的剧坛有两颗耀眼的明星——洪升和孔尚任，洪升创作的《长生殿》和孔尚任创作的《桃花扇》分别代表了古典戏曲创作的两座高峰，堪称"双璧"。洪升和孔尚任对中国古典戏曲的发展都作出了杰出的贡献，在中国文学史上占有很高的地位。因为洪升是南方浙江钱塘人，孔尚任是北方山东曲阜人，他们也因此享有了"南洪北孔"的美誉。

传奇历史剧《桃花扇》

《桃花扇》是清初剧作家孔尚任经十余年苦心创作,三易其稿写出的一部传奇剧本,历来受到读者的好评。《桃花扇》作为一部成熟的传奇历史剧,为古典历史剧的创作提供了典范。

孔尚任(1648—1718年),字聘之,又字季重,号东塘,别号岸堂,自称"云亭山人"。山东曲阜人,清初诗人、戏曲作家。

在洪升的《长生殿》脱稿11年之后,孔尚任酝酿已久的传奇历史剧《桃花扇》终于诞生了。一时间,京城内外的文士们纷纷传看传抄。孔尚任与洪升得以并列驰名天下,被人称为"南洪北孔"。金埴的绝句"两家乐府盛康熙,进御均叨天子知。纵使元人多院本,勾栏多唱洪孔词。"说的就是两剧都被送入皇宫内廷以及它们被唱遍各地情况的忠实记录。

明朝中期开始,传奇剧越来越多地以重大历史事件入戏,这无疑加强了传奇的厚重之感。直到清前期的《长生殿》和《桃花扇》的出现,历史剧的创作才真正被推到一个艺术的高峰。这两部戏剧都是在巨大的社会动荡中讲述一个悲欢离合的爱情故事,使爱情与政治达成完美的融合。区别在于《长生殿》是在国势兴亡中歌颂至死不渝的爱情,《桃花扇》则是"借离合之情,写兴亡之感"。

作为一部传奇剧,《桃花扇》有着特定的历史背景。明末,东林党与魏忠贤阉党的斗争十分激烈。在崇祯帝打击阉党的时候,东林党人曾进享入阁,后来东林党人失败了,继之而起的是复社的政治活动,他们以诗文方式讥讽议论朝政,在历史危亡之际表现出充分的政治热情和忧患意识。李自成打入北京,崇祯缢死,福王

◆ 孔尚任像

朱由崧逃到南京之后，阉党马士英、阮大铖不择手段地推举小福王为弘光皇帝，夺得了迎立之功，而史可法被排挤出南京，在扬州奋勇抗击清军。马、阮在南京搞打击报复，排斥异己，弄得朝政日非，人心惶惶。明朝人明白亡国与亡天下的不同，普通百姓奋起反抗。满清推行剃发易服，不屈死难者数千万。《桃花扇》的主人公李香君就是一个有着民族气节的女子。

《桃花扇》表现了明末时以复社文人侯方域、吴次尾、陈定生为代表的清流同以阮大铖和马士英为代表的权奸之间的斗争，揭露了南明王朝政治的腐败和衰亡原因，反映了当时的社会面貌。作者的创作意图是"借离合之情，写兴亡之感"，通过侯方域和李香君悲欢离合的爱情故事，表现南明覆亡的历史，并总结明朝300年亡国的历史经验，表现了丰富复杂的社会历史内容。

《桃花扇》是一部抒情韵味很浓的传奇剧，就文采而言，说它是诗剧毫不过分。作者将悲壮的历史、凄惨感伤的爱情有机地融合在一起，既令人动情不已又发人深思。跨过残垣断壁，透过无限相思泪，我们不难看出作者的良苦用心——以爱情的离合幻灭，显现美好梦想的破灭和道德理想的崩溃。孔尚任自称写《桃花扇》"不独使观者感慨涕零，亦可惩创人心，为末世之一救"。

◆ 李香君与侯方域像（清 陈清远）

知识小百科

何为"传奇"

所谓"传奇"，顾名思义，就是强调一个"奇"字，要求情节和人物具有独特性、新颖性，曲折多变地展现生活面貌，令人惊奇，引人入胜，即俗话所说"无奇不成戏，无巧不成书"。要达到这个要求，传奇作家就必须面向生活，自出机杼，善于运用多种多样的表现手法，对情节和人物做巧妙处理，传奇而不失其真。

"传奇"之名，起源于晚唐小说集《传奇》，最早特指唐代的短篇文言小说，宋代话本小说中也有"传奇"一类。元末明初时也有人将元杂剧称为"传奇"。自从宋元南戏在明代规范化、典雅化、声腔化和全国化之后，传奇就成为不包括杂剧在内的明清中长篇戏曲剧本的总称。

吴敬梓与《儒林外史》

> 《儒林外史》是我国古代讽刺文学的典范，吴敬梓对生活在封建末世和科举制度下的封建文人群像的成功塑造，以及对吃人的科举、礼教和腐败事态的生动描绘，使他成为我国文学史上批判现实主义的杰出作家之一。

吴敬梓（1701—1754年），字敏轩，号粒民，清代安徽全椒人。因家有"文木山房"，所以晚年自称"文木老人"，又因自家乡安徽老家移至江苏南京秦淮河畔，故又称"秦淮寓客"。

出身于仕宦名门的吴敬梓，自幼受到了良好的教育，对文学创作表现出了特别的天赋。同时，由于随做官的父亲迁徙各地而见识了大量的官场内幕。22岁时，父亲去逝，家族内部因为财产和权力而展开了激烈的争斗。经历了这场变故，吴敬梓既无心做官，又对虚伪的人际关系深感厌恶，无意进取功名。

后来，吴敬梓迁居南京，家境很困难，但仍爱好宾客交游，在和那批官僚、绅士、名流、清客的长期周旋中，也逐渐看透了他们卑污的灵魂，特别是由富到贫的生活变化，使他饱尝了世态炎凉，对现实有了比较清醒的认识，从而更加厌弃功名富贵。

此后，吴敬梓的生计更为艰难，靠卖书和朋友的接济过活。在冬夜无火御寒时，常邀朋友绕城墙数十里而归，谓之"暖足"。在经历了这段艰苦的生活之后，他一面更加鄙视形形色色的名利场中的人物，一面向往儒家的礼治。

但很可惜的是，这位才华横溢的文豪却因穷困潦倒过早地去世了。乾隆19年（1754年），他在完成《儒林外史》大作后不久，就病死了，仅活了53岁。

◆ 吴敬梓像

《儒林外史》是一面封建社会的"照妖镜",穷形尽相地描绘了儒林群丑的恶言丑行,绘声绘色地刻画了众多市民官绅的面貌情态,无情地揭露了腐朽的八股文取士的科举制度和它所带来的社会危害,歌颂了敢于冲击封建礼法和自食其力、洁身自好的传奇人物,尖锐地批判了程朱理学的虚妄,从一个侧面反映了中国封建制度的没落衰朽。

◆ 古代科举考试图

《儒林外史》是我国古代讽刺文学中的精品和典范,小说运用典型情节,深刻地揭露了社会矛盾。它不仅直接影响了近代谴责小说,而且对现代讽刺文学也有深刻的启发。现在,《儒林外史》已被译成英、法、德、俄、日等多种文字,成为一部世界性的文学名著。有的外国学者认为:这是一部讽刺迂腐与卖弄的作品,然而却可称为世界上一部最不引经据典、最饶诗意的散文叙述体之典范。它可与意大利薄伽丘、西班牙塞万提斯、法国巴尔扎克等人的作品相抗衡。

吴敬梓的一生,创作了大量的诗歌、散文和史学研究著作,有《文木山房诗文集》12卷,今存4卷。而最终确立他在中国文学史上杰出地位的,还是他创作的长篇讽刺小说《儒林外史》。该书中《范进中举》一文还被选入中学语文课本。

◆ 《儒林外史》书影

延伸阅读

范进其人

范进是《儒林外史》中的一个特色鲜明的人物。他的大半生穷困潦倒,到54岁才考进秀才。他中举之前,穷得揭不开锅,邻里没有一个人借米周济他。他地位卑微,受人歧视,岳父可以任意辱骂他。作者这样写范进中举前的生活状态:"这十几年,不知猪油也曾吃过两三回","家里已是饿了两三天",几句话写尽了范进家境的贫寒,而胡屠户对他的轻侮中更凸显他社会地位低下,面对屠户的训骂,他竟然"唯唯连声"。在这种情形下,他仍偷偷赴试,更表现出他对功名的疯狂追求。范进中举后,几十年来的贫困与屈辱都成为过去,梦寐以求的功名富贵出现了,政治、经济、社会地位的改变使他喜极而疯。

四大名著之《红楼梦》

《红楼梦》是一部中国封建社会末期的百科全书,也是世界文学经典巨著之一。《红楼梦》被评为中国最具文学成就的古典小说及章回小说的巅峰之作,被认为是"中国四大名著"之首。

曹雪芹(约1715—1763年),清代小说家,《红楼梦》的作者。字梦阮,号雪芹,又号芹圃、芹溪。祖籍辽阳。祖先原为汉人,后入旗籍,为正白旗。

曹雪芹生活在一个"百年望族"的大官僚地主家庭,雍正五年(1727年),他父亲曹頫因事受到株连,被革职抄家。从此,家族的权势和财产都丧失殆尽。经历了由锦衣玉食到"举家食粥"的贫民百姓的沧桑之变,他对封建统治阶级的没落命运有了切身感受,对社会上的黑暗和罪恶有了全面而深刻的认识。

据说大约在乾隆二十四年(1759年)时候,他应两江总督尹继善邀请到南京去了一趟,重访故居。那时的江宁织造府已成乾隆皇帝的行宫,不准入内;有的宅院也成为别家的园林,曹雪芹感慨万分。他还到处寻访江宁织造府里的旧人。在秦淮市井之间,访到他少年熟识的一个小丫头,过着孤苦伶仃的生活。曹雪芹很同情她的遭遇,就聘为续娶夫人,并给她取名为"芳卿"。芳卿精于工艺美术,能自编自绘织锦图样。曹雪芹曾和她共同研究织锦工艺,写成书稿。尹继善同曹家是世交,对曹雪芹很看重,请他在总督衙门做文书。这种师爷生活自然与他的性格不合。第二年,他就带了芳卿辞职回京,仍然在西山过着贫困的日子。

才华出众的曹雪芹,家族没落后,在一所贵族子弟学校任职。在这里他结识了敦诚、敦敏兄弟,成了终生好友。晚年,曹雪芹搬到香山卧佛寺附近的一个山村里居住,

◆ 曹雪芹像

◆ 大观园局部

过着十分贫困的生活。敦诚、敦敏的诗里说他和妻子、儿子一家三口常常喝粥。曹雪芹爱喝酒，却没钱买，于是便赊酒喝，待卖了画再还钱。但是，在这样艰辛的条件下，曹雪芹仍然坚持写作《红楼梦》。大约乾隆二十八年（1763年）的秋天，他的儿子因得痘疹死了。曹雪芹十分哀伤。不久，他自己也贫病交加，无钱医治，竟在除夕这一天悄然离开了人世。

《红楼梦》以贾宝玉、林黛玉、薛宝钗之间的恋爱婚姻悲剧为主线，描写了以贾家为代表的四大家族的兴衰，揭示了封建大家庭的各种错综复杂的矛盾，表现了封建的婚姻、道德、文化、教育的腐朽、堕落，塑造了一系列贵族、平民以及奴役出身的女子的悲剧形象，展示了极其广阔的封建社会的典型生活环境，曲折地反映了那个社会必然崩溃、没落的历史趋势。作品还歌颂了贵族的叛逆者和违背封建礼教的爱情，体现出追求个性自由的思想，并深刻而全面地揭示了贾、林、薛之间爱情婚姻悲剧的社会根源。

《红楼梦》在艺术上取得了辉煌的成就。它的叙述和描写就像生活本身那样丰富、深厚、逼真、自然，在艺术表现上普遍地运用了对比的手法。作者安排了鲜明对照的两个世界：一是以女性为中心的大观园，这是被统治者的世界；一是以男性为中心的社会，这是统治者的世界。作者还常常拿一个人对两件事的不同态度对比，拿两个人对同一件事的态度对比，在对比中揭示人物灵魂深处的隐秘，表达作者的爱憎倾向。其次，善于处理虚实关系，它实写而不浅露，虚写而不晦暗，创造出一个含蓄深沉的艺术境界。再次，作者善于运用春秋笔法，也就是文笔曲折而意含褒贬，比如将王夫人对林黛玉的憎恶写得十分含蓄。

知识小百科

《红楼梦》题解

《红楼梦》的原名有《石头记》《风月宝鉴》《金陵十二钗》《情僧录》等，但是它们都没有《红楼梦》更符合原书旨意。"红楼梦"是"总其全部之名"，意思是说，整部小说写的就是红楼一梦。"红"在古代代表"女儿"，即女性，"楼"是指深闺大宅。可想而知，"红楼"则是指住在深闺大宅中的女性，也就是官宦人家的小姐。"红楼"和"朱门"一样，是古代王侯贵族住宅的代称。不言而喻，"红楼梦"就是说红楼贵族的显赫无非南柯一梦。

天轮彩图《镜花缘》

清代著名小说家李汝珍以其神幻诙谐的创作手法引经据典，奇妙地勾画出一幅绚丽斑斓的天轮彩图《镜花缘》。《镜花缘》是一部与《西游记》《聊斋志异》同辉璀璨、带有浓厚神话色彩、浪漫幻想迷离的中国古典长篇佳作。

李汝珍（约1763—1830年），清代小说家。字松石，直隶大兴（今属北京市）人。

李汝珍自小多才多艺，19岁随兄李汝璜来到板浦（今江苏省连云港市板浦镇），居住在板浦场盐保司大使衙门里。其后除两次去河南做官外，一直居住板浦。他是一个有社会理想，憧憬新生活的落魄秀才，一直不得志，最后花了十几年的时间，才写成这本《镜花缘》。

◆《镜花缘》书影

《镜花缘》是继《红楼梦》后比较优秀的一部小说。大致内容是：唐女皇武则天令百花寒天齐放，当时百花仙子不在洞府，众花神不敢违抗诏令，只得按期开放。因此，百花仙子同99位花神均被贬到人间。百花仙子托生为秀才唐敖之女唐小山。唐敖科举落第，随妻弟林之洋泛海出游，经舵工多九公向导，历观海外诸国异人异事后入小蓬莱求仙不返。小山出海寻父，却意外地在小蓬莱得一卷"天书"。回国后恰逢女试，录取百女，实则令被谪花神在人间重聚。后小山也重入仙山。

小说内容庞杂，涉猎的知识面极为广阔。作品颂扬女性的才能，充分肯定女子的社会地位，批判男尊女卑、女子无才便是德的封建观念。作者理想中以女性为中心的"女儿国"，"男子反穿衣裙，作为妇人，以治内事；女子反穿靴帽，作为男人，以治外事"。女子的智慧、才能都不弱于男子，从皇帝到辅臣都是女子。这里反映出作者对男女平等、女子和男人具有同样社会地位的良好愿望。虽然自明中叶以来，不乏歌颂妇

◆ 《镜花缘》故事图

女才能的作品,但是"女儿国"却是李汝珍的独创。

作者以辛辣而幽默的文笔,嘲讽那些金玉其外、败絮其中的冒牌儒生。在"白民国"装腔作势的学究先生,居然将《孟子》上的"幼吾幼,以及人之幼"读作"切吾切,以反人之切"。这样的不学无术之辈,又是视"一钱如命",尽想占便宜的唯利是图者流。"淑士国"到处竖着"贤良方正""德行耆儒""聪明正直"等金匾,各色人等的衣着都是儒巾素服。他们举止斯文,满口"之乎者也",然而却斤斤计较,十分吝啬,酒足饭饱后连吃剩下的几个盐豆都揣到怀里,即使一根用过的秃牙签也要放到袖子里。

作者还以漫画的手法,嘲讽和批判种种品质恶劣和行为不端的人们。"两面国"的人天生两面脸,对着人一张脸,背着人又是一张脸。即使对着人的那张脸也是变化无常,对"儒巾绸衫"者,便"和颜悦色,满面谦恭光景",对破旧衣衫者,冷冷淡淡,话无半句。

总之,《镜花缘》是一部结构独特、思想新颖的长篇小说,在中国古代文学史上占有重要的地位。

延伸阅读

《镜花缘》中的十二花友

1. 阴若花——牡丹花仙
2. 白兰儿——兰花花仙
3. 杜 鹃——杜鹃花仙
4. 粉玉桂——桂花花仙
5. 王芍儿——芍药花仙
6. 赵淑英——水仙花仙
7. 水 莲——莲花花仙
8. 骆红蕖——梅花花仙
9. 宁 娜——桃花花仙
10. 艳 妮——山茶花仙
11. 司徒惠儿——菊花花仙
12. 廉锦枫——海棠花仙

智慧光芒《古文观止》

《古文观止》是自清代以来最为流行的古代散文选本之一,里面200多篇短小精悍、琅琅上口的小短文,从多个角度展现出了中华古老文化的博大精深与中华古代人民非凡的智慧。

《古文观止》的编者是清初山阴(今浙江绍兴)人吴乘权、吴大职叔侄俩。乘权,字楚材。一生研习古文,好读经史,以授馆终其一生。除参与选编《古文观止》外,他还同周之炯、周之灿一起采用朱熹《通鉴纲目》的体例,编过一个历史普及读本——《纲鉴易知录》。大职,字调侯,也是嗜"古学"而"才器过人"。他一生的主要经历,是在家乡同叔父一道教书。

"二吴"编撰《古文观止》费时有年。起初,他们只是为给童子讲授古文编了一些讲义。后来逐年讲授,对古文的见解越来越深,讲义越编越精,以致"好事者手录"而去,"乡先生"读后有"观止"之叹,劝他们"付之剞劂以公之于世"。这样,他们才"辑平日之所课业者若干首"为一书。书稿编好后,即寄往归化(今呼和浩特市)请吴兴祚审阅。兴祚,字伯成,号留村,为乘权伯父。他官至两广总督,时任汉军副都统。

◆ 《古文观止》书影

他"披阅数过",以为此书于初学古文者大为有益,便于康熙三十四年(1695年)端午节为书作序,且"亟命付诸梨枣"。这样就有了《古文观止》最早的刻本。

1949年以后,特别是近十多年来,《古文观止》的许多译注本,都是用中华书局本为底本。中华书局本实有两种:一是1959年本。这是由原古籍刊行社转来的本子,此本"据映雪堂本断句,并校正了个别显著的错字"。二是1987年本,即安平秋点校本。此本虽以1959年本为底本,但用映雪堂原刻本复核过,用文富堂本、怀泾堂本、鸿文堂本参校过,还用相关史书、总集、别集所收古文校勘过,而且补录了二吴之《序》和乘权所撰《例言》。因而它是目前所能见到的最好版本。

《古文观止》所选文章基本上均为历代传诵名篇,具有"永恒的艺术魅力"。编者以"观止"来冠名,也许确有当初吴公子季札观赏舞乐时那种由衷赞叹溢于言表的心境。从这点来看,《古文观止》是一部形象的中国历代散文大观,也是一部活生生的散文发展历程。人文学者金克木先生说:"读《古文观止》可以知历史,可以知哲学,可以知文体变迁,可以知人情世故,可以知中国的宗教精神与人文精神,几乎可以知道中国传统文化的一切。"

《古文观止》以散文为主,兼取骈文。与《文选》以来的古文选本相比,它包括的时代既长,卷帙又不甚多,而且文章的体裁多样,较少派别的偏见,可谓广收博采,而又繁简适中。在编排上,全书按时代先后分为7个时期,每个时期都有重点作家和作品。由此可以纵观古文发展的源流,也可以分析各个作家的不同风格。每篇文章又都有简要的评注,辅助读者理解文义,掌握行文的章法。加以入选的文章多属久经传诵的佳作,所以此书广为流行至今。

《古文观止》虽为普通古文爱好者所选编,但一点也没有媚俗的气息,这些不朽的经典中,蕴含着丰富的历史知识、成熟的人生经验、艰深的文章美学,乃至博远的宇宙哲理。在中国浩瀚的散文之海里,优秀之作实在太多了,而《古文观止》所选作品真正做到了蒙童读来不高,学人读来不低,很像家喻户晓的《唐诗三百首》一样,这两部选集堪称中国传统文学通俗读物的双璧。

延伸阅读

《古文观止》的由来

《古文观止》的得名,源于《左传》襄公二十九年(前548年)条下的《季札观周乐》一文,此文已入选《古文观止》中。这篇文章记载,春秋后期吴国公子季札来到鲁国,受到鲁国盛情接待,邀请他观赏鲁国保存的周乐。当演到反映虞舜时代盛德的《韶箾》之舞时,季札情不自禁地赞叹道:"观止矣!若有他乐,吾不敢请已。"在季札看来,《韶箾》已经达到乐舞的最高境界,其他就不必观赏了。二吴便借此典故为他们的文集取"观止"二字为名。

晚清四大谴责小说

清朝末期，由于资产阶级改良派和民主革命派的大力倡导，涌现出了一大批有影响力的小说，而"晚清四大谴责小说"的出现，则标志着中国小说创作进入了又一个繁荣时期。

清朝末年，清政府在镇压了戊戌变法、出卖了义和团运动后，国势衰微到了极点，民族危机愈加深重，广大群众对腐朽无能的清帝国深感绝望。此时，具有改良思想的小说家纷纷通过小说来抨击政府和时弊，提出挽救国家的主张，人们把这一时期出现的小说称为"谴责小说"。而《官场现形记》《二十年目睹之怪现状》《老残游记》《孽海花》则代表了这类小说的最高成就，被后人誉为清末"四大谴责小说"。

《官场现形记》，作者李伯元（1867—1907年），全书共60回，由许多独立成篇的短篇故事连缀而成。全书以晚清一群大大小小的封建官僚为表现对象，集中描写封建社会崩溃时期旧官场的种种腐败、黑暗和丑恶的情形。这里既有军机大臣、总督巡抚、提督道台，也有知县典吏、管带佐杂，他们或龌龊卑鄙，或昏聩糊涂，或腐败堕落，构成了一幅清末官僚的百丑图。

《二十年目睹之怪现状》，作者吴趼人（1866—1910年），全书共108回。这是一部带有自传色彩的长篇小说，它采用第一人称的叙述方式，以主人公"九死一生"的遭遇和见闻为线索，记录了当时社会上的许多怪现状：官场到处贪财受贿，营私舞弊；商场里官商勾结，尔虞我诈；洋场上嫖赌拐骗，醉生梦死，等等。这200多个小故事所反映的社会生活范围比《官场现形记》更为广阔，除官场外，还涉及商场、洋场、科场以及医卜星相等，揭露了日益殖民地化的中国封建社会的政治状况、道德面貌、社会

◆ 官员打牌图

风尚以及世态人情，具有较高的认识价值，可以帮助读者透视晚清社会和封建制度行将灭亡、无可挽救的历史命运。

《老残游记》，作者刘鹗（1857—1909年），全书共20回。小说通过描写一个江湖医生老残四处行医途中的所见、所闻、所为，暴露了政府的腐朽黑暗，官吏的残暴昏庸，百姓的贫困交迫，等等，并着重抨击了那些名为"清官""能吏"，实为昏官酷吏的虐民行为。虽然说作者对清政府仍寄予希望，对资产阶级革命和义和团运动抱敌对态度，但单从小说的艺术成就上来说非常具有特色，比如，小说对事物的描写非常细腻，文笔也很生动，在人物刻画方面还采用了大段的心理描写，这在传统的小说中是很少见的。

《孽海花》，作者曾朴（1872—1935年），全书30回，附录5回。作品以状元金雯青和名妓傅彩云（赛金花）的故事为线索，穿插了大量官僚文人的秽闻轶事，从一个侧面反映了同治初年到甲午战争失败约30年间的社会政治、外交、文化、思想状况，对清末黑暗政治的揭露较为有力。小说还以同情的态度赞扬了维新派和资产阶级革命党人的活动。

《孽海花》是一部纪实小说，所写人物，无不有所影射，比如，金雯青的原型就是洪钧，威毅伯便是李鸿章，龚平影射翁同龢，唐犹辉影射康有为。作品把真实性与讽刺性结合起来，结构精巧，语言瑰丽，文采斐然，还吸取了西方文学的表现手法，在叙事写人方面显示了新特点，是谴责小说中成就较高的一部优秀作品。

近代，中国社会陷入了最深重的苦难深渊。梁启超倡导"小说界革命"，把小说改革看作改良社会的前提，掀起了社会批判小说创作的高潮，唤来了晚清"四大谴责小说"的横空出世，是一次社会精神文化的革新。

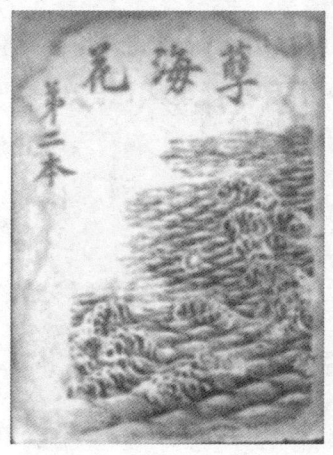

◆ 《孽海花》封面

延伸阅读

什么是讽刺小说和谴责小说

讽刺小说是按形象性质和题材领域划分的一种小说类型。它是以嘲讽、批判、揭露、抨击的态度描述社会中滑稽可笑、消极落后乃至腐朽反动的现象、事物或思想的。著名的讽刺小说有吴敬梓的《儒林外史》、蒲松龄的《聊斋志异》等。

谴责小说是中国旧小说的一种。清末社会黑暗，政治腐败，官吏贪污媚外，人民不觉悟，有些作家用小说口诛笔伐，进行揭发和指摘。鲁迅在《中国小说史略》里对这种小说曾加以评论，并称之为"谴责小说"，如上文提到的《二十年目睹之怪现状》《老残游记》等都是谴责小说的代表作。那么为什么不能将之称为讽刺小说呢？这主要是因为，这一类小说大都写得很尖锐，但由于作者迎合读者求一时之快的心理，描写往往言过其实，显得缺乏深度。所以鲁迅认为这一类小说还不够格称作讽刺小说，就把它们别称为"谴责小说"（见《中国小说史略》）。

第九讲
近现代文学

一代大师鲁迅

> 鲁迅是中国伟大的文学家、思想家、革命家、评论家、民主战士、新文化运动的重要领导人。鲁迅先生的一生都在思考国民性的问题,鲁迅的文笔,是刀,是匕首,是投枪,解剖着中国人的灵魂。

鲁迅(1881—1936年),原名周樟寿,后改名为周树人,字豫亭,后又改为豫才,浙江绍兴人,祖籍河南汝南。他的著作以小说、杂文为主,代表作有《呐喊》《彷徨》《朝花夕拾》《狂人日记》《故乡》《野草》《坟》《热风》等。

鲁迅于1881年出生在浙江绍兴一个官僚地主的家庭里,13岁那年,他原来在京城做官的祖父因科举舞弊案而入狱,此后他的父亲又长期患病,终致死亡,家境败落下来,还因此卖了房子。家庭的变故对少年鲁迅产生了深刻的影响。他是家庭的长子,上有孤弱的母亲,下有幼弱的弟妹,他不得不同母亲一起承担起生活的重担。天真活泼的童年生活就这样结束了,他过早地体验到了人生的艰难和世情的冷暖。

父亲病后,鲁迅就经常拿着医生为父亲开的药方到药店去取药,拿着东西到当铺去变卖。在家境好的时候,周围人是用一种羡慕的眼光看待他这个小"公子哥儿"的,话语里包含着亲切,眼光里流露着温存。自他家变穷了,周围人的态度就都变了:话语是凉凉的,眼光是冷冷的,好朋友也不和他说话了,脸上带着鄙夷的神情。周围人这种态度的变化,在鲁迅心灵中留下了深刻的印象,对他打击很大。这使他感到在当时的中国,人与人之间缺少真诚的同情和爱心。

1902年,鲁迅东渡日本学医。他想救治像他父亲那样被庸医所害的病人,改善中国人的健康状况。然而残酷的现实粉碎了他的梦想,作为一个弱国子民的鲁迅,在日本经常受到日本人的歧视。这更让他意识到精神

◆ 鲁迅像

◆《呐喊》封面

上的麻木比身体上的虚弱更加可怕。要改变中华民族的悲剧命运，首先要改变中国人的精神，而改变中国人精神的，首先是在文学和艺术方面的熏陶，于是鲁迅弃医从文。

1918年，鲁迅在《新青年》杂志上发表了《狂人日记》，它带着被侮辱的中华民族的凄厉的声音向全世界宣告了中华民族重新崛起的意志和信念，它凝聚了鲁迅从童年时起的痛苦的人生体验和对于中华民族命运的痛苦思索，是讨伐传统封建专制文化的一篇檄文，是呼唤重建中国现代新文化的宣言书。《狂人日记》是鲁迅的第一篇白话小说，也是中国最早的现代白话小说，它奠定了中国的新文学运动，推进了现代文学的发展。

鲁迅的小说作品数量不多，意义却十分重大。此外，鲁迅先生还创作了散文集《朝花夕拾》和散文诗集《野草》。前者出版于1928年，后者出版于1937年。如果说《呐喊》《彷徨》中的小说是鲁迅对现实社会人生的冷峻刻画，意在警醒沉睡的国民，《朝花夕拾》中的散文则是鲁迅温馨的回忆，是对滋养过他的生命的人和物的深情怀念。

其实，最能充分体现鲁迅先生创造精神和创造力的还应该首推他的杂文。"杂文"古已有之，但只有到了中国现代文化史上，只有到了先生的手中，"杂文"才成为了"匕首""投枪"，杂文这种文体才表现出了它独特的艺术魅力和巨大的思想潜力。鲁迅的杂文可以说是中国现代文化的一部"史诗"，它不但记录了鲁迅一生战斗的业绩，同时也记录了鲁迅那个时代中国的思想史和文化史。

总之，鲁迅先生在短篇小说、散文、散文诗、历史小说、杂文各种类型的创作中，都有自己全新的创造。先生的一生是为中华民族的生存和发展挣扎奋斗的一生！

延伸阅读

鲁迅名言诗句

1. 横眉冷对千夫指，俯首甘为孺子牛。
——《自嘲》
2. 忍看朋辈成新鬼，怒向刀丛觅小诗。
——《为了忘却的纪念》
3. 心事浩茫连广宇，于无声处听惊雷。
——《无题·万家墨面没蒿莱》
4. 血沃中原肥劲草，寒凝大地发春华。
——《无题》
5. 寄意寒星荃不察，我以我血荐轩辕。
——《自题小像》
6. 无情未必真豪杰，怜子如何不丈夫。
——《答客诮》
7. 度尽劫波兄弟在，相逢一笑泯恩仇。
——《题三义塔》
8. 岂有豪情似旧时，花开花落两由之。
——《悼杨铨》
9. 史家之绝唱，无韵之离骚。
——《汉文学史纲要》

新诗奠基人郭沫若

> 郭沫若是我国新诗的奠基人，是继鲁迅之后革命文化界公认的领袖。他的一生，为世人留下了丰富而宝贵的文化著述，在中国新文化运动中做出了突出的贡献并占有重要的地位，他以诗歌和历史剧创作成就蜚声文坛。

郭沫若（1892—1978年），生于四川省乐山县观娥乡沙湾。原名郭开贞，中国共产党党员，曾任中国科学院院长，是我国现代著名的作家、文学家、诗人、剧作家、考古学家、思想家、古文字学家和著名的革命活动家。代表作有《女神》《星空》《前茅》《恢复》《瓶》《天上的街市》等。

郭沫若5岁入私塾，习读《诗经》《唐诗三百首》，喜欢王维、孟浩然、李白。1905年春，长兄郭开文赴日留学，13岁的郭沫若有意偕从同行，父母不同意。直到1914年春天，郭沫若才得以赴日本留学，主修医科。其间，他接触到泰戈尔、海涅、雪莱、歌德、斯宾诺莎等人的著作，倾向于泛神论思想。1919年9月，郭沫若开始发表新诗。在日本，郭沫若还与郁达夫、成仿吾等人组织"创造社"，编辑《创造季刊》。之后不久郭沫若出版了他的第一部诗集《女神》。北伐战争前夕，郭沫若开始接受马克思主义思想并倡导革命文学。紧接着他参加了北伐战争，任国民革命军总政治部副主任，并加入中国共产党。1928年旅居日本，从事中国古代史和甲骨文、金文的研究，著有《中国古代社会研究》等。1930年加入左翼作家联盟，1937年抗日战争爆发后回国从事文艺工作。1941年"皖南事变"后，他写了《屈原》《虎符》《棠棣之花》《孔雀胆》《南冠草》《高渐离》6部历史剧和战斗诗篇《战声集》以及杂文《甲申三百年祭》。新中国成立后，坚持文学创作，出版了历史剧《蔡文姬》《武则天》和多部诗集，所著的《奴隶制时代》等书，提出

◆ 郭沫若像

◆《女神》书影（英文版）

是不分质的，只是朦胧地反对旧社会，想建立一个新社会。那新社会是怎样的，该怎样来建立，都很朦胧。"因此，女神要去创造新鲜的太阳，但仍是一个渺茫的创造，只是理想的憧憬、光明的追求。但在五四时期，它曾给了广大青年以力量的鼓舞。

除了文学作品以外，在考古学、书法艺术方面，郭沫若同样成就璀璨，在现代书法史上也占有重要地位。

了中国奴隶制和封建制的分期在春秋、战国之际的见解。历任中央人民政府委员、政务院副总理兼文化教育委员会主任、全国人民代表大会常务委员会副委员长等要职。

"郭沫若"是笔名，他的家乡四川省乐山县沙湾镇有两大河流——大渡河（古称"沫水"）以及流入大渡河的雅河（古称"若水"），汉朝司马相如的《喻巴蜀檄》有关"沫若"一句，指的就是大渡河与雅河的汇流。郭开贞于1919年9月11日在《时事新报·学灯》上发表早期诗作时首次用"沫若"笔名，随着《女神》诗集的出版，"郭沫若"一名逐渐为人们所熟悉。

《女神》运用神话题材、诗剧体裁和象征手法来反映现实，其中《女神之再生》象征着当时中国的南北战争。诗人说过："共工象征南方，颛顼象征北方，想在这两者之外建设一个第三中国——美的中国。"不过，诗人早期的社会理想是模糊的。他曾说过："在初自然

延伸阅读

郭沫若改对联救迷途之人

1962年秋天，郭沫若到南海普陀山游览。在梵音洞，他捡到了一个笔记本，打开一看，扉页上写着这样一联："年年失望年年望，处处难寻处处寻"，横批是"春在哪里"。再翻一页，竟是一首绝命诗，且署着当天的日子。郭沫若看了以后感到很着急，马上叫人寻找失主。失主终于找到了，是一位面色忧郁的姑娘，她因三次考大学落榜，加上恋爱受挫，于是决心"魂归普陀"。郭老耐心开导她，并改对联为："年年失望年年望，事事难成事事成"；横批："春在心中"。

姑娘听了以后感佩不已，激动地表示要永记教诲，在人生道路上奋勇前进。而且还写了一首诗作谢郭沫若："梵音洞前几彷徨，此身已欲付汪洋，妙笔竟藏回春力，感谢恩师救迷航。"

现实主义写作先驱叶圣陶

> 叶圣陶先生是中国现代文学的巨擘,是现实主义写作的先驱之一。他的作品如同一面镜子,反映了社会的阴暗面和纷纭的人性。他还是中国第一位童话作家,他的童话是中国现代儿童文学经典宝库中的珍品,在海内外皆享有很高的声誉。

叶圣陶(1894—1988年),原名叶绍钧,字秉臣。江苏苏州人,著名作家、语文教育家、编辑家、出版家、政治活动家,也是中国第一位童话作家。解放后,叶圣陶曾担任出版总署副署长、人民教育出版社社长、教育部副部长。他是第五届全国人大常委会委员、第五届全国政协常委会委员、民进中央主席。

叶圣陶3岁时就开始识字、练字,到6岁那年,叶圣陶识字已有3000左右,字也写得相当漂亮。叶圣陶的母亲朱氏识字不多,却经常把世代流传下来的谜语、诗歌、儿歌说给儿子听。我国苏南地区流传的谜语,具有很强的知识性和趣味性。叶圣陶猜谜语时兴致很高,从中得到了智慧的启迪。那些诵读起来悦耳动听的古代诗词,辞采华茂,言简意丰,叶圣陶能够背出很多。

1912年,叶圣陶中学毕业后,因家境清贫即开始当小学教师并从事文学创作。1921年,与沈雁冰、郑振铎等发起组织"文学研究会",提倡"为人生"的文学观,并与朱自清等人创办了中国新文坛上第一个诗刊——《诗》。他发表了许多反映人民痛苦生活和悲惨命运的作品,出版了童话集《稻草人》以及小说集《隔膜》《火灾》等。1923年,叶圣陶进入商务印书馆,开始从事编辑出版工作,并主编《小说月报》等杂志,同时继续文学创作,发表了长篇小说《倪焕之》和大量短篇小说,作品收集

◆ 叶圣陶塑像

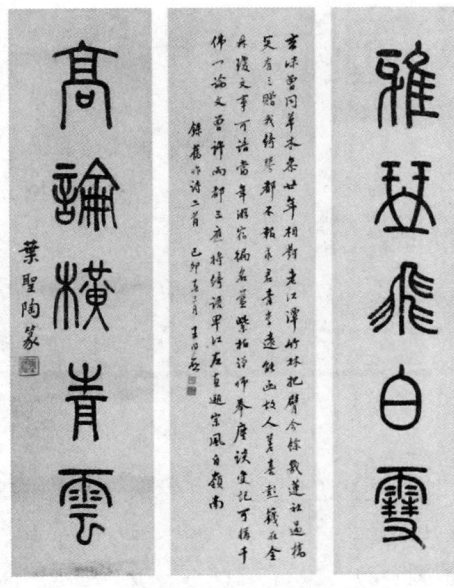

◆ 叶圣陶书法

在《叶圣陶集》里。1930年,他转入开明书店。他主办的《中学生》杂志,是二十世纪三四十年代最受青年学生欢迎的读物,在社会上有广泛的影响。"九一八"事变后,他积极投身抗日救亡活动,参加发起成立"文艺界反帝抗日大联盟"。抗战期间,他内迁四川,先在中学、大学执教,后继续主持开明书店编辑工作,同时写下了不少散文、小说、诗词,从不同角度揭露了旧社会的黑暗和人民的悲惨生活,歌颂了在民族解放斗争中坚强不屈的普通群众。

叶圣陶是中国现代童话创作的拓荒者,鲁迅曾说:"叶圣陶的《稻草人》是给中国的童话开了一条自己创作的路的。"童话集《稻草人》展现了劳动人民的苦难,但有时气氛显得低沉和悲哀,稍后的童话集《古代英雄的石像》着重表现人民群众团结抗暴的集体力量。他的童话构思新颖独特,描写细腻逼真,富于现实内容。

叶圣陶喜用散文的形式来写童话,诗意盎然,富有听觉、视觉的美和冲击力,震撼力强,能给孩子以爱的熏陶和美的享受。

《倪焕之》被誉为叶圣陶的"扛鼎"之作,它是叶圣陶唯一的长篇小说,与茅盾的《子夜》一道成为现代长篇小说的真正开端。作品成功塑造了"倪焕之"这一典型人物,深化了知识分子与革命的关系这一主题,是中国现代文学史中"知识分子心理变迁史"中的重要一章。

叶圣陶的现实主义写作手法成为了许多作家竞相效仿的对象。他的作品是反思与思辨的。这些不仅要依靠感知,还要依靠切实而客观的观察。对现实的观察成为了他写作的源泉,使他为中国现代文学开创了一片新天地。

延伸阅读

叶圣陶的教子之道

叶圣陶的儿子叶至善在小学时成绩不好,还留过三次级。刚进入一所省立中学时,因为四门功课不及格又要留级。面对那些不及格的成绩单,叶至善难过得哭了。叶至善的母亲看到叶至善的成绩单上分数那么低,常常唠叨个没完,说孩子不争气,没出息。叶圣陶却什么也不说,他认为一门功课学得好不好,主要是看能否学以致用,以达到终生受益,这不是单凭考试成绩能衡量出来的。他知道儿子的语言表达能力并不弱,知识面也不窄。因此,他并不责备孩子,只是说,不要哭,换个学校吧。于是他让叶至善进了一所私立中学。这所学校和省立中学完全不同,不用整天做习题和作业,有足够的时间看课外书籍、唱歌、吹口琴等。叶至善有了明显的转变,对学习感兴趣了,也取得了最后的成功。

幽默大师林语堂

> 林语堂是一代幽默大师，他的作品被翻译成英文、日文、法文、德文、葡萄牙文、西班牙文等21种文字，几乎囊括了世界上所有的主要语种，其读者遍布全球各地，影响极为广泛，在国际上享有"文化使者"的美誉。

林语堂（1895—1976年），原名和乐，改名玉堂，又改语堂，笔名毛驴、宰予、岂青等。著名学者、文学家、语言学家，著有《生活的艺术》《京华烟云》《风声鹤唳》《朱门》等。

林语堂的父亲是一名教会牧师，他传授给孩子的是一切新的及近代的东西，如被称为"新学"的西方文化知识。而且在长老会牧师群中，他的父亲思想极为超前，当年厦门没有几个人听说过圣约翰大学，他却送儿子到这所大学接受英文教育。

幽默是林语堂的标志。林语堂曾在东吴大学法学院教授英文。一次，开学第一天，上课钟打了好一会儿他还没有来，学生们引颈翘首。林先生终于来了，而且夹了一个皮包。皮包装得鼓鼓的，学生们满以为林先生带了一包有关讲课的资料，兴许他是为找资料而迟到了。谁知道，他登上讲台后，不慌不忙地打开皮包，只见里面装满了带壳的花生。他将花生分送给学生享用，但学生们并不敢真的吃，只是望着他，不知他葫芦里到底卖的是什么药。林先生开始讲课，大讲其吃花生之道。他说："吃花生必吃带壳的，一切味道与风趣，全在剥壳。剥壳愈有劲，花生米愈有味道。"说到这里，他将话锋一转，说道："花生米又叫长生果。诸君第一天上课，请吃我的长生果。祝诸君长生不老！以后我上课不点名，愿诸君吃了长生果，更要长性子，不要逃学，则幸甚幸甚，三

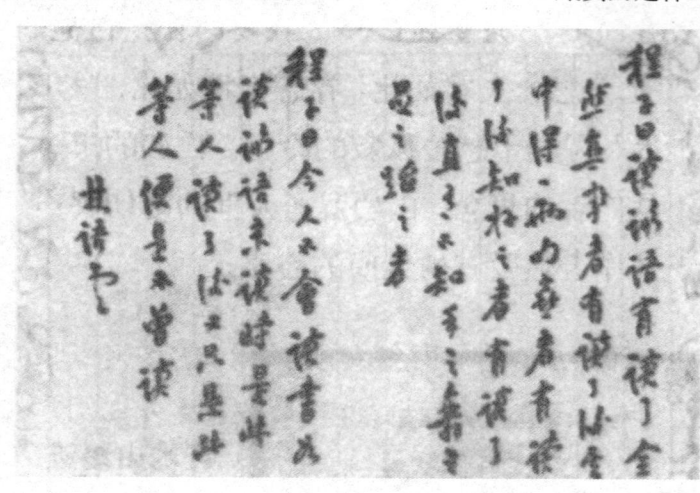

◆ 林语堂手迹

◆ 林语堂像

声鹤唳》和《朱门》这三部小说合称为"林语堂三部曲",因为三者有着内在的精神联系,都寄托了作者的文化理想和人生理想。

林语堂才华横溢,著作等身,一生写了60多本书,上千篇文章。林语堂一生曾三次被提名为诺贝尔文学奖候选人。他的《生活的艺术》在美国重印40次,并被译成英、法、意、荷等国文字,成为欧美各阶层的"枕上书"。

生有幸。"

林语堂的代表作《京华烟云》,是他旅居巴黎时用英文写的长篇小说,讲述了北平曾、姚、牛三大家族从1901年义和团运动到抗日战争30多年间的悲欢离合和恩怨情仇,并在其中安插了袁世凯篡国、张勋复辟、直奉大战、军阀割据、五四运动、三一八惨案、"语丝派"与"现代评论派"笔战、青年"左倾"、二战爆发等,全景式地展现了现代中国社会风云变幻的历史风貌。

《京华烟云》自1939年年底在美国出版后的短短半年内即行销5万多册,美国《时代》周刊称其"极有可能成为关于现代中国社会现实的经典作品"。《京华烟云》的后续篇《风声鹤唳》被誉为中国的《飘》。林语堂把他的《京华烟云》《风

延伸阅读

林语堂语录

1. 一个人彻悟的程度,恰等于他所受痛苦的深度。——《吾国吾民》

2. 没有幽默滋润的国民,其文化必日趋虚伪,生活必日趋欺诈,思想必日趋迂腐,文学必日趋干枯,而人的心灵必日趋顽固。——《一夕话》

3. 一般人不能领略这个尘世生活的乐趣,那是因为他们不深爱人生,把生活弄得平凡、刻板,而无聊。——《生活的艺术》

4. 古教堂、旧式家具、版子很老的字典以及古版的书籍,我们是喜欢的,但大多数的人忘却了老年人的美。这种美是值得我们欣赏,在生活是十分需要。我以为古老的东西,圆满的东西,饱经世变的东西才是最美的东西。——《生活的艺术》

5. 我们对于人生可以抱着比较轻快随便的态度:我们不是这个尘世的永久房客,而是过路的旅客。——《生活的艺术》

文学巨匠茅盾

> 茅盾的《子夜》，描写细节的笔触极为委婉细致，在整体布局上却具有史诗般的宏阔，是中国第一部写实主义的长篇小说。茅盾也被誉为"20世纪的巴尔扎克"和"20世纪的别林斯基"。

茅盾（1896—1981年），本名沈德鸿，字雁冰，笔名有玄珠、方璧、郎损等，生于浙江桐乡县乌镇。现代著名作家、文化活动家和社会活动家，五四新文化运动先驱者之一，中国革命文艺奠基人之一。

茅盾的父亲沈永锡，是清末的秀才，通晓中医，是具有开明思想的维新派人物，颇重视新学，除声、光、化、电和数学等自然科学外，也喜欢传播进步思潮的社会科学著作。母亲陈爱珠，是一位通文理、有远见而性格坚强的女性。

茅盾8岁入乌镇立志小学读书，后转入植材高级小学，在那里，他不仅读到了国文、修身和算术教科书，并且对绘画产生了兴趣。那时，在一般守旧人的眼光里，小说之类被称为诲淫诲盗的"闲书"，是不准孩子们看的，但茅盾竟然得到了明达的父母的允许。《西游记》《三国演义》《水浒传》《聊斋志异》和《儒林外史》等，都是他这时爱读的书。从茅盾小学时代留存的作文中得见，当时的茅盾便流露出忧国忧民、扶正祛邪的思想端绪。

茅盾的中学时代，是在浙江的三所中学度过的。他于1909年考入浙江湖州第三中学堂插班二年级读书，1911年秋季转入嘉兴中学堂。

不久，辛亥革命爆发，茅盾热情地迎接了这次革命，做起革命的义务宣传员来。在学校里，由茅盾和几个同学发动，抨击了一个不孚众望的学监，也因此被学校除名。于是，他便转入杭州安定中学学习，并在那里毕业。在中学时代的生活中，固然有些师

◆ 茅盾像

长,给茅盾以积极的指导,但整个学习风气是陈旧的。"书不读秦汉以下,骈文是文章之正宗,诗要学建安七子……气度要清华疏旷"(《我的中学时代及其后》)。这一切曾给茅盾以古典文学的修养,但在他的回忆里更多的却是平凡、灰色和令人窒息的东西,他几乎把课余时间都消磨在看小说上。古典小说启迪了他的文思,同时也在他的作文格调上显露出印迹。

《子夜》是茅盾的代表作,出版于1933年,当时就震动了中国文坛,瞿秋白把这一年称为"子夜年",可见它的影响之大。这部长篇小说围绕着民族资本家吴荪甫与买办赵伯韬之间的尖锐矛盾,全方位、多角度地描绘了20世纪30年代初中国社会的广阔画面:工人罢工,农民暴动,反动当局镇压和破坏人民的革命运动,帝国主义掮客的活动,中小民族工业被吞并,公债场上惊心动魄的斗法,各色地主的行径,资本家家庭内部的各种矛盾……通过这些多姿多彩的生活画面,艺术地再现了第二次国内革命战争时期的风云,反映了革命深入发展、星火燎原的中国社会风貌。茅盾以《子夜》这部长篇杰作,为中国革命事业建立了不可磨灭的历史功绩。

《林家铺子》与《蚀》,也是茅盾极具影响力的作品。《林家铺子》以1932年"一·二八"上海战争前后的江浙农村为背景,透过林家铺子的倒闭,反映了民族商业破产的厄运。《蚀》是由《春蚕》《秋收》《残冬》组成的农村三部曲,每篇各自独立又前后衔接,时代背景和《林家铺子》基本相同,反映了广大农民随着苦难的加深而逐渐觉醒、抗争的过程。这几篇小说都截取了现实生活中的主要矛盾,在步步深化的冲突中塑造了20世纪30年代初期农村农商界的艺术典型,篇幅不长,思想深邃,既有现实的画面,又有历史的动向,在同时代文学作品中是不可多得的。

◆ 茅盾手迹

知识小百科

茅盾文学奖

茅盾文学奖由中国作家协会主办,是根据著名作家茅盾先生生前的遗愿,为鼓励优秀长篇小说的创作而于1981年设立的,是中国文学界具有最高荣誉的文学大奖之一。当时,茅盾先生曾捐资25万元。茅盾文学奖每4年评选一次,周克芹的《许茂和他的女儿们》、魏巍的《东方》等曾获奖。

新月派代表徐志摩

> 徐志摩，一位伟大的诗人，一位富有传奇色彩的人物。他的一生虽然短暂，却为世界文学和中国文学做出了不可估量的贡献。他的诗是中国乃至世界文学的瑰宝。

徐志摩（1897—1931年），浙江海宁市硖石镇人，原名章垿，字槱森，笔名南湖、诗哲、海谷、云中鹤、仙鹤、删我、谔谔等。新月派代表诗人、散文家，其代表作有《自剖》《想飞》《我所知道的康桥》《翡冷翠山居闲话》等。

徐志摩幼年在家塾读书，11岁时，进入硖石开智学堂，师从张树森，打下了古文根底，成绩总是全班第一。1910年，徐志摩年满14岁，考入杭州府中学堂（1913年改称浙江一中，现为浙江省杭州高级中学），与郁达夫同班。此后，徐志摩先后就读于上海沪江大学、天津北洋大学和北京大学。

1918年，徐志摩赴美国学习银行学。"志摩"就是1918年去美国留学时他父亲给另取的名字，据说是在徐志摩小时候，有一个名叫志恢的和尚，替他摩过头，并预言"此人将来必成大器"，其父望子成龙心切，即替他更名为志摩。1921年，徐志摩赴英国留学，入剑桥大学当特别生，研究政治经济学。在剑桥两年深受西方教育的熏陶及欧美浪漫主义和唯美派诗人的影响。

徐志摩在美国待了两年，在英国也住了两年。在英国，尤其是在康桥的这段生活，对他一生的思想有着重要的影响，是他思想发展的转折点。在康桥，他深深感到"大自然的优美，宁静，调谐在这星光与波光的默

◆ 徐志摩像

契中不期然的淹入了你的性灵"（徐志摩：《我所知道的康桥》）。徐志摩忘情于康桥，沉迷于大自然，乃是因为他以为现实社会是丑陋的，生活是痛苦的，只有大自然是纯洁的、美好的，为要救治这个社会和人们，医治当前生活的枯窘，最好的办法是：离却堕落的文明，回向自然的单纯。只有接近自然，才能回复人类童真的天性，社会的病象就有缓和的希望。

徐志摩是一位在中国文坛上曾经活跃一时并有一定影响力的诗人，他的世界观是没有主导思想的，或者说是个超阶级的"不含党派色彩的诗人"。他的思想、创作呈现的面貌，发展的趋势，都说明他是个布尔乔亚诗人、资产阶级作家。他的思想的发展变化，他的创作前后期的不同状况，是和当时社会历史特点关联着的。作为新月派的一个主要诗人，徐志摩在我国新诗发展史上曾经产生过一定的影响，为新诗的发展进行过种种试验和探索。他的诗歌有着相当鲜明的独特风格，有一定的艺术技巧。

徐志摩是一位追求"美、爱、自由"的理想主义者。爱情，既是他诗歌创作的推动力，也是他反复咏唱的主题。在他的诗集中，爱情诗过半，不仅数量多而且颇为人称道。他与张幼仪的婚姻是那个时代的不幸，他与陆小曼的婚姻又掺杂了太多的物质功

再别康桥

轻轻的我走了
正如我轻轻的来
我轻轻的招手
作别西天的云彩

那河畔的金柳
是夕阳中的新娘
波光里的艳影
在我的心头荡漾

软泥上的青荇
油油的在水底招摇
在康河的柔波里
我甘心做一条水草

那榆荫下的一潭
不是清泉，是天上虹
揉碎在浮藻间
沉淀着彩虹似的梦

寻梦？撑一支长篙
向青草更青处漫溯
满载一船星辉
在星辉斑斓里放歌

但我不能放歌
悄悄是别离的笙箫
夏虫也为我沉默
沉默是今晚的康桥

悄悄的我走了
正如我悄悄的来
我挥一挥衣袖
不带走一片云彩

徐志摩诗作 0666 小曼录

◆ 《再别康桥》手稿

利，他与林徽因的那淡淡情愫才最令人唏嘘。当然，作为那个时代的人，徐志摩做到了一个普通知识分子能做的一切，他在追求自身幸福生活的同时，也对民族命运有过深刻的思考。

延伸阅读

何为新月派？

新月派是现代新诗史上一个重要的诗歌流派，主要受泰戈尔《新月集》的影响。该诗派大体上可以以1927年为界分为前、后两个时期。前期自1926年春始，以北京的《晨报副刊·诗镌》为阵地，主要成员有闻一多、徐志摩、朱湘、饶孟侃、孙大雨、刘梦苇等。他们提倡新格律诗，主张"理性节制情感"，反对滥情主义和诗的散文化倾向，从理论到实践上对新诗的格律化进行了认真的探索。

1927年春，胡适、徐志摩、闻一多、梁实秋等人创办新月书店，次年又创办《新月》月刊，"新月派"的主要活动转移到上海，这是后期的新月派，新加入成员有陈梦家、方玮德、卞之琳等。后期新月派提出了"健康""尊严"的原则，坚持的仍是超功利的、自我表现的、贵族化的"纯诗"立场，艺术表现、抒情方式与现代派趋近。

多产作家张恨水

> 张恨水一生创作了120多部小说和大量散文、诗词、游记等,共近4000万字。他不仅是当时最多产的作家,而且是作品最畅销的作家,有"中国大仲马""民国第一写手"之称。

张恨水(1897—1967年),原名心远,恨水是笔名,取南唐李煜词《乌夜啼》"自是人生长恨水长东"之意。张恨水是著名章回小说家,也是鸳鸯蝴蝶派的代表作家。代表作有《春明外史》《金粉世家》《啼笑因缘》《八十一梦》等。前些年在电视上热播的电视剧《啼笑因缘》以它细腻、生动的故事情节,吸引了亿万观众,人们也由此而更多地知道了20世纪中国现代文学史上的小说大家张恨水先生。

张恨水出生在安徽潜山一个大家庭里,五六岁入蒙学,念的全是《三字经》,私塾里这种光背不求甚解的读书方式以及被张恨水称为"坐牢"式的学习,让童年的张恨水

◆ 张恨水纪念馆

在枯燥乏味中寻到乐趣，学会了对对子，学会了背书，背书甚至到了过目不忘的程度。

张恨水小时候很聪明，过目不忘的他在家乡被人们所熟知。据说，张恨水的母亲，不相信儿子的天才，有心要考考张恨水，一天傍晚，张恨水的母亲让张恨水拿一本没读过的书来。张恨水拿来一本给母亲。张恨水母亲看了一眼，顺手拿起一把纳鞋的锥子，使劲朝书本扎下去，扎透了半本书的样子，对儿子说："今晚你能把扎透的地方全背下来吗？"张恨水点点头，拿过书，回到自己的房里。第二天清晨，张恨水将被母亲扎透的地方都背了下来，让全家老少惊讶不已。

1924年，张恨水因九十万言的章回小说《春明外史》一举成名，长篇小说《金粉世家》《啼笑因缘》更将其声望推到最高峰。其作品上承章回小说，下启通俗小说，雅俗共赏，成功对旧章回小说进行革新，促进了新文学与通俗文学的交融。茅盾赞其曰："运用章回体而善为扬弃，使章回体延续了新生命的，应当首推张恨水先生。"老舍则称他"是国内唯一的妇孺皆知的老作家"。

张恨水在他五十几年的写作生涯中，共完成作品不下三千万言，中长篇小说达110部以上。他被称为是"三多"作家，这个"三多"，首先是作品的数量多；其次，他的作品发行多，单《啼笑因缘》这一部作品就至少印了26版；第三，张恨水的小说同时创作的数量多。张恨水在小说创作鼎盛时期，要同时创作六七部小说。

◆ 《啼笑因缘续集》书影

比方说，1932年他在北平《世界日报》连载《金粉世家》的同时，他在北平的《新晨报》连载《满城风雨》，在上海《红玫瑰》杂志连载《别有天地》，在上海《新闻报》连载《太平花》，在上海《晶报》连载《锦片前程》，在上海《旅行杂志》连载《似水流年》。

延伸阅读

张恨水小说搭鹊桥

在常德激战时，张恨水就在重庆《新民报》上赞扬我方师长余程万堪比唐代的张巡。

然而，常德会战后，有人竟对余程万师长进行攻击。对此，余程万深感委屈，派了两个参谋带了全部作战资料找到张恨水，请他根据实战情况写一部纪实小说，以告天下。张恨水答应下来并创作了当时第一部完整表现抗战重大战役的小说——《虎贲万岁》。

小说发表后，影响很大。一位苏州姑娘被余程万的爱国精神与英雄业绩深深感动，爱上了这位勇敢的军人，千方百计要嫁给余程万。据说，这"千方百计"的精神与过程很让人感动。本来，这只能是一幕单相思，不料天从人愿，恰逢余夫人去故，位置空缺，苏州姑娘得以如愿。如此这般，一部小说还真搭成一座鹊桥。

散文大师朱自清

朱自清的写景散文在现代文学的散文创作中占有重要地位,他运用白话文描写景致最具魅力。朱自清散文感情的真挚更是有口皆碑,他的《背影》《悼亡妇》等,被称为"天地间第一等至情文学"。

朱自清(1898—1948年),原名朱自华,字佩弦,号春华秋实。生于江苏连云港,原籍浙江绍兴。1920年毕业于北京大学,后来到清华大学任教。现代著名散文家、诗人、学者、民主战士。

朱自清于1912年入高等小学,1916年考入北京大学预科,1919年2月出版处女诗集《睡罢,小小的人》。1920年北京大学哲学系毕业。1931年留学英国,漫游欧洲,回国后写成了《欧游杂记》,并参加了拒绝接受美国救济粮的运动,本来就身患肺病的他更是虚弱不堪,最终在贫病之中逝世,年仅50岁。

◆ 朱自清和夫人的合影

朱自清是个非常勤奋的人,就连度蜜月时,他还在进行紧张的创作。根据朱自清夫人的回忆,在他们共同生活的十七年时间里,朱自清从没放松过一分一秒。他的作息时间是安排得很严格的:早晨起床做早操,用冷水擦澡,洗脸,漱口时就把书放在洗脸架上看,然后喝一杯牛奶就到图书馆去。中午回家吃饭,饭后看报。图书馆一开门便又去了。吃罢晚饭,还要去图书馆,直到闭馆才回家。进家门便又摆上东西写,一直到11点休息。除了生病期间,他的夫人竟然从未见他11点前睡过。由于身体虚弱,加上过度勤奋,最终,他在贫病之中逝世。

朱自清的著作有27种,共约190万字,包括诗歌、散文、文艺批评、学术研究等,大多收入《朱自清文集》。朱自清虽最初以诗出名,但是,1923年发表的《桨声灯影里的秦淮河》,却显示出他散文创作方面的才能。从此以后他致力于散文创作,取得了引人注目的成就。1928年出版的纪实性散文《背影》,使朱自清成为当时极负盛名的散文家。

朱自清早期的诗作,既有对未来的向往,对光明的渴望,又常常流露出一种怅惘和希望幻灭的苦痛。他的散文,有较高的艺术成就。他善于把自己的真情实感,通过平易的叙述表达出来,笔致简约、朴素、亲切,文字多用口语而加以锤炼,读来有一种娓娓动人的风采。

◆ 朱自清故居

他的散文,有写景文、旅行记、抒情文和杂文随笔诸类。先以缜密流丽的《桨声灯影里的秦淮河》《荷塘月色》等写景美文,显示了白话文学的实绩和炉火纯青的文字功力。比如《荷塘月色》在描写月色下的荷花之美时,将它比喻为明珠,碧天的星星、出浴的美人;在形容荷花淡淡的清香时,又用了"仿佛远处高楼上飘过来的渺茫的歌声似的"一句,以歌声比喻香气,以渺茫比喻香气的轻淡,这一通感手法的运用准确而奇妙。他的《背影》《悼亡妇》等,则被称为"天地间第一等至情文学"。在淡淡的笔墨中,流露出一股深情,没有半点矫揉造作,而又动人心弦,尤其是在《背影》中,朱自清对父亲朱鸿钧的感情之深让读者感到了一丝丝的怀念和感动。

◆ 朱自清雕塑像

延伸阅读

不领美国救济粮

由于长期的困苦生活和工作劳累,朱自清患了严重的胃病。1948年年初,人民解放战争进入最后阶段的时候,他的病情也加重了,且无钱医治,但他毫不犹豫地在拒绝美援面粉宣言上签署了自己的名字,之后立即让孩子把面粉配给证退了回去。后来,先生的病情日益恶化,临终前,仍以微弱的声音谆谆叮嘱家人:"我是在拒绝美援面粉的文件上签过名的,我们家以后不买国民党配给的美国面粉。"表现了先生崇高的民族气节和爱国主义精神。

人民艺术家老舍

老舍以长篇小说和剧作著称于世。他的作品大都取材于市民生活，为中国现代文学开拓了重要的题材领域。目前，他的作品已被译成20余种文字出版，以独特的幽默风格和浓郁的民族色彩，以及从内容到形式的雅俗共赏赢得了广大读者的认可和赞誉。

老舍（1899—1966年），原名舒庆春，字舍予，北京满族正红旗人，中国现代著名作家。

"老舍"这一笔名，是他在1926年发表长篇小说《老张的哲学》时首次使用的。在"舍予"前面添"老"字，而后面去掉"予"字，便成了现今人们熟知的"老舍"。这个"老"并不表示年龄大，而是含有一贯、永远的意思，合起来就是一贯、永远"忘我"。他用"老舍"这一笔名发表了大量文学作品，以致不少人只知道"老舍"而不知舒庆春是谁。

老舍一生勤奋笔耕，创作甚丰，20世纪30年代就成为最有成就的作家之一，著有长篇小说《小坡的生日》《猫城记》《离婚》《牛天赐传》《骆驼祥子》等，短篇小说集《赶集》等。《骆驼祥子》问世后蜚声文坛，曾先后被译成十几种外文。

《骆驼祥子》以北平（今北京）一个人力车夫祥子的行踪为线索，从祥子力图通过个人奋斗摆脱悲惨生活命运，最后失败以致堕落的故事，告诫人们，城市贫农要翻身做主人，单靠个人奋斗是行不通的。全书大量应用北京口语、方言，还有一些老北京的风土人情的描写，读来亲切自然、琅琅上口，是现代白话文小说的经典作品。

长篇小说《四世同堂》是在卢沟桥事

◆ 老舍像

◆ 话剧《茶馆》剧照

变爆发、北平沦陷的时代背景下，以祁家四世同堂的生活为主线，形象、真切地描绘了以小羊圈胡同住户为代表的各个阶层、各色人等的荣辱浮沉、生死存亡，史诗般地展现了第二次世界大战期间，中国人民为世界反法西斯战争做出的杰出贡献，气度恢弘，可歌可泣。老舍先生以深厚精湛的艺术功力和炉火纯青的小说技艺刻画了祁老人、瑞宣、大赤包、冠晓荷等一系列栩栩如生的艺术形象，展现了风味浓郁的北平生活画卷，至今传诵不衰，历久弥新。

话剧《茶馆》以一座茶馆作为舞台，展开了清末戊戌维新失败、民国初年北洋军阀盘踞时期、国民党政权崩溃前夕3个时代的生活场景和历史动向，写出旧中国的日趋衰微，揭示了必须寻找别的出路的真理。老舍的话剧艺术在这个剧本中有重大突破。《茶馆》是当代中国话剧舞台最享盛名的保留剧目，继《骆驼祥子》之后，再次为老舍赢得国际声誉。话剧《龙须沟》则是老舍创作的又一个里程碑，他因此获得"人民艺术家"的荣誉称号。

老舍是一位多产作家，一生共创作了1000多部（篇）作品，特别在长篇小说艺术上取得了巨大成功，与茅盾、巴金一起，并称"现代长篇小说的三大高峰"。老舍小说全景式地描写了北京的市民生活和风俗，又被看作现代"京味小说"的源头，成为了北京文化的一个象征。

延伸阅读

老舍之死

1962年开始，许多文艺作品遭到批判，老舍停止了《正红旗下》的创作。1965年3月至4月，老舍率领中国作家代表团访问日本。回国后，将旅日见闻写成长篇散文《致日本作家的公开信》，但没有获准发表，老舍只得被迫停笔。1966年8月23日，本应在家继续休养的老舍，被挂上"走资派""牛鬼蛇神""反动文人"的牌子，押至北京孔庙大成门前，被迫下跪，惨遭侮辱、毒打。血流满面、遍体鳞伤的老舍被押回市文联，又因"对抗红卫兵"，加挂上"现行反革命"的牌子，遭到"红卫兵"变本加厉的残酷殴打，直至24日凌晨。24日清晨，老舍回到家中后，独自走到北京城西北角外的太平湖畔，自沉于太平湖中。

爱的"使者"冰心

> 冰心一生的成就和贡献是多方面的,她把她的一生都献给了孩子、祖国和人民,献给了全社会和全人类,被称作"二十世纪中国杰出的文学大师"。

冰心(1900—1999年),20世纪杰出的文学大师、著名社会活动家、中国作家协会名誉主席。原名谢婉莹,著名女作家、儿童文学作家、诗人,福建省长乐市人。代表作有诗集《繁星》《春水》,散文小说集《超人民往事》和通讯集《寄小读者》等。其中《小橘灯》《寄小读者》《和小鸟最相亲爱》等被选入中小学课本。

冰心出生于一个具有爱国、维新思想的海军军官家庭,冰心的父亲谢葆璋是一位参加过甲午战争的海军军官。在海浪、舰甲和军营中,冰心度过了着男装、骑马、射击的少年生活。中华民族饱受列强欺凌的屈辱历史,更激发了她的爱国之情。

幼年的冰心曾长时间生活在烟台海边,大海陶冶了她的性情,开阔了她的心胸。在烟台,冰心开始读书,家塾启蒙学习期间,已接触中国古典文学名著,7岁即读过《三国演义》《水浒传》等。

辛亥革命后,冰心随父亲回到福州,住在南后街杨桥巷口万兴桶石店后一座大院里。1913年父亲谢葆璋去北京国民政府出任海军部军学司长,冰心随父迁居北京,住在铁狮子胡同中剪子巷,次年入贝满女中,1918年升入协和女子大学理预科,向往成为一名救死扶伤的医生。新文化运动的兴起和五四运动的爆发,使冰心把自己的命运和民族的振兴紧密地联系在一起。她全身心地投入爱国运动。

◆ 冰心像(1923年于美国)

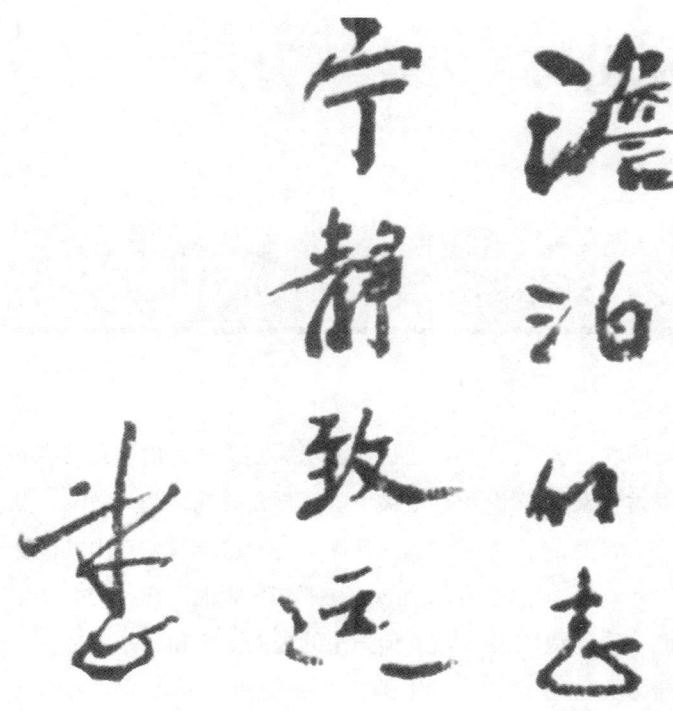

◆ 冰心手迹

"五四"时期,冰心开始写小说、诗歌。她的文笔自然清新,隽丽优美,善于吸收融化中国古典文学和西方文学词汇,丰富自己富于表现力的口语。她的散文语言既有白话文流利酣畅的特点,又有文言文凝练隽永的长处。她的许多作品被译成英、法、日、俄等多种文字,赢得很高的国际声誉。冰心早期作品的三大主题是"爱母亲、爱儿童、爱自然",这是冰心所坚持和提倡的"爱的哲学"。写于解放后的《小橘灯》一文,既继承了早期作品的特点,又表现了冰心对旧中国的控诉,对新中国的热爱之情,这为她的作品注入了新的、充满活力的精神力量。

《寄小读者》是写给小读者的通讯,共29篇,其中有21篇是作者赴美留学期间写的,当时曾陆续刊登在北京的《晨报》副刊上。通讯内容大都是报道自己赴美途中,和身居异乡时的一些生活感受,表达了她出国期间对祖国的关注和深切怀念。"通讯七"是表现这方面内容的非常典型的一篇作品,通过作者对太平洋和慰冰湖美丽景色的描写,抒发了对自然的热爱,对母亲的依恋,对童年时代的追怀,蕴含着她思念祖国的深情厚谊。

延伸阅读

冰心奖

以严格、公正和权威著称的冰心奖,是我国惟一的国际华人儿童文学艺术大奖,分为冰心儿童图书奖、冰心儿童文学新作奖、冰心艺术奖、冰心摄影文学奖4个奖项,全世界华文文章都可参与评比,获奖者遍布全世界。历届获奖者不仅有港、澳、台地区的作家,还包括外国作家。

冰心奖创立于1990年。冰心奖的奖杯上有两只铜鸟栖落在黑色的大理石底座上,小鸟仰着脖,张着嘴,急切地望着大鸟,大鸟伸长脖子,头低垂下来,嘴叼着食物喂进小鸟口中。这个形象取材于冰心的一件纪念品,体现了母爱的主题。

沈从文与《边城》

沈从文一生写下了很多部小说和散文集，其中，《边城》占据着最重要的位置。可以毫不夸张地说，正是《边城》奠定了沈从文在文学史上的历史地位。

沈从文（1902—1988年），中国现代著名的文学家、小说家、散文家和考古学家，原名沈岳焕，笔名休芸芸、甲辰、上官碧、璇若等。

沈从文出生于风景秀美的湘西，玲珑剔透的山水孕育了他的才情，人性甜美的凤凰小城赋予了他柔顺多情的个性。

青年时代的沈从文开始写一些新潮的白话小说，也在文坛崭露头角，由于徐志摩的介绍，他被中国公学校长胡适聘为教师。然而木讷的沈从文第一堂课就洋相百出，他更没有想到的是在那些目睹他出洋相的女学生中，就有他未来的夫人张兆和。

18岁的张兆和聪明可爱，单纯善良，身边有许多追求者，她把他们编成了"青蛙一号""青蛙二号""青蛙三号"，二姐张允和取笑说，沈从文大约只能排为"癞蛤蟆第十三号"。自卑木讷的沈从文不敢当面向张兆和表白爱情，只好悄悄地给她写情书。功夫不负有心人，在感情文字的巨大威力下，两人双双坠入爱河。张兆和毕业后不久，沈从文便上门提亲，在二姐允和的帮助下，有情人终成眷属。

1930年，沈从文赴青岛大学执教，创作颇丰。到抗战前，共出版了20多

◆ 沈从文像

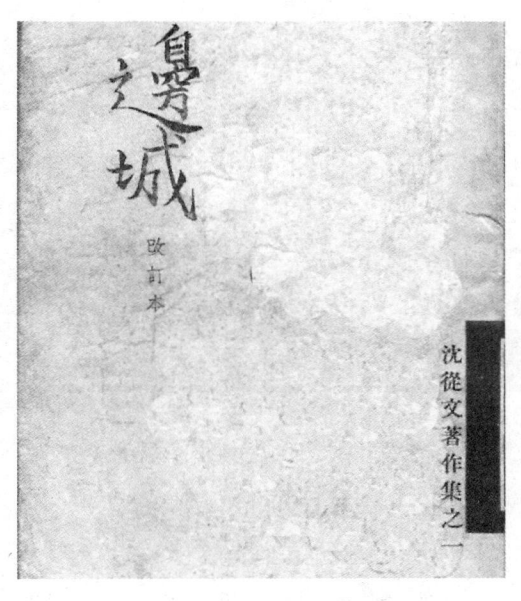

◆ 《边城》书影

个作品集，有《石子船》《虎雏》《月下小景》《八骏图》等。中篇小说《边城》于1934年问世，标志着他的小说的成熟。不幸的是，二十世纪五六十年代的历次政治运动，使沈从文遭受到一次又一次来势汹涌的打击，陷入了病态的迷狂状态，他不断念叨着"回湘西去，我要回湘西去"。后在夫人的照料下恢复了健康。1988年5月10日，饱经沧桑的沈从文安详地离开了人世。"我行过许多地方的桥，看过许多次数的云，喝过许多种类的酒，却只爱过一个正当最好年龄的人"，这是作家和学者沈从文的一段经典文字。

《边城》是沈从文的代表作，以湘西小山城茶峒及附近乡村为背景，描写了一个渡船的老人和他的外孙女翠翠的生活，以及翠翠与船总的儿子天保、傩送之间曲折的爱情故事。作者赋予了他笔下所有人物一种淳厚质朴的人性。作者向往"优美、健康、自然，而又不悖乎人性的人生形式"，厌恶所谓的现代文明，痛恨现实的黑暗，于是他在作品中构筑了一个理想世界，以此来寄托他重造民族的希望，表达自己对理想人生的执著追求。《边城》中的女主人公翠翠，是作者向往优美人性与人生的化身与极致。作者通过这一形象，特别是这一人物在爱情生活中的态度，描绘出人世间一种纯洁美好的感情，讴歌了象征爱与美的人性与人生，为"爱"字作了一个恰如其分的说明。

沈从文以"乡下人"的主体视角审视当时城乡对峙的现状，批判现代文明在进入中国的过程中所显露出的丑陋，这种与新文学主将们相悖反的观念大大丰富了现代小说的表现范围。由于其创作风格的独特，在中国文坛上被誉为"乡土文学之父"。

延伸阅读

多产作家沈从文

沈从文一生共出版过30多部短篇小说集和6部中长篇小说，是现代作家中成书最多的一个。早期的小说集有《蜜柑》《雨后及其他》《神巫之爱》等，基本主题已见端倪，但城乡两条线索尚不清晰，两性关系的描写较浅，文学的纯净度也差些。20世纪30年代后，他的创作显著成熟，主要有《龙珠》《旅店及其他》《石子船》《阿丽思中国游记》《边城》《长河》《从文自传》《记丁玲》《湘行散记》《湘西》《烛虚》《云南看云集》等。

现代女作家丁玲

> 丁玲以其独到的女性视角、女性心理、女性笔触,在其文学作品中塑造了一系列个性鲜明的女性人物形象,在最深的层次里深切关注着女性的命运,思考着女性的前途,探索着女性的出路,形成了自己的风格。

丁玲(1904—1986年),现代女作家。原名蒋伟,字冰之,笔名彬芷、从喧等,湖南临澧人。

丁玲出生于一个没落的豪门世家。祖父做过大官,父亲不理家务,把产业耗尽。母亲是大家闺秀,性格倔强,受西方民主思想影响较深,且主张男女平等,妇女应该自强自立,办过妇女工读学校,任校长。丁玲4岁丧父,随母在学校里长大,深受母亲反抗封建礼教束缚、独立自强精神的熏陶。上小学时即读过《西游记》《红楼梦》《水浒传》等中国古典小说和外国小说,以及早期《小说月报》等书刊。

1930年5月,丁玲加入中国左翼作家联盟。1931年1月,丁玲的丈夫胡也频被国民党反动政府逮捕后杀害。1933年5月,丁玲被国民党特务秘密绑架,押解到南京囚禁3年多,此期间她的作品被全部查禁。左翼作家和进步人士宋庆龄、蔡元培、鲁迅、杨杏佛等,以及国际文化名流古久里、巴比塞、罗曼·罗兰等提出抗议并发起营救运动。1936年9月,丁玲在中国共产党组织的安排下逃离南京,经上海潜赴西安,不久到中共中央所在地陕北保安县。在陕北历任西北战地服务团团长、《解放日报》文艺副刊主编等职,并先后创作《一颗未出膛的枪弹》《夜》《我在霞村的时候》《在医院中时》等优秀文学作品。

丁玲一生屡经磨难,多次被迫搁笔,但仍然创作了近300万字的作品。她以其大胆

◆ 丁玲军装照

◆ 丁玲青年时雕塑像

的女性意识、敏锐的文学感觉和细腻的叙述风格闻名文坛。她用一双女性的眼，一颗女性的心，一支女性的笔，撑起了一面现代文学史上不容忽视的文学大旗。其中《莎菲女士的日记》反映了当时知识少女的苦闷与追求，成为了文坛不朽之作；写于40年代中后期的《太阳照在桑干河上》是她创作生涯的高峰，获1951年斯大林文学奖。

《莎菲女士的日记》是作者于1927年写的一部中篇小说，是一篇日记体裁的小说。小说描写了五四运动后北京城里的几个青年的生活，小说中莎菲是五四浪潮中的叛逆女性，痛恨和蔑视一切，却没有找到正确的道路。患了肺病后，便放纵自己的感情，她追求南洋华侨凌吉士，却又鄙视他卑劣的灵魂，最终陷于痛苦的挣扎之中。作者用大胆的毫不遮掩的笔触，细腻真实地刻画出女主角倔强的个性和反叛精神，同时明确地表露出脱离社会的个人主义者的反抗带来的悲剧结果。莎菲这种女性是具有代表意义的，她追求真正的爱情，希望人们真正地了解她，她要同旧势力决裂，但新东西却又找不到。

《太阳照在桑干河上》是丁玲于1948年完成的长篇小说，曾荣获1951年度斯大林文学奖二等奖。作品通过对河北北部农村暖水屯土地改革斗争的描写，塑造了一系列农民形象，真实而生动地反映了大变动中农村阶级斗争的复杂性，表现了阶级关系的相互渗透和人们的不同精神状态，展现了中国共产党领导农民踏上幸福之路的光明前景。小说在艺术上也有着自己的特色。全书共五十八节，近四十个人物，写了一个农村土改斗争从酝酿到发动群众，几经曲折终于斗倒地主的过程，波澜起伏，疏密相间；故事线索纷繁，然而主次分明，繁而不乱。这样宏大的结构对反映规模巨大的农村土改斗争及其复杂性十分合适，同时也充分显示了作者高度的艺术概括能力。

延伸阅读

丁玲写作生活的开始

1924年的夏天，丁玲决心走向一个新天地，她离开上海登车北上，在北京住了下来。一个刚刚20岁的少女，心里装着多少美好的憧憬和幻想啊。她到北大做旁听生，又去私人画室学画，还曾尝试当演员，但处处碰壁。世上有那么多条路，丁玲却找不到自己应该走的路。她要发泄，要倾诉，又找不到可以发泄和倾诉的对象。看到胡也频、沈从文他们常常伏在那里写诗，写小说，她忽然想，我为什么不来试一试呢？于是，她把自己经历过的事情和感受一古脑地倾泻到稿纸上，写出了她的第一篇小说《梦珂》。

第九讲 近现代文学

人民作家巴金

> 巴金是"五四"新文化运动以来最有影响的作家之一，是20世纪中国杰出的文学大师，是中国现代文学巨匠，为后人留下了千万字的作品，被称为"中国的卢梭"。

巴金（1904—2005年），原名李尧棠、字芾甘，笔名佩竿、余一、王文慧等，四川成都人。现代文学家、翻译家、出版家，主要作品有"激流三部曲""爱情的三部曲"和《春天里的秋天》《憩园》《寒夜》《新生》《忆》等。

巴金生于官宦家庭，自幼在成都东城根街小学读书。1920年，巴金进入成都外国语专门学校；1923年从封建家庭出走，就读于上海和南京的中学；1927年初赴法国留学，写成了处女作长篇小说《灭亡》，开始使用"巴金"的笔名；1929年回国后，继续从事文学创作。

巴金从小跟着父亲走过川北广元不少的高山大川，看见过好些不寻常的景物。在父亲的衙门里，仆人轿夫之类的下人几十个，来自四面八方，相识的、不相识的都和平地生活着。因为他们都是一样的人，一旦触怒主人就不知道第二天会怎样生活下去。这些都引起了小巴金的同情。

巴金喜欢书，在巴金偌大的寓所内，汽车库、储藏室、阁楼上、楼道口、阳台前、厕所间、客厅里、卧房内……到处是书。巴金爱书，在文化圈内也是出了名的，他的藏书之多，在当代文人中，恐怕无人可比。巴金胞弟李济生谈起四哥爱书、买书的情况时说："他最喜爱的东西，还是书，这一兴趣从小到老没有变。在法国过着穷学生的清苦生活时，省吃俭用余下来的钱，就是买自己喜爱的书。有了稿费收入，个人生活不愁，

◆《随想录》书影

◆ 电影《家》剧照

自然更要买书。"

长篇小说《家》，是巴金的代表作。作品以"五四"的浪潮波及到了闭塞的内地——四川成都为背景，真实地写出了高家这个很有代表性的封建大家庭腐烂、溃败的历史，用作家自己的话说："要展示给读者的乃是描写过去十多年间的一幅图画。"高氏豪门外表上诗礼传家，书香门第，但遮掩在这层帷幕之后的，却是内部的相互倾轧、明争暗斗、腐朽龌龊、荒淫无耻。在《家》中，有梅的悒郁致死，瑞珏的惨痛命运，鸣凤的投湖悲剧，婉儿的被逼出嫁……这些青年女性的不幸遭遇，无不是封建制度以及礼教、迷信迫害的结果。作者通过这些描写，表现了深切的同情和悲愤，并向垂死的封建制度发出了"我控诉"的呼声。

巴金走过了一个世纪，于2005年10月17日在上海逝世。在这变幻的100年中，他有过成功的欢欣，有过屈辱的磨难，有过痛苦的忏悔，有过平静的安宁。巴金的人生，映照着一代知识分子坎坷而不平凡的命运。对巴金的祝福和纪念，也是对二十世纪许多像他一样的知识分子的怀念，是对我们的民族经历的百年风雨的记忆与思索。

延伸阅读

巴金通晓九门外语

巴金通晓英文、法文、德文、意大利文、俄文、日文、朝鲜文、越南文和世界语，因此他也是个出色的翻译家，他在生前翻译了许多作品，并且常常习惯译一本书参考不同版本，比如《父与子》就用了俄文原版、1种德译本和4种英译本。"文革"期间，无书可读的巴金便读英文版和德文版的《毛主席语录》，甚至在批判会上，巴金就在下面低着头背法文，工宣队听到巴金自言自语地念外文，便抢过巴金的书，一看封面是红色的，便只好不了了之。

诗坛泰斗艾青

艾青以其充满艺术个性的诗作卓然成家,实践着他"朴素""单纯""集中""明快"的诗歌美学主张。他自称为"悲哀的诗人",对中国新诗产生过重要影响,在世界上也享有声誉,智利著名诗人聂鲁达称他为"中国诗坛泰斗",法国授予他文学艺术最高勋章。

艾青(1910—1996年),原名蒋海澄,笔名有莪加、克阿、林壁等,生于浙江金华。代表作有《大堰河》《北方》《他死在第二次》《向太阳》《献给乡村的诗》等。

艾青1928年入杭州国立西湖艺术学院绘画系。翌年赴法国勤工俭学。1932年年初回国,在上海加入中国左翼美术家联盟,从事革命文艺活动,不久被捕,在狱中写了不少诗,其中的《大堰河——我的保姆》发表后引起轰动,一举成名。1935年出狱,翌年出版了第一本诗集《大堰河》。1941年赴延安,任《诗刊》主编。

抗战期间成为他创作的高潮时期,出版了《北方》《向太阳》《旷野》《火把》《黎明的通知》《雷地钻》等9部诗集。建国后,艾青任《人民文学》副主编、全国文联委员等职。

艾青终其一生都是一位土地诗人。他将笔触直抵土地的根部,挖掘悲伤的土地之中蕴藏的黑色质地肯定是有道理的。从他的笔下,流露出了那个年代罕见的、纯正的伦理之音(只要想想那个年代太多风花雪月的诗作就可以知道艾青的可贵);通过他的歌吟,我们能听到那个年代中国人

◆ 艾青塑像

的几乎全部哀告和诉求，土地的全部希望和绝望，人民的全部泪水和鲜血。他对天空、对太阳的描写，不过是为了给悲伤的泥土找到一丝安慰，给饥馑、荒芜的人民找到取暖的火源。太阳的出现，根本上就是为了大地上悲哀的生民，为了这悲哀的大地本身。

《大堰河——我的保姆》感情真挚、深情、奔放，保姆的形象跃然在我们面前；同时，诗人的形象也闪现在读者面前，特别是诗人对保姆的情感，充分表达出诗人对劳动人民的深厚情感。读来催人泪下，深受感染。诗人情感的抒发洋洋洒洒，排比的运用如奔腾的河水。至今都是当今诗歌的典范。

艾青的诗句"为什么我的眼里常含泪

◆ 《献给乡村的诗》书影

水？因为我对这土地爱得深沉。"成为经典被广泛引用。艾青是土地的歌者，"土地"是他诗中出现最多的两个意象之一（另一个是"太阳"）。"土地"象征着生他养他而又多灾多难的祖国。对"土地"的热爱，是艾青作品咏唱不尽的旋律。

◆ 《大堰河》初版封面

延伸阅读

"艾青"笔名的由来

艾青在1933年写了其成名作《大堰河——我的保姆》，当他将蒋字的"艹"字头写下后就停了笔，他想起蒋介石背叛革命，共产党人血流成河，自己也曾身陷国民党监狱受尽苦难，他耻于与蒋介石同姓，便信手在"艹"字头下面打了个"×"，这恰好是一个"艾"字，于是便以"艾"为姓。又因为艾青生于十二月，刚好农村里面十二月是青的季节，"海澄"的家乡口语谐音为"青"，于是艾青就这样成了他的笔名。之后"艾青"这个名字轰动全国，家喻户晓，然而他的真名倒是没有多少人知道了。

天才作家钱钟书

> 钱钟书是中国数千年文化传统在一个风气开通、历史转型时期的特殊结晶。他是20世纪中国人文学术的一个杰出象征,被称为"民国第一才子""二十世纪人类最智慧的头颅"。

钱钟书(1910—1998年),原名仰先,字哲良、默存,号槐聚,曾用笔名中书君,江苏无锡人,中国现代著名作家、文学研究家。他的代表作有《围城》《人·兽·鬼》《管锥编》《旧文四篇》《谈艺录》《写在人生边上》等,其中以长篇小说《围城》影响最大,被很多人誉为现代的《儒林外史》。

钱钟书10岁入东林小学,在苏州桃坞中学、无锡辅仁中学接受中学教育,19岁时被清华大学破格录取。这主要是因为,钱钟书擅长中文、英文,却在数学等理科上成绩极差。报考清华大学时,数学仅得15分,但因中文、英文成绩突出,其中英文更是获得满分,于1929年被清华大学外文系破格录取。钱钟书学识渊博,记忆力惊人,在清华大学读书时,他就与吴晗、夏鼐被誉为清华"三才子"。

1933年,钱钟书毕业于清华大学外文系,两年后到英国牛津大学攻读英国文学,后又至巴黎大学研究法国文学。抗日战争期间归国,曾在多所大学任教。1953年,被聘为中国科学院文学研究所一级研究员。后相继担任了中国社会科学院副院长、院特邀顾问。

钱钟书的一生,是以生命的极限去探索人文写作和人文学术极致的一生。他于解放前出版了集幽默、睿智于一身的散文集《写在人生边上》,短篇小说集《人·兽·鬼》,描绘旧中国知识分子百相的长篇小说《围城》,融中西学于

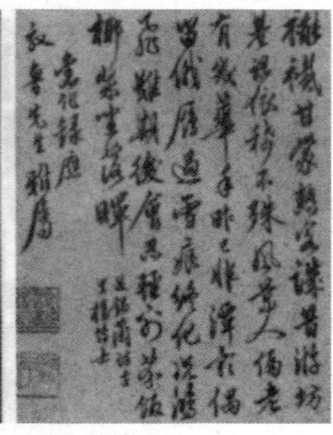

◆ 钱钟书像及其手迹

◆ 《围城》书影

书中对许多问题都作了前无古人的发掘和辨析，出版之初就以视角的独特、观点的新颖和材料的丰赡充实震动了学界。《宋诗选注》是钱钟书在文学研究所工作期间完成的一项成果。这部书既有普及性的一面，可供雅俗所共赏，同时又体现了钱钟书对宋诗乃至全部中国古典诗歌的深湛研究，资料极为繁富，论述多有发明，体例独特别致，充满了创造性，具有重大的学术价值。

《围城》的时代背景是1937年及以后的若干年，正是中国遭受日本帝国主义侵略的时期。但要理解《围城》，必须追溯到近代特别是鸦片战争以来，中国在帝国主义列强大炮军舰之下，被迫地、却历史性地开始了与世界的接触，中华民族的古老文明与西方文明开始了前所未有的交锋、碰撞、冲突以及交汇、融合。这种文化现象在一大批留学生（钱钟书正是他们中的一员）的身上具体地、活生生地体现出来，因而具有值得解剖的典型意义。

一体、见解精辟独到的《谈艺录》；解放后出版了《宋诗选注》《管锥编》五卷、《七缀集》《石语》《槐聚诗存》等。此外，他还参与了中国科学院文学研究所编著《中国文学史》的工作，并作出了重要贡献。

钱钟书不仅精通英文、法文、德文、意大利文及拉丁文、西班牙文，而且对西方古典的和现代的文学、哲学、心理学以及各种新兴的人文学科，都有很高的造诣和透辟的理解。钱钟书对我国古代的经、史、子、集也有广泛而深入的研究，他立足于我国的文化传统，努力打通古今中外，使之熔于一炉。

《谈艺录》是钱钟书青年时期的著作，

延伸阅读

幽默才子钱钟书

在清华读书期间，钱钟书的一位叫许振德的男同学爱上了一位漂亮女生，在课堂上就不住地向女生暗送秋波，钱钟书本来上课就不听讲，他把许振德向不同方向观看的眼神变化都画了下来，题为《许眼变化图》，没等下课就把画传递给其他同学，一时在班上传为笑谈。直到若干年后，居住在美国的许振德每提起旧事，还禁不住哈哈大笑。

文学"洛神"萧红

> 萧红是民国四大才女中命运最为悲苦的一位,她有着与女词人李清照相近的生活经历,并一直处于极端的苦难与坎坷中,可谓不幸中的更不幸者,被誉为"30年代的文学洛神"。

萧红(1911—1942年),中国现代著名女作家,原名张乃莹,笔名萧红、悄吟。代表作有《跋涉》《生死场》《呼兰河传》等。

萧红出生于黑龙江省呼兰县城的一个封建地主家庭。1927年秋季,萧红考入哈尔滨市东省特别区区立第一女子中学。在第一女中,萧红除了喜欢绘画外,还广泛阅读了中外文学作品,在校刊上发表了署名为"悄吟"的抒情诗。

◆ 《生死场》书影

1934年,因作品《跋涉》中大部分文章揭露了日伪统治下社会的黑暗,歌颂了人民的觉醒、抗争,带有鲜明的进步色彩,引起特务机关怀疑。为躲避迫害,萧红、萧军在中共地下党组织的帮助下,于1934年6月逃离哈尔滨,经大连乘船到达青岛。随后生活于上海、重庆等地,于1942年1月22日在香港因病逝世。

萧红是一位体验型、情绪型的极富才华的现代女作家。她的一生颠沛流离、短促悲凉,饱受被放逐的寂寞、孤独和痛苦。萧红的小说创作正是她的悲剧人生的真实写照。她以自己悲剧性的人生感受和生命体验,观照她所熟悉的乡土社会的生命形态和生存境遇,揭露和批判国民性弱点,抒写着人的悲剧、女性的悲剧和普泛的人类生命的悲剧,从而使其小说获得了一种浓烈而深沉的悲剧意蕴和独特丰厚的文化内涵。

她打破了传统小说单一的叙事模式,创造了一种介于小说、散文和诗之间的边缘文体,并以其独特的超常规语言、自传式叙事方法、散文化结构及诗化风格,形成了别具一格的"萧红体"小说文体风格,从而促进了现代小说观念的更新,使小说获得了另一种特殊意义的存在。萧红小说正是以其深沉的悲剧意蕴和独特的文体风格在我国现代文坛上独占一隅,构筑了一个独具韵味的艺术世界。

萧红的一生是不向命运低头,在苦难中挣扎、抗争的一生。她的作品虽没有直接描述她的经历,却使她在女性觉悟的基础上加上一层对人性和社会的深刻理解。她把"人类的愚昧"和"改造国民的灵魂"作为自己的艺术追求,她是在"对传统意识和文化心态的无情解剖中,向着民主精神与个性意识发出深情的呼唤"。

1935年月12月,萧红的中篇小说《生死场》以"奴隶丛书"的名义在上海出版,在文坛上引起了巨大的轰动和强烈的反响,萧红也因此一举成名。《生死场》以沦陷前后的东北农村为背景,真实地反映旧社会农民的悲惨遭遇,以血淋淋的现实无情地揭露日伪统治下社会的黑暗。同时也表现了东北农民的觉醒与抗争,赞扬他们誓死不当亡国奴、坚决与侵略者血战到底的民族气节。萧

◆ 萧红故居

红在作品中大胆地反映人民的要求和愿望,抒发了她对祖国和人民的热爱,表现了强烈的爱国主义思想。

◆ 萧红故居门前雕塑

延伸阅读

中国现代十大才女

庐隐(1898—1934),著有《海滨故人》《灵海潮汐》《曼丽》《东京小品》。

苏雪林(1899—1999),著有《青鸟集》《蝉蜕集》《归鸿集》《绿天》《我的生活》。

冰心(1900—1999),著有《寄小读者》《小橘灯》等。

石评梅(1902—1928),著有《涛语》《偶然草》。

陆小曼(1903—1965),著有《大诗人泰戈尔在我家》《秋叶》《哭摩》。

林徽因(1904—1955),著有《钟绿》《绣绣》《蛛丝与梅花》《窗子以外》。

丁玲(1904—1986),著有《太阳照在桑干河上》《莎菲女士的日记》等。

萧红(1911—1942),著有《跋涉》《生死场》《呼兰河传》等。

张爱玲(1920—1995),著有作《倾城之恋》《金锁记》《半生缘》等。

三毛(1943—1991),著有《撒哈拉的故事》《哭泣的骆驼》《梦里花落知多少》等。

杨沫和《青春之歌》

杨沫的《青春之歌》于1958年发表后,在国内外引起了广泛关注,在中国当代文学史上占有极其重要的地位。

杨沫(1914—1995年),现代著名女作家,原名杨成业,后又用名杨君默、杨默,笔名小慧,生于北京,祖籍湖南省湘阴县。

杨沫的作品除了长篇小说《青春之歌》,还有中篇小说《苇塘纪事》,短篇小说选《红红的山丹花》《杨沫散文选》,长篇小说《东方欲晓》《芳菲之歌》《吴华之歌》,长篇报告文学《不是日记的日记》《自白——我的日记》等。

杨沫出生于一个没落的官僚地主家庭,曾就读于温泉女中,因家庭破产而失学。曾在河北省定县等地教书,后又在北京做过家庭教师和书店店员,在此期间接触了马列主义思想,并加入了共产党。这些个人的生活经历对她的小说创作有很大的影响。

1934年,杨沫开始文学创作,发表作品,多是一些反映抗日战争的散文和短篇小说。抗战爆发后又到冀中参加中国共产党领导的游击战争,做妇女宣传工作。1943年起任《黎明报》《晋察冀日报》等报纸的编辑、副刊主编。中华人民共和国成立后,曾任北京电影制片厂编剧、北京市作协副主席、中国作协理事等职。

《青春之歌》主要通过对主人公林道静个人命运、遭遇和归宿的描写,通过对当时形形色色各种类型的青年知识分子的描写,形象地展现"九一八"到"一二·九"(1931—1935年)这一特定历史时期我国

◆ 《青春之歌》书影(中文版)

学生革命运动的历史风貌和形形色色的知识分子的精神风貌,从而提炼出一个革命的思想主题:一切知识分子,只有把个人前途同国家民族的命运、人民的革命事业结合在一起,投入到时代的洪流中去,在改造客观世界的同时不断改造自己的主观世界,才有真正的前途和出路,也才有真正值得歌颂的美丽的青春。

《青春之歌》善于将人物放在尖锐激烈的斗争漩涡中加以刻画;善于通过不同人物对同一事物的不同反映来展示各自的性格特征;善于将人物的外貌描写和心理刻画巧妙地结合起来;善于通过富有性格特色的细节来描写揭示人物的内心世界;善于将人物性格的变化与人物命运遭遇的变化结合起来描写。

通过所有这些努力,不仅使林道静这一形象塑造得血肉丰满、真实感人,也使作品中的其他人物卢嘉

◆ 《青春之歌》书影(英文版)

川、江华、林红、余永泽、戴瑜、王晓燕、白莉萍等显得个个活脱生动,性格鲜明,虽然这些形象都或多或少地存在着类型化的痕迹,但仍能显示出作家塑造人物形象的深厚艺术功力,使得小说包含了广阔、丰富的时代内涵。

◆ 《青春之歌》书影(俄文版)

延伸阅读

幕后故事

《青春之歌》在国内外有广泛影响,主要写"九一八"事变至"一二·九"运动时期形形色色的青年知识分子的生活道路和革命道路,但因以在当时被视为小资产阶级的人物作为小说主人公,所以作品问世后,掀起了一场声势浩大的讨论。有人在"左"的观念支配下对作者、作品进行了严厉的批评。虽然茅盾、何其芳等名家都写了为《青春之歌》辩护的文章,但"左"的批评还是令杨沫对《青春之歌》作了较大修改。"文化大革命"中《青春之歌》被定为毒草,作者被打成反革命作家。直到粉碎"四人帮"以后,作者和作品才得以平反,重见天日。

说不尽的张爱玲

> 张爱玲是中国现代文学史上的一个"异数",她的作品,与政治、民族这些大命题无关,是大上海一个世纪的喧嚣华丽、风流云散的寓言,是人性中最让人绝望的那一层窗户纸。

张爱玲(1920年—1995年),原名张瑛,笔名梁京,祖籍河北丰润,生于上海。她是清末著名"清流派"代表张佩伦的孙女,李鸿章的重外孙女,出身名门。主要著作有小说集《传奇》、散文集《流言》和长篇小说《半生缘》等,代表作是《倾城之恋》和《金锁记》。

张爱玲是一个天才儿童,6岁入私塾,在读诗背经的同时,就开始小说创作。张爱玲对色彩、音符和文字都极为敏感,她曾说:"我是一个古怪的女孩,从小被目为天才,除了发展我的天才外别无生存的目标。9岁时,我踌躇着不知道应当选择音乐或美术作我终身的事业。看了一张描写穷困的画家的影片后,我哭了一场,决定做一个钢琴家,在富丽堂皇的音乐厅里演奏。"

张爱玲有一部小说集名为《传奇》,而她的身世本身也是一部苍凉哀婉又精彩动人的传奇:从没落的贵族家庭中出走,经历了香港求学时期的战火、沪上卖文成名的风光,经历了抗战时期与汉奸胡兰成的一段姻缘;50年代初远走异国,尔后再嫁他乡;老年寂寞自得,住在"雪洞一般"素净的房间里,看书写作度日,中秋前夕,寂寞地客死于异乡。

在中国现代文学史上,张爱玲占有重要的位置,她的出现代表了中国现代文学的一次转型。她的作品,不论是小说还是散文,几乎都是以上海、香港等大都市作为背景的,她对都市生活的大雅大俗总是特别敏

◆ 一代才女张爱玲

感，总有着一份独特的见解，一种越轨的笔致，十分耐人寻味。

代表作《倾城之恋》是张爱玲最脍炙人口的短篇小说之一。故事发生在香港，上海来的白家小姐白流苏，经历了一次失败的婚姻，身无分文，在亲戚间备受冷嘲热讽，看尽世态炎凉。后来偶然认识了多金潇洒的单身汉范柳原，便拿自己当作赌注，远赴香江，博取范柳原的爱情，要争取一个合法的婚姻地位。两个情场高手斗法的场地在浅水湾饭店，原本白流苏似是博输了，但在范柳原即将离开香港时，日军开始轰炸浅水湾，范柳原折回保护白流苏，在生死交关时，两人才得以真心相见，许下天长地久的诺言。

《金锁记》写于1943年，小说描写了一个小商人家庭出身的女子曹七巧的心灵变迁历程。七巧做过残疾人的妻子，欲爱而不能爱，几乎像疯子一样在姜家过了30年。在财欲

◆ 《流言》书影

与情欲的压迫下，她的性格终于被扭曲，行为变得乖戾，不但破坏儿子的婚姻，致使儿媳被折磨而死，还拆散女儿的爱情。

2009年4月，曾被张爱玲在遗嘱中要求销毁的小说《小团圆》由北京十月文艺出版社在大陆出版。《小团圆》可以看作是张爱玲本人的自传型小说，她以自己的人生经历为蓝本，用文学的手法叙述了传奇的一生。

◆ 张爱玲故居

延伸阅读

那些美好的句子

1. 于千万人之中，遇见你要遇见的人。于千万年之中，时间无涯的荒野里，没有早一步，也没有迟一步，遇上了也只能轻轻地说一句："你也在这里吗？"——《爱》

2. 我要你知道，在这个世界上总有一个人是等着你的，不管在什么时候，不管在什么地方，反正你知道，总有这么个人。——《半生缘》

3. 长的是磨难，短的是人生。——《公寓生活记趣》

武侠小说"泰斗"金庸

> 金庸是新武侠小说最杰出的代表作家,为武侠小说史上前无古人的"绝代宗师"和"武林泰斗",更有"金迷"们尊称其为"金大侠"或"查大侠"。

金庸(1924—2018年),当代著名武侠小说作家、新闻学家、企业家、政治评论家、社会活动家,中国作家协会名誉副主席,本名查良镛,祖籍江西,生于浙江。

金庸是在家乡海宁县袁花镇读完小学的,然后就读于浙江省嘉兴市第一中学,因为写讽刺训导主任的文章被开除,转学去了衢州。1942年中学毕业,考入"中央政治大学"外交系,1946年赴上海东吴法学院修习国际法课程。新中国成立不久,金庸为了实现外交家的理想来到北京,但由于种种原因而到了香港,开始了武侠小说的创作。

金庸阅历丰富,知识渊博,文思敏捷,眼光独到。在武侠小说方面,他继承了古典武侠小说之精华,开创了形式独特、情节曲折、描写细腻且深具人性和豪情侠义的新派武侠小说之先河。而且,这些小说以古代生活为题材,却体现出现代精神,同时富有深厚的文化内涵,因而赢得了亿万读者的喜爱,达到了雅俗共赏的境界。

从31岁发表《书剑恩仇录》开始,到1972年的《鹿鼎记》正式封笔,金庸共创作了15部长、中、短篇小说。其作品内容丰富,情节跌宕起伏,有豪侠气概,有儿女柔肠,有奇招异法,凡此种种,引人入胜。他曾用其中14部书名的第一个字串在一起,编成"飞雪连天射白鹿,笑书神侠倚碧鸳"的对联。

◆《射雕英雄传》剧照

《射雕英雄传》是金庸中期武侠小说

◆ 金庸题词：华山论剑

创作的代表作品，也是金庸拥有读者最多的作品，它的发表确立了金庸"武林至尊"的地位。这部小说历史背景突出，场景纷繁，气势宏伟，具有鲜明的"英雄史诗"风格；在人物创造与情节安排上，它打破了传统武侠小说一味传奇，将人物作为情节附庸的模式，坚持以创造个性化的人物形象为中心，坚持人物统帅故事，按照人物性格的发展需要及其内在可能性、必然性来设置情节，从而使这部小说达到了事虽奇人却真的妙境。

金庸小说还被改编为电视连续剧、电影、广播剧、舞台剧、漫画、动画、电脑游戏等，深入人心。第一部搬上银幕的作品是《射雕英雄传》，《书剑恩仇录》《神雕侠侣》《笑傲江湖》也都被搬上了银屏。

金庸不仅是杰出的小说大师，同时也是一位出色的社评家。他写有近20000篇社评、短评，切中时弊，笔锋雄健犀利，产生了很大影响，曾被人赞誉为"亚洲第一社评家"。金庸一支笔写武侠，一支笔纵论时局，享誉香江；少年游侠，中年游艺，老年游仙；为文可以风行一世，为商可以富比陶朱，为政可以参国论要。金庸一生的传奇，可谓多姿多彩之至。

方舟子曾说："有华人处就有金庸，有网络处也有金庸。"在20世纪80年代兴起、至今仍绵延不绝的"金庸热"和90年代金庸小说被学院派经典化的社会背景下，一些民间金庸迷在新兴的网络中建立了以金庸为主题的相关网站。作为自由、开放的虚拟空间和公共领域，网络为广大金庸迷提供了自由交流的平台。目前声名最著、实力最强的金庸网站当推台湾的"金庸茶馆"和大陆的"金庸江湖"，这两大网站代表着目前网络金学研究之最高水准。

延伸阅读

"金迷"必读书目

《飞狐外传》《笑傲江湖》《雪山飞狐》《书剑恩仇录》《连城诀》《神雕侠侣》《天龙八部》《侠客行》《射雕英雄传》《倚天屠龙记》《白马啸西风》《碧血剑》《鹿鼎记》《鸳鸯刀》。

武侠小说巨匠古龙

古龙一生创作的武侠小说多达六十余部,称他为"武侠小说巨匠"一点也不为过。古龙为"武侠美学"理念的形成与"武侠文化"的推广作出了巨大的贡献,其成就在中国的文学界与影视界都堪称伟大。

古龙(1938—1985年),台湾武侠小说家,本名熊耀华。祖籍江西南昌。幼时曾住过汉口,后经香港赴台,1985年9月21日病逝于台北。

1950年,古龙随家人定居台湾。先就读于师院附中(今师大附中)初中部,1954年秋考上成功中学(高中)。才华洋溢的古龙在这段时间大量写诗投稿。

◆ 古龙像

古龙读成功中学时,父亲熊飞(熊鹏声)因外遇抛弃妻儿,不久古龙亦离家出走,独居于浦城街,一度加入帮派,刀疤累累。高二时(1955年),这个叛逆少年在《晨光》杂志发表小说《从北国到南国》,笔名古龙,开始了他的职业写作生涯。他最初的梦想是成为一名纯文学作家,但最终却走上了武侠创作的道路。

古龙为人豪爽洒脱,嗜酒如命,爱交朋友,性情中人。1985年9月21日因肝硬化引起食道瘤大出血,下午六时不治,享年47岁。出殡时,王羽、倪匡、林清玄等友人在他的棺材里放了48瓶XO陪葬。乔吉为他写了一副挽联:"小李飞刀成绝响,人间不见楚留香",至今犹为人津津乐道。

古龙的童年缺少温暖,年轻时嗜色如食,嗜酒如水,使得他的个性敏感而孤单。这在他的作品中表现得尤为突出,他多情,却更重朋友情。在他的代表作《多情剑客无情剑》中,李寻欢可谓其自画像,爱着林诗音却为了兄弟之情果断退出,虽退出心中却仍然深爱,想爱而不能爱,爱了不敢爱,离开放不下，可谓多情。

他的多情也表现在友情方面，某种程度上可以说古龙是一个友情写手，《楚留香》中胡铁花为了楚留香，可谓把自己像火一样燃烧来照亮楚留香的路，自己却甘愿做绿叶，在人前不断暴露甚至夸张自己的缺点以反衬楚留香的优雅。《绝代双骄》中小鱼儿为了花无缺，默默退出铁心兰的世界，燕南天为了兄弟一诺，极尽一生困苦，可谓情重泰山。

古龙笔下的人物多是矛盾的组合体，他写的人物多是孤僻荒诞甚至轻浮，却并不让我们讨厌，因为总会慢慢发现他们中是有闪光点的，如他笔下的第一大美女林仙儿，古龙在书中无疑是把她描写成了一个坏女人，一个蛇蝎美人，她人尽可夫，然而却在深爱她的李寻欢面前装作清纯少女，她深爱着李寻欢却被那个人不断地鄙视算计，于是她又要找人杀了他。一个得不到爱的可怜女子，

◆《孔雀翎》书影

◆《绝代双骄》书影

拥有美貌却守不住自己的爱，心藏野心却又没有丝毫背景，她是个坏女人，可是又是一个活生生有性格的女子，一个爱恨交缠的女子，到了最后，我们总是感到可怜，她的美她的坏她的爱，无人能知。

古龙很早就尝试电影与文学的互动，如将蒙太奇笔法及结构运用到武侠小说，开辟了武侠创作的新天地；又从事编剧，并自创宝龙影业，把武侠文学的独特意韵与曲折故事带入电影，最终成就奇情武侠电影20世纪数十年的辉煌，并深远影响几代人。

与誉满天下的古龙小说相比，古龙影视也是魅力非凡，20世纪七八十年代的港台电影界就有"楚原+古龙+狄龙=卖座"的说法，古龙作品的改编电影也多次获得亚洲影展及台湾金马大奖。

延伸阅读

古龙小说与金庸小说

金庸小说的深度，体现在作家对具体历史文化问题的理性思考，读者获得的理性启迪，是一种理性的深度，古龙小说的深度，则体现在作家对人生残酷性纯然感性的把握，读者获得的感情冲击，是一种诗性的深度。

台湾女作家琼瑶

> 提及香港和台湾两地的爱情小说，琼瑶是一个横跨30多年的"品牌"。她的小说，被改编成电视剧，热播于"两岸三地"，赚尽了无数少男少女的眼泪。

琼瑶（1938年出生），中国台湾当代作家，原名陈喆，笔名琼瑶、心如、凤凰等。代表作有《窗外》《几度夕阳红》等。琼瑶生于四川成都，她的父亲陈致平曾任台湾师范大学国文系教授，母亲袁行恕曾任台北市立建国中学国文教师。

1949年琼瑶随家迁台湾，就读于台北师范附小及台北一女中，其间先后发表200余篇文章。高中毕业后未能考取大学。16岁时，用成人的口吻写的小说《云影》在《晨光》杂志发表。1963年7月，出版了第一部长篇小说《窗外》，从此跃登台湾文坛。

在1963年至2008年间，琼瑶共创作长篇小说《幸运草》《烟雨濛濛》《几度夕阳红》《彩云飞》《心有千千结》《在水一方》《月朦胧，鸟朦胧》《雁儿在林梢》《碧云天》《冰儿》等42部。美化人生的爱情理想是她小说的主旋律；曲折新奇、波澜起伏的故事情节是她小说引人入胜的主要手段；具有浓郁诗意、雅俗共赏的文学语言是她小说独具魅力的重要特点。因此她的言情小说拥有庞大的读者群，并有大量作品被拍成电影、电视片。

◆《烟雨蒙蒙》书影

◆ 《几度夕阳红》书影

等几乎都是悲剧，而《烟雨濛濛》更是悲剧中的代表。在《烟雨濛濛》原著中，善良憨实的如萍用自杀来解决自己的困惑，却无意中让依萍和书桓感到内疚、自责，再也无法面对自己心爱的人，最终被迫分离。后来改编成电视剧《情深深雨濛濛》热播。

《几度夕阳红》是琼瑶小说创作中的重要作品。书中时空交错、人物众多、情节复杂，最能代表言情小说的特征。两条故事主线，分别发生于抗战时期的重庆和60年代的台北。第一个故事是女主角梦竹的年轻时代，她和来自昆明的大学生何慕天相恋，因母亲反对而发生许多扣人心弦的故事，最后，梦竹嫁给了何慕天的好友杨明远，并定居台北。小说的第二部则是梦竹女儿晓霜的恋情，晓霜的相恋对象魏如峰是何慕天的外甥，并在何慕天开设的公司任职，此后即是一连串旧恨新愁的交织。最后，晓霜与魏如峰有情人终成眷属、梦竹仍留在明远身边、何慕天隐居山上不问世事。

《烟雨濛濛》是琼瑶二十五六岁时写的小说。琼瑶自称，当时的她遭遇了太多的大风大浪，生活里充满了挫折和痛楚，脑海里只有悲剧，没有喜剧。那个时期写的几部小说，像《窗外》《几度夕阳红》《六个梦》

延伸阅读

《窗外》背后的故事

琼瑶的《窗外》，基本上是反映她自己早年中学时代恋爱经历的自传，而琼瑶当年的师生恋受到了母亲的阻止，所以影片《窗外》开拍后也就受到了来自琼瑶母亲方面的压力。1964年，由陆建业创办的建业公司买下了《窗外》的电影版权，并将其拍成黑白电影，琼瑶的母亲躺在床上绝食，琼瑶则在母亲的床前跪了几天几夜，才将此事平息下来。没料到8年之后，陆建业又要拿出《窗外》重拍，琼瑶母亲此时已患上了轻度精神分裂症。最后，琼瑶同意电影公司继续拍摄《窗外》，但禁止在台湾公映。1973年《窗外》完成后，由嘉禾代理，在香港进行了首映式，并在全东南亚相继发行。女主角扮演者林青霞凭其清纯的形象一炮而红，最终成为一代巨星。

永远的三毛

> 三毛的足迹遍及世界54个国家,三毛的文字俏皮而又灵动,三毛的文章浅显而又深邃,吸引了"两岸三地"的众多读者,也在全球的华人社会广为流传。三毛走了,可她留下的作品在我们心中成了永恒。

三毛(1943—1991年),原名陈懋平,又名陈平,浙江省定海县人,台湾著名女作家。三毛一生发表作品23部,约500万字。代表作有《撒哈拉的故事》《万水千山走遍》《滚滚红尘》等。

幼年时期的三毛就表现出对书本的爱好,5岁半时就在看《红楼梦》。初中时期几乎看遍了市面上的世界名著。初二那年休学,由父母亲悉心教导,在诗词古文、英文方面,打下了坚实的基础。曾就读于台湾中国文化大学哲学系,肄业后留学欧洲,婚后定居西属撒哈拉沙漠迦纳利岛,并以当地的生活为背景,写出一连串脍炙人口的作品。1981年回台湾后,曾在文化大学任教,1984年辞去教职,以写作、演讲为重心。1991年1月4日去世,享年48岁。

三毛生性浪漫,3岁时读张乐平的《三毛流浪记》,印象极深,后遂以"三毛"为笔名。为了追寻心中的那棵"橄榄树",她踏遍万水千山。然而,无论是异国都市的生活情调,还是天涯海角的奇风异俗,都不能消解她深埋于心中的中国情结。尽管她嫁给了一个深眼高鼻的洋人,但她仍是一个完整的东方女性。三毛从来不刻意追求某一种技巧和风格,一切都显得平实与自然。然而在她信笔挥洒之中,却又蕴涵无限。

三毛是以自由自在的"游于艺"姿态从事写作的,她所采用的"私小说"文体,在人生经历的写真实录,自我灵魂与生命个性的张扬等方面,更具有女性文体的写作意义。作为大千世界里一个独特的生命传奇,三毛的创作不仅把人生最美好、最诗意的东西加以定格,而且使她的生命跨过万水千山,穿越滚滚红尘,在读者的期待视野中成为永久

◆ 三毛祖居

的文学存在。如果说，读书是三毛走向文学生涯的铺路石，旅行为她提供了取之不尽的生活素材，写作则使她的生命姿态展示出最动人的风采。笔耕，无疑是三毛生命过程中不可剥离的一种存在形式。

三毛没有纯文学作家那种严肃的创作使命感，也不去刻意追求作品的社会效果。创新对于她，既非经国之大业，千古之文章；也非文学殿堂之捷径，天下扬名之手段。三毛说过："文章千古事，不是我这草芥一般的小人物所能挑得起来的，庸不庸俗，突不突破，说起来都太严重。写稿真正的起因，'还是为了娱乐父母'，也是自己兴趣所在，将个人的生活做了一个记录而已。"这种人生观乃至写作观的形成，基于三毛自己的生命体验。曾经陷落在孤独的自闭年代，那份偏执、认真与敏感，使她苦苦挣扎于内心与外界的搏斗中，

◆《雨季不再来》《哭泣的骆驼》书影

每每心灵受伤与幻梦破灭，就想到死的解脱。年轻的时候不知道如何游戏人间，成就自我，生命对她来说是狭窄的暗角。后来经过万水千山的流浪，目睹了色彩斑驳的人生世相，又身历了情感心路的悲欢离合，渐渐彻悟了一己悲观之外的大千世界，体味到个人生命与时间的有限，懂得了珍惜生活和享受生命。

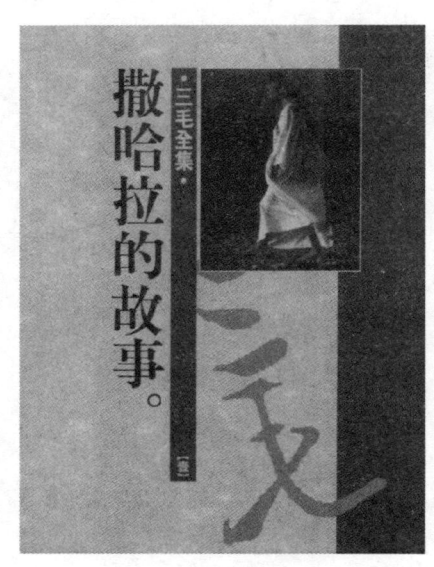

◆《撒哈拉的故事》书影

延伸阅读

三毛与荷西

台湾作家三毛与荷西的故事浪漫而缠绵悱恻，尽管两人都已逝去，但他们仍是无数少男少女心目中的爱情偶像。三毛和荷西相识在西班牙，当时三毛念大学二年级，两人常常一起看电影、逛公园。一天，荷西对三毛说："你等我6年，我有4年大学要读，还有2年兵役要服，6年一过，我就娶你。"后来两人分手了。按照承诺，以后的6年中他们没有任何联系，这其间三毛去了德国、美国。6年后命运再度将三毛带回马德里，并于1973年，在西属撒哈拉沙漠的当地法院，与荷西公证结婚。1979年9月30日荷西因潜水意外事件丧生，痛不欲生的三毛几次试图自杀，终因亲情难舍而止步。然而，数年后三毛还是自缢于医院，不能不说与此有着密切的关系。